AF304491

Heike Beardsley erblickte 1976 in Augsburg das Licht der Welt. Lesen spielte schon von Kindesbeinen an eine große Rolle in ihrem Leben und ist bis heute ihre große Leidenschaft geblieben. Die wunderschöne Pfalz inspirierte sie für ihre beiden Werke. Gemeinsam mit ihrer Zwillingsschwester verfasste sie den Historienroman *Keltensonne*, der am Donnersberg spielt. Kurz darauf erschien ihr erstes Cosy-Crime-Werk *Tödliche Töne*, das in der Vorderpfalz angesiedelt ist.

HEIKE BEARDSLEY

TRÜGERISCHE IDYLLE

KAFFEE, KUCHEN, DIAMANTEN

Überarbeitet Neuausgabe September 2023

Tügerische Idylle

ISBN 978-3-98778-488-0
E-Book-ISBN 978-3-98778-616-7

Covergestaltung: Anne Gebhardt
Umschlaggestaltung: ARTC.ore Design
Unter Verwendung von Abbildungen von
stock.adobe.com: © jenesesimre, © canicula, © AnastasiaOsipova
shutterstock.com: © Margarita Steshnikova
elements.envato.com: © FabrikaPhoto
Lektorat: Mona Dertinger

Satz: dp DIGITAL PUBLISHERS GmbH
Druck und Bindung: Books on Demand GmbH, Norderstedt

*Für meine Mutter, von der ich so geflügelte Worte wie
„Papperlapapp" oder „Fertig, aus, amen" gelernt habe :-)*

Vorwort

Liebe Leserinnen und Leser,
wenn Sie gerne verreisen, wandern oder auf Radtouren gehen, hat es sie eventuell schon einmal in die wunderschöne Vorderpfalz mit seiner berühmten „Deutschen Weinstraße" verschlagen, die der Schauplatz dieses Cosy Crime Romans ist. Das Weindörfchen Ganzenheim, in dem meine Protagonistin Lotte Meisner lebt, steht hierbei repräsentativ für so viele kleine Dörfer in dieser schönen Gegend und die ortskundigen Leser/-innen werden sicher das ein oder andere Örtchen im Dorf erkennen. Lotte Meisner, eine Rentnerin, die nie verheiratet war und auf der Anrede „Fräulein" besteht, ist eine intelligente und scharfsinnige ältere Dame, der so schnell nichts entgeht. So schlagen bei ihr sofort sämtliche Alarmglocken an, als sie von ihrer besten Freundin Agnes erfährt, dass diese einen Hauptpreis in Form einer kleinen Reise gewonnen hat. Und das, obwohl diese doch nie an einem Gewinnspiel teilgenommen hatte. Lotte wäre nicht Lotte, wenn sie nicht mit auf Tour ginge, um ein Auge auf ihre Freundin und auch den Rest der recht bunten Reise-Gesellschaft zu haben. Diese findet sich bald schon im „Chalet Jagdgrund" wieder, in einem an die Weinstraße angehenden Pfälzer Wald, wo sie die ein oder andere Überraschung erwartet. Aber ich will nicht zu viel verraten. Nur noch so viel: Wie auch im Vorgängerband „Tödliche Töne" spielt natürlich auch in „Trügerische Idylle" Lottes

französische Bulldoggendame Käthe eine wichtige Rolle.

Cosy Crime-Bücher sind grundsätzlich ja Wohlfühlkrimis, die sich durch liebenswerte, aber oft auch recht eigene Ermittler und Charaktere auszeichnen. So werden Sie auch in diesem Roman den unterschiedlichsten Persönlichkeiten begegnen, die gemeinsam das ein oder andere Abenteuer erleben. Mittendrin im Geschehen ist natürlich auch Kriminalhauptkommissar Gruber, dem das Wiedersehen mit dem forschen Fräulein Meisner so gar nicht zu schmecken scheint ...

Das Schreiben dieses Romans hat mir viel Freude bereitet. Somit bleibt mir nur, Ihnen nun viel Vergnügen und entspannte Lesestunden mit Lotte, Käthe und ihren rüstigen Freunden zu wünschen. Wenn Sie noch mehr Fälle mit Lotte und Käthe lösen möchten, versäumen Sie es nicht, die beiden auch auf ihrem ersten Abenteuer, „Tödliche Töne" zu begleiten.

Herzlichst,

Ihre Heike Beardsley

(mit eigener Bullydame Käthe, die gerade bettelt, dass ich mit ihr eine Runde im wunderschönen Pfälzer Wald drehe, den ich Glückspilz zu Fuß von meinem Wohnort aus erreichen kann)

1

„Lotte!" Ein wildes Pochen gegen die Haustür folgte dem aufgeregten Ruf. „Lotte! Nun mach schon auf! Wo steckst du denn bloß um diese frühe Zeit?"

Die rundliche, von der Anstrengung leicht schwitzende Frau fischte in ihrer Handtasche nach einem karierten Stofftaschentuch und wischte sich über die Stirn. „Wo steckt sie denn bloß?", murmelte sie kopfschüttelnd. Nach kurzer Überlegung stapfte die ältere Dame schließlich entschlossen zu der kleinen Gartenbank im Vorgarten, wo sie sich mit einem lauten Seufzer, ihren immer präsenten Regenschirm an die Lehne hängend, niederließ. Das bedrohliche Knarren der Holzbank beachtete sie nicht weiter. Sie zog die karierte Wolldecke aus der Holzkiste neben der Bank und legte sie sich über die Schultern. Es war Ende September und bereits empfindlich kalt am Morgen. Kurz darauf nickte sie, das Kinn auf den voluminösen Busen gestützt, ein.

Lotte Meisner genoss den frühen Spaziergang, der sie an dem ausladenden Weinfeld entlangführte, an dem ihr Häuschen lag. Da sich ihr kleines Domizil am Rande des Weindorfes Ganzenheim befand, konnte sie sich jeden Tag an dem herrlichen Blick auf die in akkuraten Reihen aufgestellten Weinreben erfreuen. Nichts ließ einen den Verlauf der Jahreszeiten besser erkennen als der Stand der Weintrauben, davon war Lotte überzeugt. Die meisten Trauben waren abgeerntet und die ersten Blätter lagen auf dem Boden. Der Herbst hielt Einzug, eine Jahreszeit, die sie überaus mochte. Auch wenn sie eigentlich gebürtig aus Augsburg stammte, wo man eher Kastanienbäume in Biergärten anstatt Weinreben zu Gesicht bekam, fühlte sie sich in der Vorderpfalz ausgesprochen wohl. Nach mittlerweile fast sechzig Jahren in Ganzenheim war es ihr um einiges vertrauter als die alte Heimat.

Trotz ihrer achtundsiebzig Lenze bewegte sich die Rentnerin flotten Schrittes und genoss die kühle Luft des frühen Herbstmorgens. Ihr geliebter knallgelber Filzhut sorgte für ein wenig Wärme. Ohne Hut aus dem Haus zu gehen würde Lotte nie einfallen und so hatte sie mittlerweile eine ganz beachtliche Sammlung an unterschiedlichsten Modellen zusammengetragen. Selbst ihr frühmorgendlicher Spaziergang forderte ein passendes Exemplar auf den stahlgrauen kurzen Locken.

Ein plötzliches Rascheln im Feld ließ sie innehalten.

„Käthe, mein Mädchen, wo steckst du denn?" Mit fest zusammengekniffenen Augen, um besser sehen zu können, schweifte ihr Blick zwischen den immer noch dicht bewachsenen Weinreben umher, bis sie endlich entdeckte, was sie suchte. Ein lauter Seufzer entfuhr ihr.

„Käthe, pfui. Lässt du das wohl bleiben!", schimpfte sie. Wohl wissend, dass ihre Aufforderung nichts nutzen würde, stapfte sie zwischen die Pflanzen. Am Boden wuchsen unterschiedliche Feldblumen, doch der

Tau des frühen Morgens sorgte dafür, dass vor allem etliche Lehmbatzen an ihren Schuhen kleben blieben. Endlich erreichte sie ihr Ziel. Ein schwarzbehaarter runder Hintern mit einem kurzen Stummelschwänzchen, das Lotte liebevoll *Bürzelchen* nannte, schaute ihr entgegen. Der Vorderteil des Tieres war zu einem großen Teil in einem Loch versteckt, das heftig scharrende Pfoten in die weiche Erde gruben.

„Was treibst du denn schon wieder?"

Die Arme in die Hüften gestemmt betrachtete Lotte kurz das wild buddelnde Tier. Dann beugte sie sich hinab, griff nach dem roten Halsband und zog fest daran. Zwei pechschwarze Augen in einem kugelrunden und mit Erde übersäten Kopf starrten sie empört an. Ein stehendes und ein hängendes Ohr gaben der Hündin das für sie typische komische Aussehen, doch Lotte hatte dafür im Moment kein Auge. Sie betrachtete ihre französische Bulldoggendame kopfschüttelnd.

„Wie du wieder aussiehst!"

Mit einer Hand das Halsband haltend versuchte sie vergeblich, die Erdreste von Käthes Kopf zu wischen.

„Du weißt doch genau, dass die Mäuschen schneller sind als du!"

Ihre haarige Gefährtin schien den Vorwurf zu ignorieren und wand sich, um dem eisernen Griff ihres Frauchens zu entgehen.

„Nichts da, meine Liebe! Du kommst jetzt mit mir nach Hause und dann gibt es eine Dusche aus dem Gartenschlauch!"

Käthe schnaubte laut, was Lotte als Missfallen interpretierte. Sie wusste, dass ihre Bullydame Duschen hasste.

„Das hast du dir ganz alleine zuzuschreiben!", antwortete Lotte und zog das Tier mit sich. Am Weinfeldrand angekommen ließ sie ihre Gefährtin endlich los. Nach einem bedauernden Blick zurück und einem strengen Ruf ihres Frauchens bequemte sich Käthe schließlich dazu, dieser zu ihrem Heim zu folgen.

„Nanu, warum ist denn das Gartentürchen offen?"

Lotte hielt inne. Nur zwanzig Meter trennten sie von ihrem Haus. Kurz kamen ihr die Geschehnisse um Ostern in den Sinn, als mysteriöse Todesfälle im Ganzenheimer Kirchenchor, in dem sie seit vielen Jahren Mitglied war, die Ruhe der kleinen Weingemeinde erschüttert hatten. Der Täter saß jedoch inzwischen im Gefängnis und so sollte von diesem keine Gefahr mehr ausgehen. Dennoch verlangsamte Lotte ihren Schritt, als sie auf ihr Domizil zuging.

Unvermittelt schoss Käthe nach vorne und der alten Frau gelang es nicht, sie noch rechtzeitig zu greifen. Es half alles nichts, sie musste hinterher. Eine Hand am Gartentürchen, erblickte sie auch schon den Besucher. Oder vielmehr die Besucherin, die gerade unsanft aus ihrem Nickerchen geweckt wurde. Erdig verklebte Pfoten sprangen die Frau freudig an und hinterließen dunkle Abdrücke auf dem wadenlangen grauen Wollrock der Rentnerin.

„Igitt, Käthe! Lass das!", schimpfte diese mit der Hündin und versuchte, das hüpfende Fellbündel von sich abzuhalten, jedoch ohne nennenswerten Erfolg. Amüsiert beobachtete Lotte die Szene kurz, entschied sich dann aber, ihrer Freundin zur Hilfe zu eilen.

„Käthe, hierher!" Nach einem letzten Hüpfer ließ sich die Bullydame dazu bewegen, sich brav an die Seite ihres Frauchens zu setzen. Nur das stetig wedelnde Bürzelchen zeigte ihre Aufregung noch an.

„Nun schau dir einmal diese Sauerei an!" Ihre Besucherin schnappte sich wieder ihr Taschentuch und rieb wild an den feuchten Flecken. Dass sie den Dreck damit eher verteilte, schien sie nicht zu stören.

„Lass gut sein, Agnes. Den musst du eh waschen", sagte Lotte und ging auf ihre betagte Freundin zu. Nach einer kurzen Umarmung betrachtete sie diese neugierig. „Sag, was führt dich denn in aller Herrgottsfrüh hierher?"

Ein Leuchten in Agnes' Augen verriet ihr, dass ausgesprochen besondere Neuigkeiten auf sie warteten.

„Du wirst es nicht glauben, Lotte! Es ist einfach unfassbar! So was ist mir wirklich noch nie passiert!" Die Rentnerin sprach so schnell, dass sie sich beinahe verhaspelte.

„Jetzt mach mal langsam, Agnes. Man versteht ja kein Wort. *Was* ist dir denn passiert?"

Ihr Gegenüber holte tief Luft, dann griff sie in ihre Handtasche und zog einen leicht zerknitterten Briefumschlag im Din-A4-Format hervor, mit dem sie mit vor Aufregung geröteten Wangen vor Lottes Nase in der Luft wedelte.

„Weißt du, was das ist?"

Lotte seufzte. „Agnes, woher soll ich denn bitte wissen können, was das ist? Ein Brief halt, was sonst?"

Die rundliche Dame nickte wissend und drückte sich den Umschlag an die Brust.

„Jetzt mach es halt nicht ganz so spannend, Agnes." Lottes Tonfall wurde etwas schärfer. Sie hätte im Moment eigentlich lieber in Ruhe ein Tässchen Kaffee auf ihrer Gartenbank genossen, als Rätselraten zu spielen.

„Ist ja schon gut, du alte Spielverderberin", erwiderte ihre Freundin leicht schmollend. Es dauerte aber nicht lange, da hellte sich ihr Gesicht auch schon wieder auf. „Ich verrate es dir auch so!"

Nach einer weiteren kleinen Kunstpause, abermals begleitet von einem Stirnrunzeln von Lotte, holte sie aus: „Ich, Agnes Stein, habe den Hauptpreis gewonnen!" Ihr rundliches, trotz der fünfundsiebzig Jahre fast faltenfreies Gesicht strahlte.

„Den Hauptpreis? Was denn für einen Hauptpreis?"

„Na, den Hauptpreis halt!" Wieder wurde mit dem Umschlag in der Luft gewedelt.

„Ja aber was für ein Preisausschreiben war das denn? Das von der Fernsehzeitschrift?

„Lotte, das ist doch vollkommen egal, was für ein Preisausschreiben das war. Viel wichtiger ist doch, dass ich den Hauptpreis gewonnen habe!"

Agnes schien ein wenig ungeduldig zu werden und so erbarmte sich Lotte und fragte: „Und was genau hast du gewonnen?"

Ihr Gegenüber strahlte. „Halt dich fest! Das glaubst du nicht!"

Lotte seufzte. Auf diesem Weg kam sie offensichtlich nicht weiter. Mit einer schnellen Bewegung schnappte sie sich den Umschlag aus der Hand ihrer Freundin und öffnete ihn.

„*Chalet Jagdgrund: Hier werden Ihre Träume wahr*", las Lotte laut den Titel des Hochglanzprospekts vor. Fragend blickte sie Agnes an, die heftig nickte.

„Eine Reise, Lotte, ich habe eine Reise gewonnen!"

Lotte studierte die Vorderseite des Prospekts. Im Hintergrund war ein Hotel zu sehen, das trotz seines ländlichen Charmes einen durchaus luxuriösen Eindruck machte. Umrandet wurde das Anwesen durch Bäume. Sie musste zugeben, dass das Haus sehr ansprechend aussah. Ihr Blick fiel auf die dick eingefasste Box im unteren rechten Eck.

Ihr Hauptgewinn: Lassen Sie sich im Chalet Jagdgrund von unserem eingespielten Team verwöhnen. Ein Bus der Luxusklasse holt Sie am kommenden Freitag am Dorfplatz ab und chauffiert Sie zu einem ganz außergewöhnlichen Anwesen: dem Chalet Jagdgrund. Traumhaft gelegen im zauberhaften Pfälzerwald genießen Sie vor Ort gesellige Spaziergänge, einen gemütlichen Ausflug mit Kaffee und Kuchen sowie exklusive Angebote, die nur für Sie gelten. Zwei Nächte im Zimmer der Luxuskategorie sowie Vollpension sind in diesem Angebot selbstverständlich enthalten. Gegen eine kleine Gebühr von 99 Euro gehört dieses Sonderangebot Ihnen ...

Ein heftiger Nieser ihres Gegenübers unterbrach Lottes Ausführungen. Nach wildem Wischen mit dem Stofftaschentuch bedeutete Agnes ihr fortzufahren. Lotte drehte das Hochglanzprospekt um. Sie brauchte einen Moment, um sich auf der Seite mit den vielen bunten Bildern zu orientieren. Fett gedruckte Worte wie **Exklusiv – nur für Sie** und **Einmalige Gelegenheit** umrahmten Fotos von Hautcremetiegeln und Heizdecken in altmodischer Blümchenoptik. In der Mitte der Seite blitzte ein goldener Ring den Leser an.

Supersonderangebot – der Real Love-Ring, aus 18 Karat Gelbgold mit herzförmigen blauen Diamanten besetzt, für nur 399 Euro anstelle des offiziellen Verkaufswertes von 2999 Euro.

Begriffe wie *Sie Glückspilz* und *Wahnsinnsangebot* umrandeten das Schmuckstück.

Lotte ließ das Prospekt sinken und blickte Agnes an, die sie mit großen, erwartungsvollen Augen ansah.

„Du willst mir aber jetzt nicht sagen, dass du da hinfahren willst?"

Agnes stutzte. „Ja hast du denn nicht gelesen, dass ich den Hauptpreis gewonnen habe?"

„Ein Hauptpreis für den du", Lotte studierte abermals die Vorderseite, „erst mal 99 Euro hinlegen musst, damit du überhaupt mitfahren darfst!"

Ihre Freundin zuckte mit den Schultern. „Das ist doch egal! Schau dir mal das Hotel an. So was Luxuriöses habe ich noch nie gesehen, geschweige denn mal darin übernachtet. Und es sind immerhin *zwei* Übernachtungen *mit* Vollpension, Lotte, *und* ein gemeinsamer Ausflug mit Kaffee und Kuchen. Da sind 99 Euro doch gar nichts."

„Ich weiß nicht, Agnes. Mir kommt das nicht ganz geheuer vor. Und dann diese ganzen", sie malte mit den Fingern Anführungszeichen in die Luft, „*Supersonderangebote* auf der Rückseite."

„Oh ja, das ist der Wahnsinn, oder? So viele Schnäppchen, die man da machen kann. Das ist ja wie im Paradies!“, schwärmte Agnes.

Lotte schüttelte den Kopf. „Kommt dir das nicht ein wenig komisch vor? Ein Hauptgewinn, für den du Geld zahlen musst? Die ganzen angeblich exklusiven Angebote?“

Schnaubend erhob sich ihr Gegenüber von der Sitzbank, die abermals beträchtlich knarzte. „Du bist doch nur neidisch, Lotte, dass ich diesen Hauptgewinn bekommen habe! Neid steht dir nicht gut zu Gesicht!“

Die Rentnerin schnappte sich das Hochglanzprospekt und stapfte in Richtung Gartentür.

Lotte seufzte. „Warte, Agnes. Sei doch nicht gleich eingeschnappt.“

Die rundliche Dame drehte sich um. „Ich dachte, du freust dich mit mir. Aber stattdessen willst du mir den Gewinn madig machen.“ Nach ein paar weiteren Schritten öffnete sie das Holztürchen, das auf den Feldweg hinausführte, und watschelte davon.

Lotte ließ sich auf die Gartenbank plumpsen. Stimmte es, was ihre Freundin gesagt hatte? War sie wirklich eifersüchtig? Die kurzen grauen Locken wippten, als sie heftig den Kopf schüttelte, der Filzhut wackelte dabei bedrohlich. Nein, sie hatte einfach ein ungutes Gefühl bei der Sache. Immer wieder las man von Betrügern, die es speziell auf Senioren abgesehen hatten, und Lotte war überzeugt, dass an diesem *Supersonderangebot* etwas ganz gewaltig faul war. Aber wie konnte sie Agnes davon überzeugen, ohne diese in ihrem Glauben zu bestärken, dass sie ihr den Erfolg nicht gönnte?

Grübelnd saß sie noch eine Weile auf der Bank, doch so recht wollte ihr keine Lösung einfallen. Erst als Käthe an ihr hochhüpfte und ihren dreckverkrusteten Kopf auf ihren Schoß legte, verscheuchte sie die Gedanken und entschied, sich der Säuberung des kleinen Fellbündels zu widmen.

„Bleib stehen, du Dreckspatz. Ich erwisch dich schon noch!", rief Lotte kurze Zeit später der Bullydame hinterher, die wie vom wilden Hafer gestochen um sie herumwetzte, um dem kalten Wasserstrahl des Gartenschlauchs zu entgehen. Am Ende war die alte Dame mindestens genauso nass wie Käthe und musste sich erst mal umziehen, bevor sie zu ihrem wöchentlichen Einkauf aufbrechen konnte.

Den roten Trolley mit den weißen Punkten hinter sich herziehend machte sich Lotte auf den Weg hinauf ins Dorfzentrum. Anstelle des gelben Filzhuts, der bei der Duschaktion nass geworden war, trug sie nun ein kleineres blaues Exemplar mit weißer Feder auf dem Kopf. Käthe folgte ausgesprochen brav an ihrer Seite und die alte Dame schmunzelte, als sie dies bemerkte.

Was so eine kalte Dusche doch ausrichtet!

Ein leerstehendes Haus am Ende der Straße ließ sie kurz stehen bleiben. Trauer legte sich wie ein enges Band um ihren Brustkorb, wie immer, wenn sie hier vorbeikam. Hier hatte Magda gewohnt, die vor ein paar Monaten gestorben war. Lotte konnte sich gut daran erinnern, wie sie ihre Freundin gefunden hatte. Käthe hatte ihr durch lautes Bellen – was für die Bullydame äußerst ungewöhnlich war – angezeigt, dass etwas nicht stimmte, und so war sie kurzerhand durch das nur angelehnte Küchenfenster eingestiegen.

Lotte ließ ihre faltige Hand kurz auf dem Gartentürchen verweilen, so wie sie es früher jeden Morgen gemacht hatte, wenn sie mit Magda geplauscht hatte. Genau wie sie war diese eine Frühaufsteherin gewesen, die in ihrem Garten immer etwas zu tun gefunden hatte, und so war Lotte immer gerne auf ihren Spaziergängen vorbeigekommen.

Mit einem leisen Seufzer und einem „Gott sei ihrer Seele gnädig" wandte sie sich ab. Der Weg führte sie viele Treppenstufen hinauf in Richtung des Dorfplatzes, der vor der Kirche lag, doch die Anstrengung machte ihr nichts aus. Die Spitze des Kirchturms war schon von unten aus gut zu sehen und je höher sie kam, desto mehr konnte sie von dem imposanten, aus rotem Sandstein erbauten Gotteshaus erkennen. Hier probte der Kirchenchor, der zur Ostermesse vor ein paar Monaten sogar einen Fernsehauftritt gehabt hatte. Es war ein herrliches Fest gewesen, das die Gemeinde im Anschluss gefeiert hatte. *Auch wenn die Umstände davor alles andere als schön waren*, dachte Lotte. Abermals kamen ihr die Todesfälle in den Sinn, die es im Vorfeld des Chorauftrittes gegeben hatte, und sie bekreuzigte sich schnell. Käthe war, wie immer wenn sie zum Dorfplatz gingen, bereits am Brunnen und schlabberte genüsslich Wasser.

„Komm, Käthchen. Wir müssen einkaufen", rief Lotte ihrer Bullydame zu und wandte sich in Richtung der Häuserzeile am Rande des Dorfplatzes. Das Haus, in dem Dr. Lohe, der Dorfarzt, seine Praxis hatte, lag praktischerweise direkt neben der Apotheke, die wiederum an die Dorfmetzgerei anschloss. *Metzgerei Schirrach* stand in dicken schwarzen Lettern über dem Eingang, der von einer modernen automatischen Schiebetür verschlossen wurde. Zur Freude der Ganzenheimer Senioren führte die Dorfmetzgerei auch allerlei Dinge, die man für das tägliche Leben brauchte. Von Zahnpasta bis zum Klopapier wurde man dort fündig. Eine Bäckerei aus dem Nachbarort vervollständigte mit ihren Leckereien das Sortiment.

Lotte blieb an der Laterne vor dem Eingang stehen und blickte auf ihre Bullydame hinab. „Du bleibst hier sitzen, Käthe!", sagte sie streng. „Du weißt doch, dass der Beni dich nicht in seinem Laden sehen will!"

Ein treuherziger Blick, der anzudeuten schien, dass die Hündin keine Ahnung hatte, weshalb sie in der Metzgerei unerwünscht war, antwortete ihr.

„Wer's glaubt, wird seelig! Was du dir schon alles da drinnen geleistet hast ..." Kopfschüttelnd setzte sich Lotte in Bewegung. Beinahe lautlos glitten die Automatiktüren auseinander und kühle Luft mit dem unverwechselbaren Aroma von Gegrilltem und frischen Backwaren empfing sie im Inneren. Ein kurzes Blinzeln half ihr, sich nach dem hellen Sonnenlicht an die etwas dunklere Innenbeleuchtung zu gewöhnen, und sie bemerkte den Metzger, der einen argwöhnischen Blick über ihre Schulter warf.

„Keine Sorge, Beni. Die Käthe sitzt ganz brav draußen an der Laterne." Ein Nicken mit dem Kinn in Richtung der Hündin schien den großgewachsenen Mann zu beruhigen.

„Guten Morgen, Lotte. Du weißt, ich hab ja eigentlich gar nichts gegen das Vieh, äh, ich meine gegen deine Käthe. Aber was die sich hier schon geleistet hat! Wenn ich da nur an die Sache mit den Schnitzeln denke ..."

„Schon gut, Beni", unterbrach ihn Lotte schnell. Sie erinnerte sich ungern an die Sauerei, die ihre Bullydame vor ein paar Wochen angestellt hatte. Irgendwie war sie in die Wurstküche geraten, und das ausgerechnet am Mittwoch, dem Schnitzeltag. Dort hatte sie es geschafft, sich den kompletten Inhalt der zum Panieren der Schnitzel bereitgestellten Schüsseln über den Kopf zu schütten. Eine klebrige Mischung aus Eiern, Mehl und Semmelbröseln war von ihrem Fell getropft und hatte eine Spur quer durch halb Ganzenheim bis zu ihrem Haus hinterlassen.

„Ist die Luise nicht da?", fragt Lotte und versuchte nun ihrerseits, über seine Schulter zu blicken, was ihr aufgrund der gut 1,85 m ihres Gegenübers nicht gelang. Luise Schirrach war eine Chorkollegin und trotz ihrem Hang zu Ratsch und Tratsch mochte Lotte sie gerne.

„Doch, die Mama ist da. Die ist hinten in der Wurstküche." Ein breites Grinsen umspielte seinen Mund. „Und die wird es gar nicht erwarten können, dich zu sehen!"

„Wieso das denn?", fragte Lotte erstaunt.

„Das wirst du gleich sehen."

Er wandte sich um und drückte mit einer Hand gegen die Schwingtür zum hinteren Teil der Metzgerei. „Maaaaama! Die Lotte ist ..."

Weiter kam er nicht und er musste sich beeilen, schnell aus dem Weg zu springen, als die Tür mit Schwung von innen aufgedrückt wurde. Das rote Gesicht noch röter als sonst watschelte die betagte Metzgersfrau mit bedrohlich wackelndem Doppelkinn um den Tresen herum. Gerade setzte sie an zu sprechen, da blickte sie sich plötzlich um.

„Wo ist denn der arme magere Schatz?"

Just in dem Moment erspähte sie Käthe, die brav am Laternenpfosten saß.

„Na, so geht das aber nicht! Das feine Käthelein einfach da draußen sitzen zu lassen. Wo gibts denn so was?" Nach einer Handbewegung in Richtung Automatiktür, was selbige zum Auseinandergleiten veranlasste, rief sie laut: „Käthchen, komm her, mein Schatz!"

Das ließ sich diese nicht zweimal sagen und sprintete in den Innenraum, wo sie von Luise Schirrach ausgiebig geherzt wurde.

„Feiner Schatz, ja, so ein feiner Schatz."

Käthe schnupperte aufgeregt an den rauen Händen der Metzgersfrau, in denen sie sich ein Leckerli erhoffte. Diese lachte laut auf und stapfte hinter den Tresen, wo sie ihr Sohn böse ansah.

„Mutter, du weißt doch, dass ich dieses Vieh …"

„Nun halt aber mal die Luft an, Beni", fuhr ihm die rüstige Dame über den Mund. „Solange ich hier noch irgendwas zu sagen habe, darf dieses Vieh, wie du es nennst, jederzeit in den Laden."

Mit einem liebevollen Blick auf Käthe, die ihr wiederum fasziniert dabei zusah, wie sie ein dickes Stück von der Fleischwurst abschnitt, sagte sie: „Schau sie dir doch bloß an, den armen mageren Schatz. Die hat doch bestimmt Hunger." Ein lautes Schmatzen ertönte augenblicklich, als die Wurst bei Käthe landete. Mit wohlwollendem Blick beobachtete Luise ihren Schützling bei dem Mahl. Dann drehte sie sich wieder zu ihrem Sohn um und fuhr fort: „Du solltest im Übrigen ganz ruhig sein, Beni. Schließlich nehme ich dich ja mit zu meinem *Hauptgewinn*!" Das letzte Wort sprach sie um einige Nuancen lauter aus als den Rest und ihr Blick richtete sich dabei erwartungsvoll auf Lotte. Während sie in der riesigen Tasche ihrer Schürze nach etwas wühlte, verkündete sie stolz: „Stell dir vor, meine Liebe, ich habe den Hauptpreis gewonnen!"

Lotte schwante Böses. „Den Hauptpreis? Jetzt sag bloß nicht, du fährst in das Chalet Dingsbums, wie hieß denn das noch gleich?"

„Ins *Chalet Jagdgrund*, ganz recht." Verblüfft sah Luise ihr Gegenüber an und hielt ihr ein Hochglanzprospekt vor die Nase. „Woher weißt du das? Hat sich mein Gewinn etwa schon rumgesprochen?"

Lotte schüttelte den Kopf. „Nein, Luise. Aber just diesen Morgen kam Agnes zu mir", sie nickte in Richtung des Prospekts, „mit eben diesem sogenannten Hauptgewinn."

Die alte Metzgersfrau zog die Stirn kraus, der Mund über dem leicht behaarten Kinn blieb offen stehen.

„Es tut mir leid, Luise. Aber wie ich Agnes schon gesagt habe, glaube ich nicht, dass das ein seriöses Angebot ist."

Die Metzgersfrau schien sich wieder ein wenig gefangen zu haben. Ihre Stimme klang deutlich fester als noch kurz zuvor. „Nein, Lotte, du musst dich täuschen. Schau dir doch mal die Qualität von diesem Prospekt an!" Sie drehte und wendete das beidseitig bedruckte Blatt vor Lottes Nase.

„Ich habe es mir schon angesehen. Das kannst du mir glauben."

Luise überlegte kurz, dann hellte sich ihr Gesicht auf. „Na, das ist doch fantastisch! Zwei Hauptgewinne in

Ganzenheim. Wer hätte das jemals für möglich gehalten! Ist doch schön, wenn die Agnes auch mitfährt. So kenne ich wenigstens jemanden auf der Fahrt."

Ein Räuspern des Metzgers unterbrach sie.

„Ach so, na, außer dich natürlich, mein großer Schatz." Lotte war sich kurz nicht sicher, ob Luise von Käthe oder ihrem ausgewachsenen Sohn sprach, doch das Strahlen in Benedikt Schirrachs Augen verriet ihr die Antwort.

„Das wird eine schöne Zeit, Mama! Wir beide in einem Luxushotel und der Papa schmeißt in der Zwischenzeit den Laden." Er strahlte übers ganze Gesicht.

„Ja, Bub, ich freu mich auch schon sehr!"

Lotte schüttelte den Kopf ob so viel Unvernunft. Verstand denn niemand, was hier vor sich ging? Wie konnte sie den Leuten nur begreiflich machen, dass etwas faul war an der Fahrt?

„Fährst du eigentlich auch mit?", unterbrach die Stimme der Metzgersfrau ihre Gedanken.

„Ich? Mit ins Chalet? Wie kommst du denn da drauf? Ich habe ja schließlich keinen Brief erhalten." *Und wenn, würde ich ganz bestimmt nicht mitfahren*, fügte Lotte innerlich hinzu.

„Na, da steht doch im Kleingedruckten, dass man eine Person seiner Wahl mitbringen darf. Deshalb kann ja auch mein Beni mitkommen. Und da die Agnes und du dicke Freundinnen seid, dachte ich ..."

Lotte zog die Stirn kraus. Das musste sie übersehen haben. Sie schüttelte abermals den Kopf.

„Nein, ganz bestimmt nicht. Ich kann euch auch nur raten, seid vorsichtig! Das mit den *Supersonderangeboten* kommt mir komisch vor."

„Das ist schon der Wahnsinn", erwiderte Luise. „Ein Diamantring in Herzform, zu dem Preis!", schwärmte sie weiter. Plötzlich hielt sie jedoch kurz inne und fragte argwöhnisch: „Den will sich die Agnes aber nicht auch holen, oder?" Etwas schnippischer fügte sie noch hinzu: „Der würde ihr ja auch gar nicht stehen."

Lotte zuckte resigniert mit den Schultern. „Ich hoffe nicht, Luise. Und ich hoffe auch, dass du schlau genug bist, die Finger von diesem Kruscht zu lassen."

„Kruscht? Es handelt sich hier immerhin um so einen echten Liebesring. Wie hieß der nochmal?" Luise kniff die Augen zusammen und las laut vor: „Real Love-Ring", wobei sie das R jedes Mal deutlich rollte und das Ganze wie Rial Laf-Ring aussprach. Sichtlich beeindruckt ließ sie das Prospekt sinken.

Lotte verstand die Welt nicht mehr. Kaum lasen die Leute *Supersonderangebot* oder irgendwelche edel klingenden Fantasiebezeichnungen wie Real Love-Ring und schon waren sie hin und weg. Ein Blick in das verzückte Gesicht ihrer Gesprächspartnerin und das von deren Sohn zeigte ihr, dass sie keine Chance mit ihren Argumenten hatte. So wandte sie sich dem Metzger zu und gab ihm wortlos ihre Einkaufsliste. Luise, die kurz etwas beleidigt dreinschaute, erblickte in diesem Moment zwei weitere Dorfbewohner vor der Schaufensterscheibe und lief, das Prospekt mit einer Hand wedelnd, nach draußen: „Schaut mal, was ich gewonnen habe!", war alles, was Lotte verstehen konnte, bis sich die Automatiktüren wieder schlossen.

Ihren Einkauf sicher im Trolley verstaut verließ sie mit einer sich zunächst leicht sträubenden Käthe die

Metzgerei und ging an Luise, die mittlerweile eine beachtliche Menge Menschen um sich geschart hatte, vorbei in Richtung Treppenabgang. Sie achtete gar nicht darauf, dass ihr Trolley bei jeder Treppenstufe wild auf und ab hüpfte – trotz der Schachtel Eier, die sie im Inneren des Gefährtes verstaut hatte. Zu sehr war sie in Gedanken mit der Frage beschäftigt, wie es ihr gelingen könnte, Agnes und Luise von der Fahrt abzubringen. Um die Metzgersfrau machte sie sich keine großen Sorgen. Diese war resolut genug, um sich durchzusetzen. Außerdem hatte sie ja ihren Sohn mit dabei. Agnes wiederum war ein herzensguter, aber leider auch leichtgläubiger Mensch, der ihrer Ansicht nach leicht zu beeinflussen war. Lotte liebte ihre Freundin, doch manchmal war deren Naivität im Hinblick auf manche Dinge selbst für sie zu viel. Nein, sie musste unbedingt verhindern, dass Agnes diese Fahrt antrat. Am Treppenende angekommen fiel ihr Blick abermals auf Magdas Haus und sie spürte wieder die altbekannte Trauer in sich aufsteigen. Vor ihrem inneren Auge sah sie sich am Bett ihrer Freundin sitzen, die eiskalte Hand haltend, als Hauptkommissar Gruber eintrat und ... *Das ist es*, durchzuckte Lotte ein Gedanke. Sie musste nur den großgewachsenen Polizeibeamten anrufen und ihm von den üblen Machenschaften mit den Hochglanzprospekten berichten. Er würde sicher sofort verstehen, dass es sich hier um alles andere als ein seriöses Angebot handelte, und den Machern das Handwerk legen!

Als Lotte die letzten fünfzig Meter zu ihrem Haus hinter sich brachte, rief sie sich den Polizisten ins Gedächtnis.

Nun ja, zugegeben, er war nicht ganz das, was sie sich unter einem Polizeibeamten vorstellte, mit seinem zerknitterten Anzug und den strubbeligen Haaren. Und so ganz hilfreich war er bei der Geschichte um die Toten im Ganzenheimer Kirchenchor auch nicht immer gewesen. Hmmm, vielleicht war es doch keine so gute Idee …

Unwirsch schüttelte sie die grauen Locken, auf denen der festgesteckte blaue Hut hin und her wackelte. Nein, der Hauptkommissar konnte ihr bestimmt helfen. Immerhin war er bei der Polizei.

Es dauerte eine ganze Weile, bis Lotte endlich zum Telefonhörer greifen konnte, denn vier der eben gekauften Eier waren bei der unachtsamen Fahrt im Trolley kaputtgegangen und sämtliche Lebensmittel mussten zuerst von deren klebrigen Hinterlassenschaften befreit werden, bevor sie sie in den linoleumgrünen Küchenschrank packen konnte, der ihre Vorräte beherbergte. Dabei fiel ihr auf, dass die dickbauchige Sherryflasche nur noch zu einem Drittel gefüllt war. Agnes und sie genossen abends ab und zu gemeinsam ein Gläschen des verstärkten Weißweins, den sie auf einer Chorfahrt nach Spanien kennen- und lieben gelernt hatten. Lotte zuckte mit den Schultern. Agnes würde sicher nicht so bald wieder zu ihr kommen. Dennoch machte sie sich eine Notiz auf der Einkaufsliste, die am Kühlschrank hing. Die Metzgerei führte so ausgefallene Dinge natürlich nicht, hierfür musste sie nach Gimmersheim fahren, dem nächstgrößeren Ort und Sitz der Verbandsgemeinde. *Gimmersche*, wie es die Einheimischen nannten, konnte sie mit dem Bürgerbus erreichen, der dreimal täglich vom Dorfplatz abfuhr. Diese Einrichtung erleichterte den Ganzenheimer Senioren das Leben ungemein, mussten sie doch beispielsweise für Amtsgeschäfte aller Art ins Rathaus nach Gimmersheim. Auch ein Zahnarzt und Orthopäde hatten dort ihre Praxen und wenn Dr. Lohes Expertise nicht ausreichte, überwies er seine Patienten dorthin. Selbst ein Schwimmbad fand sich in dem Ort, doch Lotte hatte es nicht so mit dem nassen Element und nach ihrem letzten Auftritt dort glaubte sie auch nicht, dass sie im Hallenbad gerne gesehen wäre. Eigentlich hatte sie ja nur Luise etwas fragen wollen. Dass dann irgendwann Käthe im Wasser gelandet war, dafür konnte sie ja faktisch nichts ...

Lotte versuchte, sich auf die vor ihr liegende Aufgabe zu konzentrieren, und verscheuchte die Gedanken an das missglückte Badeerlebnis. Aus einer kleinen Schublade des hölzernen Telefontischchens zückte sie eine Visitenkarte. Dann zog sie einen Stuhl heran und nahm den Hörer, der mit einer langen, gezwirbelten Schnur an dem grauen Apparat befestigt war, ab. Gewissenhaft wählte sie die Nummer, die auf der Karte abgedruckt war. Die Wählscheibe knatterte bei jeder Eingabe – wie zum Protest, dass sie nach vierzig Jahren immer noch in Gebrauch war. Es schien eine kleine Ewigkeit zu dauern, bis es klingelte, denn erst musste die lange Zahlenreihe samt Ludwigshafener Vorwahl eingegeben werden.

„Kriminalkommissariat Ludwigshafen, Sie sprechen mit ...“

„Sind Sie's, Herr Gruber? Ich müsste mal dringend mit Ihnen sprechen. Hören Sie?" Lotte versicherte sich beim Telefonieren grundsätzlich, ob Ihre Worte verstanden worden waren. Das gehörte für Sie zu einer guten Telefonetikette.

Ein kurzes Schweigen antwortete ihr.

„Herr Gruber, nun sagen Sie schon, sind Sie noch dran?"

Leicht irritiert betrachtete die alte Dame den Hörer, bis sie die Stimme eines jungen Mannes vernahm und den Hörer wieder ans Ohr legte.

„Ähm, Kriminalkommissariat Ludwigshafen, Sie sprechen mit Polizeimeister Kevin Kramer. Was kann ich für Sie tun?"

Ungeduldig schüttelte Lotte den Kopf. „Das habe ich Ihnen doch bereits mitgeteilt. Hören Sie mich nicht, junger Mann? Den Gruber, ich meine den Hauptkommissar Gruber will ich sprechen. Hören Sie?"

Ein leises Räuspern antwortete ihr. „Hauptkommissar Gruber befindet sich zurzeit im Einsatz, Frau ..."

„*Fräulein* Meisner, wenn ich bitten darf."

Ein kurzer Huster ertönte aus der anderen Leitung.

„Ähm ja, natürlich, *Fräulein* Meisner. Soll ich dem Hauptkommissar etwas ausrichten?"

Lotte seufzte laut. Musste man diesem Polizeimensch denn alles doppelt und dreifach sagen?

„Junger Mann, jetzt schreiben Sie es sich mal ganz langsam auf."

Lotte überlegte kurz, dann fuhr sie fort: „Großangelegte Betrugsaktion in Ganzenheim – Punkt – Rückruf bei Fräulein Meisner – Punkt – Und zwar gleich – Punkt. Haben Sie das verstanden?"

Eifriges Gekritzel am anderen Ende der Leitung bestätigte ihre Frage.

„Sehr schön, junger Mann. Auf Wiederhören." Ohne auf eine Antwort zu warten, legte Lotte den Hörer auf. Zufrieden packte sie das Visitenkärtchen wieder zurück in die Schublade und wandte sich Käthe zu.

„Willst du vielleicht ...?"

Ein aufgeregtes Auf-und-ab-Hüpfen zeigte an, dass die Bullydame durchaus an einem weiteren Spaziergang interessiert war. So schlurfte Lotte in den Gang mit dem ausladenden Hutregal, freute sich, dass der quietschgelbe Filzhut Käthes Dusche von vorher scheinbar ohne Schaden überstanden hatte, und machte sich mit ihrer haarigen Begleiterin auf den Weg nach draußen.

2

Der nächste Morgen war wolkenverhangen und so musste der Filzhut dem roten, breitrandigen Plastikhut weichen, den Lotte aber ähnlich schick fand. Dass die Jugendlichen im Dorf ihr aufgrund des ausgefallenen Kopfschmucks einmal den Spitznamen *Feuerwehrmann Lotte* gegeben hatten, ignorierte sie geflissentlich. Ein wenig Regen würde den Weinreben guttun und so freute sich die alte Dame, als kurze Zeit später die ersten großen Tropfen vom Himmel fielen.

„Zum Glück sind wir mit unserer Morgenrunde schon fertig, nicht wahr, mein Käthchen?"

Die knallroten Gummistiefel, die farblich einwandfrei zu ihrem Hut passten, ließ Lotte neben der Haustür stehen und stapfte in grauen Stricksocken durch den engen Gang. Zielstrebig steuerte sie die Küche an. Ein heißer Kaffee war jetzt, an diesem verregneten Morgen, genau das Richtige. Käthe, die an ihr verbeigehuscht war, lag bereits laut schnarchend in ihrem Körbchen neben der Eckbank. Die alte Dame schmunzelte. Ihre Bullydame hatte das beneidenswerte Talent, innerhalb von Sekunden einschlafen zu können. Dass dies meist von einem äußerst lauten Schnarchen begleitet wurde, störte sie nicht weiter. Im Gegenteil. Es gab ihr das Gefühl, dass jemand im Haus war.

Lotte hatte nie geheiratet und hatte auch keine Kinder. Es hätte zwar schon die eine oder andere Gelegenheit gegeben, aber irgendwie war immer etwas dazwischengekommen. Sie bedauerte diesen Umstand nicht und war zufrieden mit ihrer Situation. Der Rest ihrer Familie lebte in Augsburg, ihrer alten Heimatstadt. Josefine, ihre Schwester, kam einmal im Jahr in die Pfalz. Da sie eine große Schar Enkelkinder hatte, die sie oftmals hüten musste, waren häufigere Besuche nicht möglich. Lotte selbst fuhr ebenfalls jährlich zurück in die alte Heimat, meist an Weihnachten, um Josi zu besuchen. Sie freute sich dann immer vor allem auf ihre Lieblingsnichte Franzi, die ihr Patenkind war. Sie war Kriminalkommissarin in Augsburg und hatte ihr bei den Morden um die Ostermesse herum nützliche Tipps geben können. Eigentlich passte der Beruf so gar nicht zu der ausgesprochen naturverbundenen Mittdreißigerin, die Tinkturen und Salben aus allerlei Kräutern selbst herstellte. Lotte schwor auf Franzis Heilmittel und war überzeugt, dass diese der Grund dafür waren, dass der Dorfarzt Dr. Lohe sie so selten zu Gesicht bekam. Sie nahm sich vor, Franzi bald wieder einmal anzurufen. Wenn sich Hauptkommissar Gruber nicht in absehbarer Zeit bei ihr meldete, konnte sie ja ihre Nichte um Rat fragen. Sie freute sich jetzt schon auf den Sommer, denn da hatte sich Franzi bei ihr zum Besuch angemeldet.

Lotte kräuselte die Nase. Ihre Bullydame schien tiefenentspannt zu sein, was man bei ihr grundsätzlich riechen konnte. Doch die alte Dame störte sich weder an Käthes Schnarchen noch an den Geruchsnoten, die sie regelmäßig von sich gab. Seit dem Tag vor vier Jahren, als sie das kleine Fellbündel in einer Kiste am Feldrand entdeckt hatte, gehörte Käthe zu ihr und sie würde sie nie wieder hergegeben. Ihre Hündin war ihr eine treue Gefährtin und hatte schon häufig bewiesen, dass sie ein ausgezeichnetes Gespür für Gefahr hatte. Bis heute konnte Lotte nicht verstehen, wie ein Mensch so grausam sein konnte, ein winziges Lebewesen einfach so den Elementen auszusetzen. Die ortsansässige Tierärztin hatte den Verdacht geäußert, dass Käthe wohl einfach Pech gehabt hatte, weil sie ein überdurchschnittlich kleiner Welpe gewesen war und manche unseriöse Zucht diese einfach aussortierte. Liebevoll streifte Lottes Blick die Hündin. Sie war auch heute noch zierlich im Vergleich zu anderen Bulldoggen. Außerdem hatte sie ein Hängeohr, was ihr ein lustiges Aussehen verlieh. Aber sie war der loyalste Hund, den die alte Dame kannte. Auch wenn sie nicht immer aufs Wort folgte und einen Sturschädel hatte – sobald es darauf ankam, konnte sie sich hundertprozentig auf ihre pelzige Gefährtin verlassen.

Lotte schielte auf die Uhr, die über der Tür an der Wand hing, und seufzte. Sie wusste aus Erfahrung, dass die meisten Menschen um diese Uhrzeit noch nicht bei der Arbeit waren, auch wenn sie das nicht nachvollziehen konnte. Gänzlich nach dem Motto *Der frühe Vogel fängt den Wurm* war Lotte tagtäglich um Punkt 6.30h auf ihrer ehemaligen Arbeitsstelle im Rathaus erschienen. Viele Jahrzehnte lang hatte sie als Sekretärin der wechselnden Ortsbürgermeister gearbeitet – eine Tätigkeit, die sie stets genossen hatte. Ihr Ruhestand war mit der Zusammenlegung der Ortsgemeinden zu einer großen Verbandsgemeinde zusammengefallen und sie war heilfroh, dass sie nicht jeden Tag nach *Gimmersche* ins Rathaus fahren musste. Einen Führerschein hatte sie nie besessen, womit sie auf den Dorfbus angewiesen gewesen wäre, der dreimal am Tag zwischen den Orten hin und her fuhr.

Das schrille Klingeln des Telefons ließ sie zusammenzucken. Nanu, wer rief denn – außer ihr selbst natürlich – andere so früh an? Ein Hoffnungsschimmer durchfuhr Lotte, als sie sich erhob. Vielleicht war es ja Agnes, die zu Sinnen gekommen war?

Freudig riss sie den Hörer von der Gabel.

„Agnes, das ist aber schön, dass du anrufst. Ich wollte dich wirklich nicht beleidigen, aber das mit deinem Hauptgewinn ...“

Eine tiefe Stimme seufzte, was sie innehalten ließ.

„Frau, ähm, *Fräulein* Meisner, hier spricht Kriminalhauptkommissar Gruber.“

Verblüfft blickte Lotte abermals zur Uhr.

„Fräulein Meisner, sind Sie noch dran?“

Die alte Dame fing sich wieder. „Guten Morgen, Herr Hauptkommissar. Schön, dass Sie mich zurückrufen. Auch wenn ich eigentlich schon gestern mit Ihrem Anruf gerechnet hatte.“

Ein weiteres Seufzen antwortete ihr.

„Herr Gruber, hören Sie mich?“

„Ja, Fräulein Meisner, ich höre Sie. Leider nur zu gut.“ Ein dritter Seufzer. „Was gibt es denn so Dringendes, dass ich Sie zurückrufen sollte?“

„Sie werden es kaum glauben, Herr Hauptkommissar, aber hier in Ganzenheim gehen kriminelle Dinge vor sich.“

Stille.

„Herr Gruber? Sind Sie noch dran?"

Ein Räuspern. „Und was sind das für kriminelle Dinge, die Ihrer Meinung nach in Ganzenheim vor sich gehen?"

„Gut, dass Sie mich fragen." Lotte freute sich, dass der Polizeibeamte Interesse zeigte. „Ich wusste ja, dass Sie das brennend interessieren würde."

„Fräulein Meisner, jetzt kommen Sie bitte zum Punkt. Ich habe schließlich nicht den ganzen Tag Zeit."

„Ist ja schon gut, Herr Gruber. Sie sind heute wohl mit dem falschen Fuß aufgestanden."

Ohne eine Antwort abzuwarten, fuhr sie fort: „Es ist folgendermaßen: Meine Freundin, die Agnes, die müssten Sie eigentlich vom letzten Verbrechen her noch kennen, denn die ist bei mir im Kirchenchor in der zweiten Stimme ..."

„Fräulein Meisner!" Die Stimme des Hauptkommissars wurde scharf.

„Also, die Agnes kam gestern zu mir und hat mir einen Brief gezeigt, in dem etwas über einen sogenannten *Hauptpreis* stand, den sie gewonnen haben soll", fuhr Lotte unbeirrt fort. „Und jetzt stellen Sie sich mal vor, in dem Schreiben steht drinnen, dass sie in ein Chalet fährt und dass alles ganz luxuriös sein soll."

„Ja, und? Was ist daran denn kriminell?" Ihr Gesprächspartner klang genervt.

„Na, zahlen soll die Gute dafür! Ganze 99 Euro wollen die für den angeblichen Hauptpreis haben. Haben Sie so etwas Unverschämtes schon einmal gehört?"

„Fräulein Meisner, ich wüsste wirklich nicht, ..."

„Und *Supersonderangebote* soll es ebenfalls geben“, unterbrach sie den Hauptkommissar. „Einen Diamantring, so ein Rial laf-*Dingsbums* zu einem *Supersonderpreis.*“

Schweigen.

„Herr Gruber?“

Schweigen.

„Hallo, Herr Gruber, sind Sie noch dran?“

„Fräulein Meisner.“ Tiefes Luftholen. „Ihnen ist schon klar, dass ich bei der Kripo bin und ausschließlich in Betrugs- und Todesfällen ermittle?“

„Aber selbstredend, Herr Hauptkommissar. Ich bin ja schließlich nicht deppert.“

„Und was soll ich Ihrer Meinung nach nun tun?“

„Na, die Verbrecherbande festnehmen und dafür sorgen, dass Agnes nicht mit auf diese Fahrt geht.“

„Jetzt reicht es mir aber, Fräulein Meisner.“ Die Stimme des Polizisten wurde laut. „Ihre komische Fahrt interessiert mich nicht. Wenn überhaupt, ist das ein Fall für die Verbraucherzentrale, aber ganz gewiss nicht für die Kriminalpolizei!“

Klack. Die Verbindung wurde unterbrochen.

Verblüfft starrte Lotte auf den Apparat. War dem Hauptkommissar der Hörer aus der Hand gefallen? Sollte sie ihn wohl zurückrufen? Sie kratzte sich am Kopf. Andererseits hatte er sich ja recht deutlich ausgedrückt und sie konnte von ihm im Moment anscheinend keine Hilfe erwarten.

Grübelnd legte sie auf und wollte sich gerade auf die Eckbank setzen, als Käthe jäh aus ihrem Korb schoss und in Richtung der Eingangstür raste.

Nanu, wer kommt denn jetzt vorbei?

Der rundliche Umriss der Person, die in der Milchglasscheibe ihrer Haustür zu erkennen war und die offensichtlich einen Regenschirm in der Hand hielt, gab ihr die Antwort. Freudig öffnete sie die Tür.

„Agnes, wie schön, dass du vorbeikommst! Wir müssen dringend miteinander reden."

Ihre Besucherin war voll und ganz damit beschäftigt, Käthe abzuwehren, die an ihr hochhüpfte und nach dem Schirm schnappte.

„Aus, Käthe, lass das sein!"

Das Fuchteln mit dem Regenschirm animierte die Bullydame zu Höchstleistungen. Kurzerhand packte Lotte ihre Hündin am Halsband und bat Agnes einzutreten. Heftig schnaufend watschelte diese schnurstracks in die Küche und quetschte sich in die Eckbank. Im Sitzen knöpfte sie ihren Mantel auf und schlüpfte aus den Ärmeln. Ein babyblaues Twinset, das aus einem gestrickten Oberteil mit gleichfarbiger Strickweste bestand – Agnes schien solche Ensembles in allen Farben des Regenbogens zu besitzen –, wurde sichtbar.

„Was ist das wieder für ein Mistwetter heute?", murmelte die Mittsiebzigerin vor sich hin.

Lotte nahm ihr das feuchte Kleidungsstück ab und hängte es im Hausflur an den Haken. Dann begab sie sich zurück in ihre Küche und machte sich am Herd zu schaffen.

„Magst du einen Tee, Agnes?"

Diese wurschtelte in ihrer Handtasche und fischte gerade noch rechtzeitig ihr Stofftaschentuch hervor, als sie niesen musste. Lotte hatte wegen dem heftigen Wischen im Gesicht Probleme, die Antwort zu verstehen.

„Ja, bitte.“

Sie setzte das Teewasser auf und holte zwei dickbauchige, geblümte Tassen aus dem Schrank, die sie auf den Tisch stellte. Ein Döschen Zucker und ein Löffel folgten.

Agnes sah ihre Freundin mit einer hochgezogenen Augenbraue und einem Grinsen im Gesicht auffordernd an.

„Meinst du nicht, dass es noch ein wenig zu früh dafür ist?“, fragte Lotte, die das Gesuch der Freundin sofort verstanden hatte, stirnrunzelnd.

„Für einen kleinen Schluck Sherry im Tee ist es nie zu früh, meine Liebe“, kam prompt die Antwort.

Schulterzuckend holte Lotte die Sherryflasche aus dem Schrank und platzierte sie neben den Teetassen. Insgeheim war sie froh darüber, dass nicht mehr viel drin war, denn sie kannte den *kleinen Schluck*, den Agnes gerne trank und der manchmal doch etwas größer ausfiel.

Als der Behälter auf dem Herd zu pfeifen anfing, goss Lotte das heiße Wasser in die geblümte Keramikkanne, die mit Teeblättern gefüllt war. Dann trug sie das dampfende Gefäß zum Tisch. Augenblicklich bediente sich ihre Freundin und gab einen großzügigen Schuss Sherry mit in den Tee.

„Ist das wieder einer von Franzis hervorragenden Kräutertees?“, fragte Agnes.

Lotte nickte zur Antwort und goss sich ebenfalls ein. Sie verzichtete auf den Alkohol, auch wenn sie diesen sonst durchaus genoss. Aber heute war es ihr eindeutig zu früh. Abwartend betrachtete sie ihr Gegenüber, einen großen Schluck von dem heißen Getränk nehmend.

„Ahhh, das tut gut", murmelte Agnes, als sie die Tasse abstellte. Dann nahm ihr Gesicht einen ernsten Ausdruck an.

„Lotte, deine Reaktion auf meinen Gewinn hat mich sehr verletzt. Ich hätte mir gewünscht, dass du dich mit mir freust."

Kurz überlegte Lotte, ob sie der Freundin etwas von ihrem Gespräch mit Hauptkommissar Gruber erzählen sollte, ließ es dann aber bleiben, da sie sich die Reaktion darauf bildlich vorstellen konnte.

Stattdessen antwortete sie: „Ich würde mich wirklich sehr gerne mit dir freuen, meine Liebe. Aber ich habe einfach ein ungutes Gefühl bei der Sache. Im Grunde will ich dich nur schützen, Agnes. Du bist mir eine teure Freundin und ich will nicht, dass dich irgendjemand übervorteilt."

Ihre Gesprächspartnerin nickte. „So etwas in der Art habe ich mir schon gedacht."

Mit einem Aufblitzen in den Augen fuhr sie fort: „Darum möchte ich dir anbieten, mich auf die Fahrt zu begleiten. Dann kann ich dir beweisen, dass es tatsächlich ein Hauptgewinn ist, und du kannst mich beschützen, so viel du willst."

Während sie sprach, landete ein weiterer großer Schluck Sherry in ihrer Tasse.

Lotte überlegte. Eventuell war der Gedanke gar nicht so verkehrt. Wenn sie mitfuhr, konnte sie ein Auge auf Agnes haben. Und wer wusste es schon so genau – gegebenenfalls wurde es ja ganz lustig? Es war schon eine

Weile her, dass sie verreist war, und eine kleine Auszeit konnte ihr nicht schaden.

Sie lächelte: „Also gut, Agnes. Wir kommen mit!"

„Wir?"

„Na, mein Käthchen muss doch auch mitkommen. Das wird bestimmt kein Problem sein."

Agnes runzelte für einen kurzen Moment die Stirn. Dann nickte sie und sagte strahlend: „Ich freue mich, dass du mitfährst! Du wirst sehen, wir werden eine fantastische Zeit in diesem Luxushotel haben! Da lassen wir uns so richtig verwöhnen."

„Ich hoffe, dass du recht hast. Wusstest du übrigens, dass Luise und ihr Bub ebenfalls mit von der Partie sind?"

Agnes nickte. „Das ist mittlerweile Dorfgespräch Nr. 1. Die Luise hat die Neuigkeit von ihrem Gewinn rasend schnell verbreitet. Zum Glück bin ich bescheidener und tratsche das nicht gleich in der ganzen Gegend rum."

Lotte verschluckte sich beinahe an ihrem Tee. War Agnes nicht gestern in aller Herrgottsfrüh bei ihr aufgetaucht, um ihr die Neuigkeiten zu verkünden? Egal.

Ein leises Knattern unter dem Tisch ertönte und ein „Pfui, Käthe" erklang zeitgleich aus zwei Mündern, gefolgt von lautem Lachen. Lotte war froh, dass sie sich wieder ausgesöhnt hatten. Und ein klitzekleines bisschen freute sie sich sogar auf die bevorstehende Reise.

3

„Nun komm schon, Käthe. Wir müssen uns beeilen."

Die schwere Tasche in der rechten, eine Huttransportschachtel in der linken Hand und die Handtasche über der Schulter, versuchte Lotte, ihre Hündin zum Aufbruch zu bewegen. Die hatte es sich jedoch in den Kopf gesetzt, in ihrem Korb liegen zu bleiben. Die alte Dame kannte dieses Verhalten nur zu gut. Immer wenn Käthe verstand, dass sie auf Reisen gingen, protestierte sie, indem sie sich an ihren Schlafplatz zurückzog.

Lotte seufzte, stellte die Tasche auf den Boden, öffnete den Reißverschluss und fischte eine von Käthes heißgeliebten Kaustangen, die augenblicklich einen bestialischen Geruch verströmten, aus einer Packung, die obenauf lag. Sie kannte ihre Bullydame und wusste, dass sie dem nicht widerstehen konnte. Tatsächlich setzte sich diese prompt in Bewegung und es gelang ihr schließlich, die Haustür hinter dem glücklich schmatzenden Tier zu schließen.

Langsam machte sich Lotte auf den Weg hoch zum Dorfplatz, der sie zunächst am Feldrand entlangführte. Sie überlegte, ob sie alles eingepackt hatte, was sie brauchte. *Ein Rock, eine lange Hose für den Ausflug, eine kurz- und eine langärmelige Bluse, die Regenjacke, Käthes Futter, ein Handtuch, die Nummer von Hauptkommissar Gruber – nur zur Sicherheit –*, ging sie im Kopf die Liste durch. Heftig schnaufend musste sie immer wieder die schwere Tasche absetzen. An Magdas Haus angekommen bemerkte sie einen Mann, der in ihre Richtung starrte.

Sie ließ das Gepäck auf den Boden fallen und fragte: „Herr Meier, was machen Sie denn hier?"

„Guten Morgen, Fräulein Meisner", erwiderte dieser leicht mürrisch. „Mir gehört das Haus jetzt, schon vergessen?"

Lotte überlegte kurz. In der Tat hatte ihre Freundin Magda den Meiers das Haus vermacht. Seit deren Tod war allerdings nie jemand da gewesen, um sich zu kümmern. Es tat ihr in der Seele weh, wie der Vorgarten immer mehr verwilderte.

„Ich erinnere mich", erwiderte sie kurz angebunden. Sie schickte sich an, ihre Tasche anzuheben, als sie hinzufügte: „Grüßen Sie mir Ihre Mutter ganz herzlich."

Erna Meier war mit über neunzig ihre älteste Freundin und sie nahm sich vor, bald mal wieder nach ihr zu sehen.

Die Gesichtszüge des Mannes entspannten sich ein wenig und Lotte war überrascht, als er das Gartentürchen öffnete, heraustrat und ihre Tasche anhob.

„Warten Sie, ich helfe Ihnen, Fräulein Meisner. Sie wollen sicher hoch zum Dorfplatz?"

Lotte war baff. Das war doch sonst nicht seine Art? Seit er sich um die betagte Mutter kümmerte, schien er sanfter geworden zu sein.

„Vergelt's Ihnen Gott, Herr Meier. Ich muss in der Tat hoch zum Bus. Ich verreise nämlich."

Sein Gesichtsausdruck verriet, dass es ihn nicht die Bohne interessierte, was sie tat. Dennoch hob er brav die Tasche an. Dann setzte sich das Trio in Bewegung.

Käthe wetzte die Treppen hinauf und war schon bald nicht mehr zu sehen. Lotte und ihr Begleiter brauchten bedeutend länger, um den Anstieg zu schaffen.

Oben angekommen schnaufte sie: „Danke Ihnen nochmals, Herr Meier. Ich weiß nicht, ob ich das ohne Sie geschafft hätte. Sie können die Tasche hier abstellen."

Der kleine, gedrungen wirkende Mann ließ die Tasche auf den Boden plumpsen, murmelte eine Verabschiedung und ging zurück zum Treppenabgang.

Lotte lenkte ihren Blick in Richtung des Dorfbrunnens. Dort erblickte sie nicht nur ihre Hundedame, die genüsslich das über den Rand tropfende Wasser vom Boden leckte, sondern auch eine kleine Ansammlung von Personen, die danebenstand. Sie erkannte Luise Schirrach und deren großgewachsenen Sohn Benedikt, die in ein Gespräch mit zwei ihr unbekannten älteren Damen vertieft waren. Drei überdimensionale Taschen standen zu Füßen des Mutter-Sohn-Gespanns. Ein Grinsen stahl sich auf Lottes Gesicht, als sie Benis Aufmachung bemerkte. Er sah aus, als würde er auf eine Wildsafari gehen. Eine, wie sie vermutete, teure Spezial-Outdoor-Hose in Tarnfarbe wurde ergänzt durch eine gleichfarbige Weste. An einem Gürtel, der jedem Handwerker Ehre gemacht hätte, da man mühelos verschiedene Werkzeuge daran befestigen konnte, baumelte eine überdimensionale Taschenlampe. Abgerundet wurde Benedikts Outfit durch einen Safarihut mit herabklappbarem Nackenschutz. Lotte schmunzelte. Den Hut ließ sie sich ja noch gefallen, schließlich trug sie selbst ihr schickes hellblaues Reisemodell. Aber ansonsten sah der Metzger aus, als würde er jeden Moment mit dem Angriff eines Rhinozerosses rechnen.

Dabei fahren wir doch nur in den Pfälzerwald und nicht in die Serengeti, dachte Lotte amüsiert.

Das Outfit der Gesprächspartnerinnen der beiden Schirrachs war dagegen geradezu langweilig. Die Damen trugen identische bodenlange Mäntel und die stahlgrauen Haare waren jeweils zu einem strengen Dutt gesteckt. Eine einsame Tasche stand zwischen dem Paar, deren abgewetztes braunes Leder schon bessere Tage gesehen hatte. In den Händen hielt die etwas Größere der beinen einen buchähnlichen Gegenstand.

Lotte ließ ihren Blick weiterschweifen. Wo war Agnes? Sie konnte ihre Freundin nirgendwo ausmachen. Leicht nervös schielte sie auf ihre Armbanduhr. *Nur noch zehn Minuten bis zur Abfahrt.*

Das war ja mal wieder typisch. Selbst beim Verreisen kam sie auf den letzten Drücker.

Just in diesem Moment kam ein Auto auf den Dorfplatz geschossen, auf dessen Dach ein gelbes Schild verkündete, dass es sich um ein Taxi handelte. Die Hintertür wurde aufgestoßen und Lotte erkannte erleichtert ihre Freundin, die ächzend versuchte, sich aus dem Fahrzeug zu stemmen. Dies fiel ihr nicht leicht, vor allem nicht, da sie in jeder Hand einen Regenschirm fest umklammert hielt. Der junge Taxifahrer schüttelte den Kopf, als er die Bemühungen seines Fahrgastes sah, öffnete dann den Kofferraum und wuchtete zwei große Taschen auf den Gehsteig. Trotz seiner Jugend ächzte der Mann unter deren Gewicht. Lotte, die zwischenzeitlich zu dem Gefährt geeilt war, versuchte, Agnes zu helfen.

„Nun gib mir halt einen deiner dämlichen Regenschirme. Sonst kommst du da nie raus!", schimpfte sie.

Schweißperlen auf der Stirn der Angesprochenen verrieten, dass sie mit den Kräften am Ende war, und so fuhr Lotte deutlich sanfter fort: „Ich pass schon auf, dass die Käthe sich nicht darüber hermacht."

Seufzend reichte ihr Agnes erst den einen, dann den anderen Schirm, um sich sodann – sich mit beiden Händen am Türrahmen festhaltend – aus dem Auto zu wuchten. Schwer schnaufend kruschtelte sie anschließend in ihrer überdimensionalen Handtasche herum, bis sie sich endlich mit ihrem Stofftaschentuch über die Stirn wischen konnte.

„Was für ein Aufwand so eine Reise doch ist", stöhnte Agnes.

Lotte, die Käthe gerade mit einem strengen „Aus!" bedeutet hatte, den Schirm wieder loszulassen, den diese bereits im Maul hatte, zog eine Augenbraue hoch. Mit einem Blick auf die Taschen ihrer Reisegefährtin sagte sie: „Das würde ich auch denken, wenn ich meinen kompletten Hausrat eingepackt hätte."

„Das sind alles ganz wichtige Dinge. Glaub mir!"

Eifrig zählte Agnes an ihren Fingern auf: „Sommerjacke, Regenjacke, Strickjacken in verschiedenen Farben ..." Lotte grinste. „Bademantel, Duschhandtuch, kleines Handtuch, Waschlappen ..."

„Agnes, wir fahren in ein Luxushotel", unterbrach Lotte die Aufzählung. „Da gibt es ganz bestimmt Handtücher und Bademäntel."

Ein Schulterzucken antwortete ihr. „Sicher ist sicher, meine Liebe.“

Ein lautes Scheppern, das unverkennbar von einem kaputten Auspuff stammte, kündigte die Ankunft eines weiteren Fahrzeuges an. Ein altertümlicher, grün-orange-farbener Reisebus bog um die Ecke. Die Bremsen protestierten mit einem schrillen Quietschen, als das Gefährt am Dorfplatz zum Stehen kam. Das Geplapper der Wartenden verstummte. Irritierte Blicke folgten dem Fahrer, der laut fluchend versuchte, die Vordertür mit einer Handkurbel zu öffnen. Da diese offensichtlich klemmte, bereitete ihm sein Vorhaben einige Schwierigkeiten.

Als er endlich erfolgreich war, ertönte seine gelangweilte Stimme: „Fahrt ins Luxushotel Jagdgrund – bitte zusteigen, die Herrschaften.“ Dann schwang er sich direkt zurück auf den Fahrersitz und trommelte mit den Fingern rhythmisch auf das Lenkrad, nachdem er seine Kopfhörer wieder aufgezogen hatte.

Die Reisenden blickten sich entsetzt an. Das sollte der *Bus der Luxusklasse* sein?

Lotte schickte sich gerade an einzusteigen, um dem Fahrer ihre Meinung zu sagen, als ein hochgewachsener Mann aus dem Fahrzeug hüpfte. Der gut sitzende Anzug betonte die athletische Figur. Das dunkle, grau melierte Haar war makellos gescheitelt und der Glanz zeugte von guter Pflege. Unterstrichen wurde dieser Eindruck von einem perfekt getrimmten Schnauzbart.

Erwartungsvolle Blicke richteten sich auf den Herren.

„Willkommen, willkommen! Was für eine Freude, meine Damen!“

Eine galante Verbeugung rundete die Vorstellung ab.

Jäh wurde Lotte in die Seite geboxt, als Luise Schirrach sich ihren Weg nach vorn bahnte.

„Schirrach, Luise", stellte sich die Metzgersfrau vor und versuchte sich an einem Knicks, der allerdings ziemlich misslang. Dem folgte ein prustendes Lachen von Agnes, das sie mit ihrem überdimensionalen Stofftaschentuch zu verbergen suchte, was ihr prompt einen bösen Blick eintrug.

„Enchanté, Fräulein Schirrach."

Formvollendet ergriff der Mann die raue Hand der Metzgersfrau und hauchte einen Kuss darauf. Das feiste Gesicht der Angesprochenen rötete sich.

Abermals wurde Lotte rau zur Seite geschoben, als Luises Sohn entschlossen nach vorne stapfte.

„Schirrach, Benedikt. Sohn meiner *verheirateten* Mutter." Das Wort *verheirateten* betonte er deutlich.

„Angenehm, Herr Schirrach."

Lotte vermeinte, ein wenig Enttäuschung in der Miene des adretten Mittsechzigers zu erkennen, doch der hatte sich gleich wieder im Griff.

„Wenn ich mich vorstellen darf, werte Damen ..." Der Gesichtsausdruck des Metzgers verdüsterte sich weiter. „Mein Name ist Roger Fantieu." Eine abermalige Verbeugung folgte.

„So ein Lackaffe", ertönte laut hörbar Benedikt Schirrachs Stimme, gefolgt von einem „Aua", als ihm seine Mutter einen Klaps auf den Hinterkopf gab.

„Wirst du dich wohl benehmen, Beni!", zischte Luise ihrem Sprössling zu.

Die Arme vor dem gewaltigen Brustkorb verschränkend warf dieser einen Blick in Richtung des galanten

Herrn, der einem weniger hartgesottenen Mann Schauer über den Rücken gejagt hätte. Roger Fantieu jedoch lächelte weiter.

Lotte schob sich nun ihrerseits nach vorn.

„Herr Fanta…", setzte sie an. Mit der französischen Sprache hatte sie sich nie anfreunden können.

„Fantieu, wohl gehabt, Frau …?"

„Meisner, *Fräulein* Meisner."

Ein Aufblitzen in den Augen ihres Gegenübers antwortete ihr zuerst. „Enchanté, *Fräulein* Meisner." Fantieu setzte an, Lottes Hand zu ergreifen, als ein deutlich vernehmbares Knurren erklang.

„Was zur Hölle …" Das Gesicht des Mannes verfinsterte sich, als er das kleine, schwarzhaarige Tier erblickte, das ihn mit gebleckten Zähnen anstarrte.

Lotte kniete sich nieder und streichelte ihre Bullydame beruhigend. „Das ist nur meine Käthe, Herr Fantieu."

An das Tier gewandt fügte sie murmelnd hinzu: „Was ist denn bloß los mit dir? Du knurrst doch sonst nicht."

Als sich Käthe beruhigt hatte, erhob sie sich und blickte ihr Gegenüber streng an.

„Herr Fantieu, Sie wollen uns doch wohl nicht weismachen, dass dieses Ding da", mit dem Kopf nickte sie in Richtung des grün-orangen Ungetüms, „der angekündigte Bus der Luxusklasse ist?"

Ein leises, zustimmendes Gemurmel erhob sich um sie herum.

Der großgewachsene Mann hob beschwichtigend beide Hände und erwiderte: „Meine Damen, so beruhigen Sie sich doch. Das Gefährt hat mit Sicherheit seine besten Tage bereits hinter sich, doch man sitzt durchaus bequem. Allerdings stimme ich Ihnen natürlich zu: Luxus sieht anders aus. Wir sollten uns beim Reiseleiter beschweren."

Verblüfft blickte ihn Lotte an: „Ich dachte, Sie sind der Reiseleiter?"

Ein Lachen ertönte, prompt gefolgt von der Erklärung: „Aber mitnichten, wertes Fräulein Meisner. Ich bin, wie Sie, ein Gewinner dieser schönen Fahrt."

„Und wer, bitte schön, *ist* der Reiseleiter?"

Fantieu zuckte mit den Schultern und alle Blicke wandten sich dem Fahrer zu. Der zog stirnrunzelnd den Kopfhörer ab und ließ ein schroffes „Was ist?" verlauten.

„Sind Sie der Reiseleiter, junger Mann?", frage ihn Lotte in einem ähnlich unhöflichen Tonfall.

Der Fahrer schnaubte laut aus. „Ob ich der Reiseleiter bin? Schau ich denn so aus? Ich bin der Fahrer dieses Schrotthaufens und bekomm nicht annähernd genug gezahlt für diesen beschissenen Job." Damit schob er die Kopfhörer wieder über die Ohren.

„So eine Frechheit", erklang Agnes' Stimme und Lotte vermeinte, aus Richtung der beiden unbekannten Damen ein „Der Herr stehe uns bei" zu vernehmen.

Sie drehte sich zu ihrer Freundin um. „Agnes, sei vernünftig. Du willst doch nicht in diesem Gefährt mitfahren! So wie das Ding aussieht, kommen wir keine zehn Kilometer weit."

Bevor Agnes antworten konnte, mischte sich Luise ein. „Jetzt mach uns unseren Gewinn bloß nicht madig, Lotte!" Dann wandte sie sich an ihren Sohn. „Komm, Beni, trag die Taschen zum Bus. Wir steigen ein."

Kopfschüttelnd beobachtete Lotte, wie der Metzger die Habseligkeiten der Schirrachs im Bauch des Busses verschwinden ließ.

Da ertönte Agnes' Stimme: „Benedikt, du wirst mir doch sicher auch mit meinem Gepäck helfen, nicht wahr?"

Mit einem wütenden Blitzen in Richtung Lotte in den Augen stapfte sie ebenfalls zu dem altersschwachen Gefährt, wo Roger Fantieu bereitstand und ihr galant beim Einstieg behilflich war.

Lotte seufzte. „Komm, Käthe. Wir fahren mit."

Sie verstaute ihre Tasche und ging zu der leicht rostigen Tür. Die Bullydame huschte an ihr vorbei und machte einen großen Satz, um die zwei Stufen ins Businnere zu erklimmen, was Roger Fantieu einen schrillen Aufschrei entlockte. Seine Hand ignorierend stieg Lotte anschließend ebenfalls ein.

Benedikt und Luise hatten ganz hinten im Bus Platz genommen. Der große Metzger hatte offensichtlich Schwierigkeiten, seine langen Beine zwischen den schmalen Sitzreihen unterzubringen, wie seine mürrische Miene verriet. Agnes hatte sich in die Reihe davor gequetscht und sah ebenfalls nicht besonders glücklich über die Enge der Sitze aus. Das lag jedoch nicht an der Länge ihrer Beine, sondern war eher ihrem Körperumfang geschuldet. Lotte grinste.

„Na, das ist ja mal ein toller Bus der Luxusklasse", spottete sie.

Ungerührt ließ sie sich trotz Agnes' giftigem Blick neben dieser nieder. Käthe hatte es sich bereits auf der Sitzbank gegenüber bequem gemacht und schnarchte laut, als Roger Fantieu im Gang auf die Vierergruppe zukam. „Meine Damen", wandte er sich an sie, den Metzgerssohn geflissentlich ignorierend, „lassen Sie uns das Beste aus dieser Fahrt machen. Ich bin mir sicher, dass ..."

Ein jäher Aufschrei unterbrach seine Erzählungen, als er versuchte, sich zu setzen. Fuchsteufelswild fuhr er herum und rieb sich das Hinterteil.

„Du dreckiger kleiner Mistköter ..."

Dann verstummte er abrupt. Als er sich abermals umdrehte, zierte ein Lächeln sein Gesicht, das in Lottes Augen alles andere als echt wirkte.

„Da habe ich wohl das liebe Hundilein übersehen, meine Damen. Excusez-moi!"

Ein leises Grollen im Hintergrund verriet, dass das *liebe Hundilein* ebenfalls nicht begeistert über die Bekanntschaft mit Fantieus Hintern war. Eilig schlüpfte der Mittsechziger in die Reihe vor Lotte und ihrer Freundin und wandte sich diesen wieder zu.

„Mademoiselle ...?", blickte er Agnes fragend an.

„Stein, Agnes Stein."

Lotte bemerkte einen zarten Hauch Rosa, der sich über die Wangen ihrer Freundin legte.

Sie wird doch nicht auf diesen Schickimicki-Typen reinfallen?

„Enchanté, Mademoiselle Stein." Strahlend weiße Zähne blitzen auf, als er lächelte.

Agnes kicherte.

Fast wie ein Schulmädchen, ging es Lotte, ihre Banknachbarin betrachtend, durch den Kopf.

Diese versuchte sich prompt an einem lasziven Augenaufschlag, als sie plötzlich hektisch in der Handtasche zu wühlen begann. Im letzten Moment fischte sie ihr kariertes Stofftaschentuch heraus, bevor sich dieses unter einem gewaltigen Nieser wie ein Segel aufblähte.

Vor Schreck hüpfte Fantieu fast von seinem Sitz. Es dauerte einen Moment, bis er sich wieder gefasst hatte.

„Gesundheit, meine Liebe", stammelte er, immer noch etwas blass um die Nase.

Agnes, der die Aktion sichtlich peinlich war, errötete umso mehr und stopfte ihr Taschentuch eilig zurück in die Handtasche.

Das laute Aufheulen des altersschwachen Motors und ein heftiges Ruckeln deuteten an, dass sich das Gefährt endlich in Bewegung gesetzt hatte. Die beiden Damen mit dem strengen Dutt saßen direkt hinter dem Fahrer.

Lotte wandte sich zu Luise um. „Sag mal, was sind denn das für welche? Kennst du die?"

Ein glückliches Lächeln breitete sich auf dem Gesicht der Metzgersfrau aus. Sie liebte es, Klatsch und Tratsch zu verbreiten, und witterte ihre Chance.

„Also, vor heute kannte ich die beiden auch nicht. Sie kommen wohl aus dem Nachbarsort. Hedwig und Edda Schneider heißen sie und sind beide in unserem Alter. Schwestern sind sie, haben sie mir erzählt." Ihre Stimme nahm einen verschwörerischen Tonfall an: „Und wenn du mich fragst, sind das zwei ganz Komische. Die kriegen die Lippen kaum auseinander. *Guck ähmol*, was die in der Hand halten."

Luise nickte mit dem Kopf in die Richtung der Schwestern und Lotte erspähte einen Rosenkranz in deren Händen. Dass der Metzgersfrau immer wieder ein paar pfälzische Begriffe entschlüpften, wenn sie aufgeregt war, war für sie nichts Neues.

Luise fuhr fort. „Stell dir mal vor, was mich die eine gefragt hat!"

Ein Schulterzucken antwortete ihr.

„Na, ob ich wüsste, ob auf der Reise ein Gottesdienst geplant sei!" Ein Kopfschütteln gepaart mit einem glucksenden Lachen beendete ihren Vortrag.

„Ein Gottesdienst auf einer Luxusreise? Wie kommen die denn auf so was?"

Luise zuckte die Schultern. „Keine Ahnung, aber was wollen denn zwei wie die auf so einer Gewinnfahrt? Noch dazu wo man doch diesen tollen Ring kaufen kann." Abfällig fügte sie hinzu: „Als ob die sich je den Rial Iaf-Ring leisten könnten."

Lotte wandte sich wieder nach vorne. Sie mochte es nicht, wenn die Metzgersfrau über andere Leute herzog. Ein Tippen auf ihrer Schulter zeigte jedoch, dass diese mit ihrem Vortrag noch nicht fertig war.

„Was hältst du denn von dem Fantieu?", wisperte Luise ihr zu.

Lotte betrachtete den gepflegten Mann, der in ein Gespräch mit Agnes vertieft war.

Luise beantwortete die Frage selbst, bevor ihre Gesprächspartnerin eine Möglichkeit dazu hatte: „Also, ich finde ihn schon sehr schick, muss ich sagen. Dieser tolle Anzug und der Schnurrbart erst ..." Flüsternd fügte sie hinzu: „Gut, dass mein Hans nicht dabei ist. So ein kleiner Flirt schadet schließlich nichts."

Lotte erwiderte: „Da kann ich dir nicht zustimmen. Irgendwas an ihm gefällt mir nicht. Und mein Käthchen mag ihn auch nicht. Dann stimmt etwas mit ihm nicht."

Luise lachte. „Was du wieder denkst, Lotte! Also, ich finde ihn, wie gesagt, äußerst charmant."

Benedikt Schirrach, der die letzte Äußerung seiner Mutter gehört hatte, knuffte diese unsanft in die Seite.

„Wirst du wohl damit aufhören, Mutter! Was soll denn der arme Papa denken?"

Die Metzgersfrau lachte. „Um den Papa brauchst du dir keine Sorgen machen. Der handhabt es schließlich genauso. Appetit holen darf man sich, solange man zu Hause isst."

Benedikt schnappte nach Luft. Sein Gesichtsausdruck verriet, dass ihm diese Art der Unterhaltung überhaupt nicht zusagte.

„Jetzt reiß dich gefälligst zusammen, Mama!", machte er seinen Standpunkt abermals deutlich.

Lotte wandte sich wieder um. Ihr Blick schweifte aus dem Fenster und sie bewunderte, wie jedes Mal, wenn sie durch die wunderschöne Pfälzer Landschaft fuhr, die akkurat aufgestellten Reihen aus Weinreben. Auch wenn diese aufgrund des beginnenden Herbstes stellenweise ihre Blätter fallen ließen, büßten sie nichts von ihrer Schönheit ein. Sie schienen an Gimmersheim vorbei und auf den Haardtrand zuzufahren, der die Vorderpfalz vom Pfälzerwald trennte. Das satte Grün der Landschaft, stellenweise durchsetzt von ein paar rötlich verfärbten Blättern, hatte eine beruhigende Wirkung auf die alte Dame und sie entspannte sich zunehmend. Eine strenger Geruch verriet, dass sich ihre Bullydame ebenfalls in einem Zustand der Tiefenentspannung befand. Laut schnarchend hatte es sich diese auf der Nebensitzbank bequem gemacht. Agnes' Gesicht verzog sich und sie fischte abermals nach ihrem Taschentuch, das sie sich vor die Nase presste. Roger Fantieus Gesichtsfarbe nahm einen leicht grünlichen

Ton an und Lotte hatte Mühe, ein Grinsen zu unterdrücken.

„Was ist das denn für ein bestialischer Gestank?", ereiferte sich der adrette Mittsechziger, nach Luft japsend.

Lotte antwortete nicht, sondern versuchte, sich wieder auf die herrliche Landschaft zu konzentrieren. Aus dem Augenwinkel heraus sah sie, wie ihre Sitznachbarin in Richtung Käthe zeigte.

„Wie kann man so ein grässliches Vieh auch mit auf eine Luxusfahrt nehmen?", wisperte Fantieu Agnes zu, die sich dann aber doch genötigt sah, die kleine Hündin zu verteidigen.

„So schlimm ist sie gar nicht. Na ja, sie schnarcht und pupst immer mal wieder und manchmal denke ich, dass sie mir meine Taschentücher mopst", Lotte grinste, „aber alles in allem ist sie ein sehr liebes Tier."

Lotte freute sich über die Worte ihrer Freundin und sie nahm sich vor, ganz besonders gut auf diese achtzugeben.

Mit quietschenden Bremsen hielt der Bus in einem der letzten Städtchen vor dem Haardtrand. Die Blicke der Reisegruppe richteten sich neugierig nach draußen, um zu sehen, wer zusteigen würde.

Eine Dame, deren graue Locken ihr rundliches Gesicht umrahmten, hielt eine kleine Tasche fest umklammert und blickte starr geradeaus. Der Mann neben ihr schien auf sie einzureden, was diese aber geflissentlich ignorierte. Sein hoher Haaransatz mit den ausgeprägten Geheimratsecken mündete in einem ungepflegten, dünnen Pferdeschwanz. Speckig glänzende Wildlederhosen kleideten seine Beine, während sein

Oberkörper in ein sackähnliches Gebilde gehüllt war, das Lotte an einen Kartoffelsack erinnerte. Eine lange Kette mit irgendeiner Art von Zähnen, die daran baumelten, hing um seinen Hals.

Neben dem ungleichen Duo tappte eine Frau in einem Designerkostüm, die Lotte auf Ende sechzig schätzte, ungeduldig mit dem Fuß und hielt den Griff eines knallroten Rollkoffers in der Hand. Große goldene Ohrringe baumelten von den, vom schieren Gewicht des Schmucks langgezogenen, Ohren. Dicke, zusammenpassende Panzerketten um den Hals und das rechte Handgelenk komplementierten ihre Ausstattung. Lotte vernahm ein abfälliges Zischen hinter sich, als Luise die Dame ebenfalls entdeckte.

Eine Reihe vor ihr sprang Roger Fantieu flugs auf die Beine und eilte nach vorn. Ohne Zweifel wollte er die Neuankömmlinge wieder begrüßen und Lotte schüttelte den Kopf.

Was bildet der sich ein?

Als sie nach draußen sah, merkte sie, dass sie sich geirrt hatte. Er hatte gar nicht vor, die Menge willkommen zu heißen. Die rundliche Dame und den alternden Hippie hatte er direkt links liegen lassen und zielsicher die Frau mit dem auffälligen Schmuck angesteuert. Galant verbeugte er sich und bot offensichtlich an, ihr den Rollkoffer abzunehmen. Geschmeichelt nahm sie das Angebot an und stöckelte, nachdem ihr Koffer sicher im Bauch des Busses verstaut war, an Fantieus Arm zum Vordereinstieg. Der Geruch eines schweren Parfüms waberte durch den Gang, als die Dame den Bus betrat, und Agnes drückte ihr Missfallen über diesen Zustand mit einem abermaligen lauten Niesen aus. Die gerade Eingetretene zuckte zusammen und blickte streng in Agnes' Richtung. Fantieu tätschelte ihr beruhigend den Arm und geleitete sie zu einer Sitzbank im vorderen Teil des Busses.

Sieh an, jetzt sind wir dem Schnösel nicht mehr gut genug, ging es Lotte durch den Kopf, als sie sah, dass er sich ganz selbstverständlich zu der Neuangekommenen setzte.

Agnes schnaubte leise.

Das Gefährt wackelte bedenklich, als die anderen Mitfahrenden nach und nach einstiegen. Die ältere Dame nahm einen Platz im vorderen Teil des Busses, hinter den beiden Schwestern, ein und Lotte hoffte, dass sich der langhaarige, ungepflegte Mann zu dieser gesellen würde. Leider steuerte der aber direkt die Bank vor ihr an, die Fantieu eben freigemacht hatte. Der seltsam süßlich-herbe Geruch nach Patchouli vermischte sich mit dem schweren Parfüm der Dame und bildete eine äußerst gewöhnungsbedürftige Duftnote. Lotte rümpfte die Nase, während Agnes ein weiteres Mal heftig niesen musste.

„Gesundheit!", sagte der Mann mit einem Lächeln im Gesicht. „Das war ja mal ein gescheiter Nieser. Lieber raus als rein, wie ich immer sage."

Ein irritierter Blick aus zwei Augenpaaren antwortete ihm.

„Ich Dussel habe mich ja noch gar nicht vorgestellt. Nagi Tanka lautet der werte Name."

Während er sprach, verstaute er seine paar Habseligkeiten auf der Sitzbank neben sich. Lotte bemerkte eine Handtrommel, die eher in eine afrikanische Musikgruppe als eine Pfälzer Busbank gepasst hätte.

„Nagiwas?", fragte Luise über Lottes Schulter hinweg neugierig.

„Nagi Tanka. Das ist indianisch und bedeutet *großer Geist*."

Entgeisterte Blicke von Agnes und Lotte sowie ein „Hä?" von der Metzgersfrau antworteten ihm.

Diese ignorierend fuhr er fort: „Ich freue mich schon sehr auf die Fahrt. Eine Unterkunft mitten im Pfälzerwald. Herrlich! Ich liebe die Ruhe und Nähe zur Natur. Was braucht der Mensch mehr, wie ich immer sage!"

Sein schwärmerischer Blick ging nach draußen in Richtung der hochaufragenden Baumwipfel, die bereits deutlich zu sehen waren und deren Laub sich zu färben begann.

„Essen, Trinken und eine Arbeit, um sich das alles leisten zu können", erwiderte Lotte trocken und ohne mit der Wimper zu zucken.

Nagi Tanka drehte sich zu ihr um. Eine Hand fuhr durch das fettige Haupthaar, als er antwortete: „Das sehe ich anders, meine Liebe. Wenn man im Einklang mit der Natur lebt, benötigt man kaum etwas zum Überleben. Besitztümer sind die Fessel der Konsumgesellschaft." Mit einem zufriedenen Lächeln blickte er Lotte offen an.

„Was machen Sie dann, bitte schön, auf einer Fahrt, wo es um den Erwerb ebendieser Besitztümer geht?"

Der Mann lachte. „Ich fahre in den wunderschönen Pfälzerwald und wie mir scheint auch noch in angenehmer Gesellschaft." Er zwinkerte ihr zu.

Lotte wollte gerade etwas erwidern, als ein besonders lautes Schnarchgeräusch ertönte. Der Mann sah sich um und erblickte Käthe, die friedlich schnarchend auf ihrer Bank lag.

„Ja wer bist du denn? Ich liebe Tiere, müssen Sie wissen. Auch wenn ich diese Zuchtrassen ganz schrecklich finde", fügte er mit einem bedauernden Blick auf die Bullydame hinzu.

Lotte schnappte nach Luft. „Sie würden wahrscheinlich eher einen Wolf halten, Herr *Nackigtanga*", sagte sie, was Agnes zum Kichern brachte.

Der Gesichtsausdruck ihres Gegenübers wurde ernst. „Da täuschen Sie sich. Ich würde niemals einen Bruder als Haustier halten. Wölfe waren und sind hoffentlich bald wieder die Beherrscher des Landes."

„Hat der gerade *Bruder* gesagt?", wisperte Agnes Lotte zu.

Diese zuckte mit den Schultern und drehte dem Mann dann demonstrativ den Rücken zu. Das hatte allerdings zur Folge, dass sie nun unweigerlich wieder mit Luise reden musste, die ihr entgegengrinste.

Das konnte ja heiter werden! Sie seufzte.

„Alles gut bei dir, Lotte?", fragte die Metzgersfrau prompt. Ihr gewaltiges Doppelkinn wackelte wegen des ruckelnden Busses und Lotte beobachtete fasziniert die vielen kleinen drahtigen Härchen darauf.

„Lotte?"

„Ja, Luise, bei mir ist alles gut. Sag mal, der Hans schmeißt jetzt den Laden, während ihr zwei auf Reisen geht?"

Ein heftiges Nicken antwortete ihr. „Der Hans schafft das ohne Probleme. Und unser Beni", sie tätschelte den Arm des Metzgers, der ihr daraufhin einen liebevollen

Blick zuwarf, „der muss schließlich auch mal raus. Wo er doch immer so fleißig arbeitet, der gute Bub."

Luise hatte viele Jahrzehnte lang, gemeinsam mit ihrem Mann Hans, die Dorfmetzgerei in Ganzenheim geführt. Sie befand sich mitten im Ort und war für die Bürger leicht zu erreichen. Es gab ansonsten keinen Laden in Ganzenheim, weshalb Luise eine Art Tante-Emma-Regal eingeführt hatte. Dort fanden die Dorfbewohner alles, was man zum Leben brauchte. Seit Hans vor einiger Zeit in den wohlverdienten Ruhestand gegangen war, führte der gemeinsame Sohn Benedikt die Metzgerei, eifrig unterstützt von der Metzgersfrau. Der Sprössling der Schirrachs war Mitte dreißig und noch unverheiratet, weshalb er für die Unterstützung seiner Mutter dankbar war.

Ein Tippen auf ihrer Schulter ließ Lotte sich umdrehen. Genervt blickte sie den langhaarigen Mann an.

„Wussten Sie, dass der Wolf ein schamanisches Krafttier ist?" Begeisterung strahlte in seinen Augen, als er ansetzen wollte fortzufahren.

„Jetzt ist aber Schluss, Herr Nagick… wie auch immer. Ich interessiere mich nicht für Ihren esoterischen Unsinn. Wenn Sie mich jetzt bitte in Ruhe lassen würden!" Energisch verschränkte Lotte die Arme vor der Brust.

„Ist ja schon gut, Frau …"

„*Fräulein* Meisner."

„Ist ja schon gut, *Fräulein* Meisner. Ich dachte nur, dass es sie interessiert, da sie doch selbst einen Nachfahren des Wolfes halten."

„Nein, es interessiert mich nicht!"

Agnes, die den Wortwechsel mit weit aufgerissenen Augen verfolgt hatte, griff nach dem Arm ihrer Freundin und zeigte aus dem Fenster. Lotte nahm diese offenkundige Ablenkung von dem unangenehmen Gespräch gerne an und die Damen starrten auf die immer dichter wachsenden Bäume, als gäbe es dort etwas ganz Besonderes zu entdecken.

Ein lautes Trommelgeräusch, das urplötzlich erklang und dem ein „He jajaja, he jajaja"-Gesang folgte, ließ die beiden zusammenzucken. Ungläubig hefteten sie den Blick auf den gebeugten Hinterkopf vor ihnen.

„Das ist ja wohl die Höhe", vernahm Lotte Luises Stimme hinter sich.

Sie wollte gerade aufstehen, da kam Roger Fantieu den Gang entlanggelaufen. Er hatte Mühe, bei dem Wackeln des Gefährts aufrecht zu gehen, und war sichtbar erleichtert, als er angekommen war. Er baute sich vor dem Trommler auf.

„Sagen Sie mal, könnten Sie das schreckliche Geheule bitte einstellen? Man versteht ja sein eigenes Wort nicht mehr!" Vorwurfsvoll blickte der adrette Mann auf den Trommler nieder.

„Ich beruhige mein inneres *Spirit animal*, müssen Sie wissen", antwortete dieser und fuhr in aller Seelenruhe mit dem Trommelgesang fort.

Fantieu, nach einem kurzen Blick zurück zu seiner neuen Busbekanntschaft, ließ eine offene Hand auf die Trommel niedersausen. Dann neigte er sein Gesicht nahe an das des Musikers und sagte: „Sie hören jetzt auf der Stelle mit diesem Krach auf. Ansonsten werden Sie *mein* Spirit animal kennenlernen, Freund."

Der Angesprochene murmelte etwas vor sich hin, stellte dann aber doch die Trommel auf den Sitz neben sich und blickte aus dem Fenster. Zufriedenheit breitete sich auf Roger Fantieus Gesicht aus, begleitet von Klatschgeräuschen von der goldbehängten Dame aus dem vorderen Teil des Busses.

Fantieu deutete mit einer überzogenen Handbewegung eine Verbeugung an und sagte galant: „Meine Damen.“

Damit verabschiedete er sich und ging zurück zu seiner neuen Busbegleitung.

Der Rest der Fahrt verlief größtenteils in Stille. Ab und an erklang ein, in Lottes Ohren überzogen lautes, Lachen von Fantieus Gesprächspartnerin, das Luise und Agnes jedes Mal mit einem Schnauben quittierten.

Tiefer und tiefer drang der altertümliche Bus mit seiner Ladung nun in den Wald ein und Lotte fragte sich, wo sich denn in dieser Einöde ein Luxushotel befinden mochte. Nach einer kleinen Ewigkeit bog das Gefährt schließlich holpernd in einen ungepflasterten Waldweg ab. An einer Tanne am Eck hing ein halb vergammeltes Schild auf dem Lotte nur mit Mühe *Haus Jagdgrund* entziffern konnte, da die Buchstaben stark ausgebleicht waren. Die Insassen krallten sich an den Vordersitzen fest, als der Bus über mehrere große Wurzeln rumpelte. Ein lautes Quietschen leitete das Bremsen des Fahrzeugs ein und endlich kamen sie zum Stehen.

4

Von ihrem Sitzplatz aus konnte Lotte nur dicht aneinander wachsende Bäume sehen, also packte sie ihre Handtasche und wies Käthe an, ihr aus dem Bus zu folgen. Die kleine Bullydame sprang fröhlich aus dem Gefährt und verschwand direkt zwischen ein paar jungen Tannen, während Lotte mit offenem Mund das große Haus vor sich anstarrte. Eine gewaltige gelbe Hausfront mit zwei angebauten weißlich-grauen Flügeln erhob sich vor ihr. Die Vorderseite zierte ein windschiefer, hölzerner Balkon. Er wirkte, als krallte er sich mit letzter Kraft an die bröckelige Hauswand. Ein Schild, das früher einmal beleuchtet gewesen sein musste, dessen Zustand jedoch verriet, dass dies schon lange nicht mehr der Fall war, hing an dem hölzernen Konstrukt. *Jagdgrund* stand darauf zu lesen, wobei die ersten zwei Lettern so verblasst waren, dass es wie *gdgrund* aussah. Drei der vielen Fenster zierten spinnennetzverhangene Läden, während die anderen vorhanglos und halbblind waren. Der Sandsteinbau machte einen äußerst heruntergekommenen Eindruck auf Lotte, verriet seinem Betrachter aber, dass es sich dabei einmal um ein durchaus beeindruckendes Gebäude gehandelt haben musste. Auf dem Platz davor warteten vier verwahrloste Holzgarnituren auf Besucher. Die Tannennadel- und Dreckschicht auf den Sitzen und Tischen zeigte an, dass schon lange niemand mehr dort Rast gemacht hatte. Ein einsamer Spatz saß auf einem der Tische, flatterte aber davon, als er die Busgesellschaft bemerkte. Eine hölzerne, doppelflügelige Tür führte ins Innere des Hotels. Um diese zu erreichen, mussten fünf in groben Stein geschlagene Stufen bewältigt werden.

Lotte sah, wie Agnes entsetzt die Hand vor den Mund schlug. Aus dem Augenwinkel heraus bemerkte sie, dass es den anderen Mitreisenden ähnlich zu gehen schien. Roger Fantieu fächelte seiner Begleitung hektisch mit den Handflächen zu, da diese in einer Tour nach Luft schnappte.

Der junge Busfahrer, dessen tattoobedeckte Arme unter den nun hochgekrempelten Ärmeln sichtbar wurden, angelte im Bauch des Busses nach den Gepäckstücken und warf ungerührt eins nach dem anderen auf den Vorplatz.

Lotte, die sich als Erste wieder fing, griff nach ihrer Tasche und stapfte auf den Eingang zu. Als sie den unteren Treppenabsatz erreichte, wurde die Tür aufgerissen und ein Mann um die dreißig sprang heraus. Mit der einen Hand versuchte er, die abstehenden Haare auf dem Kopf zu glätten, die andere fummelte am Hosenbund, unter den er die letzten Reste seines verknitterten Hemdes stopfte.

Dann wandte er sich an die Reisegruppe: „Herzlich willkommen im *Chalet Jagdgrund*, meine werten Damen und Herren. Mein Name ist Lennard Martinek und ich bin einer Ihrer Reiseleiter. Mein Kollege Manfred Krumm wird in Kürze ebenfalls zu uns stoßen. Wenn Sie in der Zwischenzeit Ihre Zimmer beziehen wollen ...“

Mit einer auffordernden Geste zeigte er auf den Hauseingang, wo eine junge Dame in einem schwarzen Kostüm mit weißer Schürze erschienen war. Die Endzwanzigerin war auffallend blass und dunkle Schatten unter ihren Augen zeugten von zu wenig Schlaf. Lange blonde Haare waren zu einem ordentlichen Pferdeschwanz gebunden.

„Frau Anna Lechner ist unser Mädchen für alles und wird sich um Sie kümmern. Auch für Ihr leibliches Wohl ist sie zuständig. Wenden Sie sich bitte gerne an Sie, wenn Sie etwas brauchen."

Mit diesen Worten schob er das Dienstmädchen nach vorne und verschwand selbst im Hausinneren.

Lotte betrachtete die junge Frau, die mit hängendem Kopf und auf ihre Schuhspitzen gerichtetem Blick auf der obersten Stufe stand. Man sah ihr an, dass ihr nicht wohl bei ihrer Aufgabe war. Lotte, die eigentlich vorgehabt hatte, ihren Zorn zum Ausdruck zu bringen, beschloss, dass die Bedienung nicht der richte Adressat dafür war. So ging sie freundlich auf diese zu und schüttelte ihr die Hand.

„Lotte Meisner. Sehr erfreut. Wenn Sie mir bitte mein Zimmer zeigen würden."

Das Dienstmädchen nickte erleichtert, drehte sich um und verschwand im Inneren des Hauses. Mit einem lauten Pfiff bedeutete Lotte ihrer Bullydame, ihr zu folgen. Diese kam prompt zwischen zwei Büschen hervorgeschossen und bewältigte die Treppe mit einem Hüpfer. Dann betrat die alte Dame ebenfalls das Gebäude. Ein durchdringender, muffiger Geruch waberte ihr entgegen. Eine altertümliche Tapete, die an mehreren Stellen fleckig war, zierte den großen Empfangsraum. Es war düster, da der schwere Kronleuchter am Eingang keine Glühbirnen enthielt, dafür von unzähligen Spinnweben behangen war. Nur das Licht, das durch ein kleines Fenster oberhalb der Tür einfiel, half ihr bei der Orientierung in der Dunkelheit. Linkerhand befand sich ein langer hölzerner Tresen, am hinteren Ende des Raumes eine weitere Doppeltür. Die junge Frau steuerte die rechte Seite der Halle an, wo eine gewaltige Holztreppe nach oben führte. Ein lautes Knarzen bei jedem Tritt ließ Lotte bangen, ob das alte Holz ihrem Gewicht standhalten würde. Oben angekommen empfing sie kaltes, weißes Licht aus zwei Stehlampen, die den langen Flur abschnittsweise beleuchteten. Lotte bemerkte eine dicke schwarze Spinne, die ihr Netz zwischen Wand und Decke gespannt hatte und auf Beute lauerte. Unzählige Zimmer gingen vom Gang ab und das Dienstmädchen stoppte nach kurzem Blick auf einen Zettel, den sie aus ihrer Schürzentasche fischte, vor Zimmer 109. Mit einem großen Schlüssel entsperrte sie das Schloss und hielt Lotte wortlos die Tür auf.

Auf der Schwelle stehen bleibend begutachtete die alte Dame ihre neue Behausung. Der Raum war mehr als schlicht und beinhaltete nebst einem kargen Holzbett nur einen einfachen Tisch mit Hocker. An der Wand neben der Tür war ein Waschbecken angebracht, das zu Lottes Erleichterung frisch gereinigt schien. Das Bett war mit einem kleinen Kopfkissen und einer Wolldecke ausgestattet, was eher an ein Gefängnis als ein Hotel erinnerte. Käthe schien sich nicht daran zu stören und stürmte flugs in ihr neues Zuhause. Mit einem Satz landete sie mitten auf dem Bett, wo sie sich augenblicklich zusammenrollte und schnarchte.

Ein zartes Lächeln überzog das Gesicht der jungen Frau, als sie die Hündin bemerkte, nur um anschließend sofort wieder durch einen düsteren Blick ersetzt zu werden. Eine knappe Verabschiedung murmelnd ließ sie Lotte allein.

Die alte Dame stapfte entschlossen zum Fenster, um frische Luft hereinzulassen. Nach einigem kräftigen Rütteln und Ruckeln gelang es ihr, einen Fensterflügel zu öffnen. Die verblüfften Gesichter ihrer Mitreisenden blickten zu ihr auf und Lotte erkannte, dass sich ihre karge Kammer in der Front des Gebäudes befand.

„Ihr könnt raufkommen! Es ist zwar kein Luxus, aber wenigstens sind die Zimmer einigermaßen sauber."

Die knarzende Treppe verriet wenig später die Ankunft der Reisegesellschaft und Lotte spähte zur Tür hinaus. Agnes erhielt die Behausung direkt neben ihr, während Benis und Luises Zimmer jeweils weiter hinten im Gang lagen. Roger Fantieu bezog zwei Räume von ihr entfernt sein Gemach und wirkte enttäuscht, als Frau Lechner seine Busbekanntschaft im Flur um die Ecke führte. Lotte freute sich, als sie sah, dass der trommelnde Hippie ebenfalls ums Eck verschwand, da sie keine Lust hatte, nachts von Trommelgeräuschen geweckt zu werden. Einige Räume blieben unbewohnt.

Als das Hausmädchen an Lottes Zimmer vorbeikam, fragte die alte Dame sie: „Sagen Sie mal, wo ist denn hier das Badezimmer?"

Die Angesprochene deutete auf eine Tür am Anfang des Ganges, dann verschwand sie schnellen Schrittes die Treppe hinunter.

Lotte blickte auf die unscheinbare Tür. Sollte sie es wagen?

Langsam näherte sie sich dem ausgewiesenen Bad und versuchte, sich innerlich auf das Kommende vorzubereiten. Tief Luft holend drückte sie die abgenutzte Türklinke hinunter. Was sie dann sah, übertraf ihre Befürchtungen bei Weitem. Der Raum war vom Boden bis zur Decke mit Kacheln in einem knalligen Orange, wie es in den 60er Jahren populär gewesen sein mochte, gefliest. Die Fliesen wiesen an den meisten Ecken Sprünge auf und der ehemals weiße Mörtel, der sie zusammenhielt, war grau und an vielen Stellen von Schimmel befallen. An der rechten Seite hingen drei Waschbecken im gleichen Orangeton wie die Fliesen, ein viertes lag zerbrochen auf dem Boden. Aus dem Loch an der Wand, wo dieses gehangen hatte, tropfte stetig Wasser. Linkerhand erblickte Lotte vier Duschkabinen, die zwar über Trennwände, aber keine Duschvorhänge verfügten. Lediglich eine fünfte Kabine war durch eine Tür verschlossen. Das Bild eines kleinen Jungen, der in einen Nachttopf urinierte, wies sie als Toilette aus. Lottes Blick wanderte in den hinteren Teil des Raums, der zwei große Fenster aufwies. Irgendjemand hatte versucht, die Privatsphäre der Hotelgäste durch eine geschmacklose Klebefolie zu garantieren, die am unteren Drittel der Scheiben angebracht war.

Heute wäre das nicht mehr nötig, so blind ist der Rest der Fenster, dachte Lotte spöttisch.

Ein entsetztes „Um Himmels Willen!" hinter ihr kündigte Agnes' Ankunft an. Das Taschentuch auf den Mund gepresst betrachtete diese ihrerseits das Bad des vermeintlichen Wellness-Tempels. Sanft packte Lotte ihre Freundin am Arm.

„Komm, lass uns gehen und miteinander reden."

Willenlos ließ sich die Angesprochene in Richtung von Lottes Zimmer führen, wo sie mit einem Ächzen auf dem einzigen Hocker im Raum Platz nahm. Lotte selbst setzte sich neben die schnarchende Käthe aufs Bett, die sich daraufhin prompt auf den Rücken rollte – eine eindeutige Aufforderung zu einem ausgiebigen Bauch-Kraulen. Die alte Frau kam dem Wunsch ihrer Bullydame nach und streichelte sanft über die weiße Brust der Hündin, während sie Agnes kurz Zeit ließ, um sich von dem ersten Schock zu erholen.

Nachdem sich diese ausführlich die Nase geputzt hatte, presste sie schließlich hervor: „Du hattest recht, Lotte! Mit allem! Diese Bruchbude soll ein Luxushotel sein! Dass ich nicht lache."

Wie ein Häufchen Elend, mit hängendem Kopf, saß Agnes an dem kargen Tisch. Lotte erhob sich und ging neben ihrer Freundin in die Hocke. Dann ergriff sie deren faltige Hand.

„Es tut mir sehr leid, dass ich offensichtlich recht hatte mit meiner Annahme. Wir werden uns auf jeden Fall bei diesem Martinek oder wie auch immer der heißt beschweren."

Ein Nicken antwortete ihr.

„Und dann verlangen wir, dass man uns das Geld zurückgibt und uns zurück nach Ganzenheim fährt." Lottes Stimme klang entschlossen.

Erschrocken blickte Agnes auf. „Zurück nach Ganzenheim? Aber was ist denn dann mit dem Supersonderangebot?"

Lotte schüttelte den Kopf. „Glaubst du wirklich, dass dieses Angebot echt ist? Nach allem, was du hier gesehen hast?"

Agnes' zweifelnder Gesichtsausdruck gab Lotte Hoffnung, dass diese vernünftig geworden war. Ihre nächsten Worte belehrten sie jedoch eines Besseren.

„Nein, Lotte, ich bin hier um den Rial Iaf-Ring zu kaufen und vielleicht auch das eine oder andere weitere Schnäppchen zu machen. Das lass ich mir von dieser miesen Unterkunft nicht versauen. Immerhin war es ein Hauptgewinn!" Die alte Dame straffte die Schultern und Lotte seufzte.

„Sei doch vernünftig, Agnes. Heute Abend schon könnten wir in unseren Betten liegen, anstatt hier zu hausen ..."

Mit einer schroffen Handbewegung unterbrach ihre Freundin sie. „Ich will die Sonderangebote sehen. Fertig, aus, amen!"

Lotte wusste, dass sie Agnes nicht mehr umstimmen können würde. *Sie ist so stur wie ein Esel*, dachte sie grimmig. Ächzend erhob sie sich aus der unbequemen Position, die Kniegelenke knackten merklich.

„Du wirst es mir aber nachsehen, wenn *ich* den Herren Reiseleiter meine Meinung zu dieser Baracke sage, oder?"

„Tu, was du nicht lassen kannst. Ich gehe jetzt auf mein Zimmer und ruhe mich noch ein wenig aus. Auf dem Tagesprogramm", Agnes deutete in Richtung der Tür, wo ein handbeschriebenes Blatt im Din-A4-Format mit Tesa befestigt war, „steht, dass es um sechs Abendbrot gibt und um halb acht der Ring vorgestellt wird." Sie blickte auf ihre Armbanduhr. „Somit haben wir noch drei Stunden Zeit und ich gedenke, mich ein wenig aufs Ohr zu hauen."

Ächzend stemmte sich die Mittsiebzigerin am Tisch hoch, der beträchtlich knarzte, und watschelte anschließend zur Tür.

„Bis später, Lotte."

„Bis später, Agnes."

Rumms! *Die ist zu*, dachte Lotte, als die Tür mit einem Knall ins Schloss fiel. Käthe, die von dem Geräusch aufgewacht war, war mit einer Drehung auf den Beinen und spitzte die Ohren. Vielmehr nur das eine Ohr, denn die Bullydame hatte von Geburt an ein Hängeohr. Lotte fand, das gab ihr etwas Besonderes, auch wenn sie schon vielen Menschen begegnet war, die ihr ungebetenerweise geraten hatten, das Ohr operativ aufrichten zu lassen. Die alte Dame ging wieder zum Bett und streichelte ihre Hündin beruhigend.

„Es ist alles gut, mein Schatz. Wir machen das Beste draus, stimmts? Der Wald wird dir sicher gefallen, mein Käthchen. Da gibts viel zu entdecken für dich, wenn wir Gassi gehen."

Beim Wort *Gassi* hüpfte die Bullydame vom Bett und raste zur Tür, wo sie heftig hinternwackelnd wartete.

„Natürlich willst du jetzt raus, nach der ollen Busfahrt."

Lotte wühlte in ihrer Tasche und zog ihren gelben Vlieshut hervor, den sie sorgfältig glatt strich, bevor sie ihn sich auf die stahlgrauen Locken setzte. Dann griff sie nach Halsband und Leine. Im Wald wollte sie nicht riskieren, dass Käthe ein Rehkitz oder Ähnliches aufstöberte. Widerwillig ließ sich die Bullydame das rote Halsband anlegen, vergaß aber augenscheinlich ihren Ärger sofort wieder, als ihr Frauchen die Tür öffnete.

Beinahe wäre sie in die rundliche Dame gerannt, die mit als Letzte dem Bus zugestiegen war.

„Hoppla!", rief Lotte und zog an der Leine, was den Effekt hatte, dass sich diese um die Beine der im Gang stehenden Dame wickelte, da Käthe im Kreis um sie herumgelaufen war. Schnell half sie ihr, sich aus ihrer unfreiwilligen Fessel zu befreien.

„Entschuldigen Sie bitte. Mein Käthchen ist ein wenig aufgeregt, weil wir Gassi gehen wollen."

Zu ihrer Überraschung lächelte die Frau. „Käthchen? Was für ein entzückender Name für dieses bezaubernde kleine Wesen!"

Ächzend beugte sie sich hinunter und kraulte die Hündin hinter den Ohren. Dann richtete sie sich wieder auf.

„Gertraud Schmidt ist mein Name." Freundlich streckte sie Lotte eine Hand hin, die diese ergriff und schüttelte.

„Lotte Meisner, sehr erfreut."

„Sagen Sie, Frau Meisner ..."

„Fräulein Meisner."

„Das ist aber nett! Das hört man heutzutage viel zu selten." Gertraud Schmidt lächelte erneut, dann setzte sie abermals an: „Sagen Sie, Fräulein Meisner, wäre es Ihnen recht, wenn ich Sie und ihre bezaubernde Hündin auf dem Spaziergang begleite?"

Verblüfft überlegte Lotte. Eigentlich hatte sie unten ein deutliches Wort mit den Herren Reiseleiter sprechen wollen. Die Aussicht auf eine nette Unterhaltung ließ sie diesen Plan jedoch verschieben. Das lief ja nicht weg!

Sie nickte. „Herzlich gerne, Frau Schmidt. Es würde uns freuen."

Gemeinsam gingen die beiden Damen zu der ausladenden Treppe und stiegen ins düstere Erdgeschoss hinab. Der muffige Geruch schien unten noch stärker als oben zu sein und so atmeten sie tief ein, als sie nach draußen traten.

„Das tut gut!", rief Gertraud Schmidt aus und sog die Luft ein, die würzig nach Tannennadeln roch.

„Da stimme ich Ihnen voll und ganz zu", erwiderte Lotte, die ebenfalls tief inhalierte. „Ich liebe diesen Geruch nach Bäumen und Moos."

Frau Schmidt nickte und folgte Lotte, die mit Käthe an der Leine in einen kleinen Waldweg einbog, der direkt neben dem Hotel lag.

Schnell entwickelte sich ein Gespräch zwischen den beiden Damen und Lotte empfand die mollige Endsechzigerin als eine angenehme Gefährtin, auch wenn sie viel redete. So erzählte diese, dass sie bereits jung verwitwet war, aber nie wieder geheiratet hatte. Außerdem gab sie ihre Vorliebe für Schlager preis, die Lotte definitiv nicht mit ihr teilte, aber tolerieren konnte. Weiterhin erfuhr sie, dass ihre Reisegefährtin wie Agnes unbedingt den Diamantring erstehen wollte.

„Wissen Sie, Fräulein Meisner, der Ring erinnert mich an meinen Ehering. Den hätte ich so gerne wieder." Ein tiefer Seufzer begleitete ihre Worte.

„Was ist denn mit ihrem Ehering geschehen?"

„Nun ja, als mein werter Mann, Gott sei seiner Seele gnädig, verstorben ist, habe ich ihm als Zeichen meiner ewigen Liebe den Ring mit in den Sarg gelegt." Die Erinnerung ließ ihre Gesichtszüge die Trauer, die sie damals empfunden hatte, widerspiegeln. Dann holte sie tief Luft und sagte: „Und heute bereue ich das zutiefst. So wäre mir zumindest ein Teil von uns geblieben."

Lotte tätschelte ihrer Begleitung den Arm, als sich ein Lächeln auf dem rundlichen Gesicht ausbreitete.

„Und dann flatterte mit der Post die Gewinnankündigung ins Haus und mir ist fast das Herz stehengeblieben, als ich den Ring gesehen habe. Die Ähnlichkeit ist einfach verblüffend!"

Lotte überlegte kurz, ob sie ihrer Gesprächspartnerin gegenüber ihre Bedenken im Hinblick auf das Verkaufsangebot äußern sollte, verwarf diesen Gedanken jedoch schnell wieder. Schweigend gingen die beiden Damen weiter und genossen die Waldlandschaft. Käthe schnupperte mit den ihr eigenen staubsaugerähnlichen Geräuschen an jedem Busch, bis sie plötzlich stehen blieb und die Ohren spitzte.

Lotte lauschte, konnte jedoch nichts ausmachen und so gingen die drei weiter. Bei der nächsten Baumgruppe hörte sie, was ihre Bullydame angezeigt hatte. Ein leises, rhythmisches Trommeln war aus der Ferne zu hören.

Frau Schmidt, die das Geräusch ebenfalls wahrgenommen hatte, verzog leidend das Gesicht und sagte: „Das ist bestimmt wieder dieser Georg Griebelmeier."

Überrascht blickte Lotte ihre Begleiterin an. „Sie meinen sicher den Nagi Tanka oder wie auch immer der heißt?"

Laut lachend blieb die rundliche Endsechzigerin stehen.

„Hat er Ihnen das erzählt? Der Griebelmeier und sein Dummgebabbel."

Lotte schmunzelte. Auch Frau Schmidt schien ab und zu gern pfälzische Dialektworte zu benutzen. Sie musste sie unbedingt der Luise vorstellen.

„Sie kennen diesen Möchtegern-Indianer?", fragte sie schließlich.

Ein heftiges Nicken antwortete ihr. „Den Griebelmeier kennt jeder bei uns im Ort. Der wohnt auf so einem heruntergekommenen Einsiedlerhof in der Nahe meiner Ortschaft. Im Hof steht ein riesiges Tipi, das muss man sich mal vorstellen. Wenn der Wind von Westen kommt, hört man sein Trommeln im ganzen Dorf. Sie können sich nicht vorstellen, was die Dorfgemeinschaft schon alles versucht hat, damit der Ruhe gibt." Sie seufzte.

Lotte, die den Ausführungen von Gertraud Schmidt gebannt zugehört hatte, stellte sich vor, wie jemand wie der Griebelmeier wohl in Ganzenheim aufgenommen werden würde. *Bestimmt hätte der es mit seinen Eigenarten nicht leicht in dem kleinen Weinort*, dachte Lotte. Neugierig fragte sie: „Was macht der eigentlich beruflich? Er hat erzählt, dass er von Konsumgütern nichts hält. So ein Hippie-Gerede halt!"

„Nun ja, so ganz weiß ich das auch nicht. Er baut Gemüse auf einem kleinen Feld an. Vielleicht verkauft er ja einiges davon?" Frau Schmidt zuckte mit den Schultern. „Er scheint auch immer mal wieder für einige Zeit weg zu sein. Zumindest hört man dann sein elendes Getrommel nicht. Vielleicht arbeitet er dann."

Lotte hielt kurz inne und überlegte. „Ich finde es aber schon komisch, dass ausgerechnet ein Mensch mit seiner Einstellung auf so eine Fahrt mitkommt."

Gertraud Schmidt zuckte mit den Schultern. „Ich kann mir durchaus vorstellen, dass er auf seinem Einsiedlerhof recht einsam ist. Anschluss ins Dorf hat er meines Wissens nicht und manchmal braucht schließlich jeder Mensch ein wenig Gesellschaft."

Nachdenklich nickte Lotte. *Das könnte passen.* So etwas in der Art hatte er schließlich zu ihr gesagt.

Die beiden Damen folgten noch eine Weile dem kleinen Pfad, dann begaben sie sich auf den Rückweg. Die Anstrengung des Tages machte sich nun auch bei Lotte bemerkbar und so entschloss sie sich, es Agnes gleichzutun und sich ein wenig hinzulegen. Beim Anblick der Bettwäsche wünschte sie, sie hätte vorausschauender gepackt und einen eigenen Bezug eingesteckt. Kurz erwog sie, zu ihrer Freundin zu gehen, um sich bei ihr einen Überzug zu holen. Bei der Gepäckmenge, die diese mitgebracht hatte, vermutete sie, dass sie Glück haben könnte. Aber Agnes schlief und Lotte wollte sie nicht wecken. So legte sie sich, angezogen wie sie war, auf die verwaschen wirkende Decke mit Karomuster und deckte sich mit ihrem Mantel zu. Käthe schlüpfte nach einem Satz aufs Bett ebenfalls unter diesen und rollte sich gemütlich zusammen. Ein lautes Schnarchen zeigte an, dass ihre Bullydame sofort eingeschlafen war. Es dauerte nicht lange und ein weiteres, leiseres Schnarchen mischte sich zu dem lauten sonoren Ton der Hündin.

5

Das Geräusch einer laut zuschlagenden Tür weckte Lotte auf. Irritiert blickte sie sich in ihrer kargen Behausung um, bis sie begriff, wo sie war. Sie rieb sich die Augen und schwang ihre Beine über den Bettrand. Sie musste tief geschlafen haben, merkte aber auch, wie gut ihr das getan hatte. Ihr Rücken knackte merklich, als sie sich reckte, um den letzten Rest Schlaf abzuschütteln. Ein Blick auf ihre goldene Armbanduhr, die ihre Schwester Josi ihr einst geschenkt hatte, verriet ihr, dass es an der Zeit war, sich fürs Abendessen fertig zu machen. Das Wasser, das sie sich an ihrem Waschbecken ins Gesicht spritzte, war eiskalt. Mit einem Handtuch, das den Weichheitsgrad eines Reibeisens hatte, rubbelte sie sich trocken. Wenigstens daran hatte sie gedacht. Mit diesen neumodischen flauschigen Handtüchern konnte sie nichts anfangen. Die saugten, wie sie fand, einfach überhaupt kein Wasser auf und waren zu nichts zu gebrauchen. Nicht, dass ihr hier ein solches zur Verfügung gestanden hätte ...

Lotte wühlte in ihrer Tasche. Den gelben Filzhut konnte sie unmöglich zum Abendessen tragen. Sie brauchte etwas Dezenteres. Zum Glück hatte sie auch das fliederfarbene Modell mit Organzaschmuck eingepackt, das hervorragend zu dem Anlass passen würde. Hastig steckte sie den Hut mit zwei Haarnadeln an ihrem grauen Schopf fest, überprüfte den Sitz in dem halbblinden Spiegel über dem Waschbecken und pfiff dann nach Käthe, die jedoch bereits an der Tür saß.

„Komm, mein Schatz, wir wollen mal sehen, was die uns hier auftischen."

Kaum war die Tür einen Spalt breit offen, sauste die Bullydame bereits den Gang entlang in Richtung Treppe. Lotte vernahm das Kreischen einer Frau sowie ein „Blödes Vieh!", das sie Fantieu zuordnete. Ein Grinsen stahl sich auf ihr Gesicht. Im Gang bestätigte sich ihre Vermutung, denn vorne am Treppenabsatz erblickte sie den Herren, der diesmal in einen gut sitzenden Anzug gekleidet war. An seinem Arm hielt sich die Dame fest, die Lotte schon im Bus bemerkt hatte. Ein schwarzes Abendkleid lenkte den Blick auf den Goldschmuck, der in Form einer dicken Panzerkette um ihren Hals lag. Ihre Handgelenke waren ebenfalls von schweren Ketten umwickelt und Lotte fragte sich, wie sie ihre Arme überhaupt noch anheben konnte. Galant geleitete Fantieu seine Begleitung die Treppe hinab, gefolgt von Lotte, die Mühe hatte, tief einzuatmen. Der Parfümduft der Dame hing schwer in der Luft und Lotte beeilte sich, an den beiden vorbeizukommen, um dem zu entgehen. Ein giftiger Blick folgte ihr, doch das störte sie nicht. Dem Stimmengewirr folgend machte sie eine Doppeltür aus, die wohl den Eingang zum Speisesaal darstellte. Die Farbe der Tür, deren filigrane Schnitzereien von einer glanzvollen Vergangenheit erzählten, blätterte in langen Streifen ab und Lotte fragte sich kurz, wie es hier wohl zur Blütezeit des Hotels ausgesehen haben mochte. Durch die Doppeltür gelangte sie in einen großen Saal, der einst sicher für Hochzeiten und andere große Feierlichkeiten genutzt worden war. Eine kleine Holzfläche in der Mitte ließ sie eine Tanzfläche vermuten. Der schmuddelige, dunkelgrüne Teppich ringsherum beherbergte früher wohl wie heute Tische und Stühle. Wobei Lotte spöttisch dachte, dass das Mobiliar damals bestimmt nicht aus hastig aufgestellten Klappmöbeln bestanden hatte. Lotte erblickte Agnes, die bereits mit Luise und Benedikt Schirrach an einem Tisch Platz genommen hatte und ihr heftig zuwinkte. Sie ging zu der kleinen Gesellschaft und setzte sich auf den freien Klappstuhl, der verdächtig wackelte. Aus dem Augenwinkel bemerkte sie, dass ihre Bullydame die Ecken des großen Raumes beschnupperte.

„Ich hab vielleicht einen Mordshunger", ertönte die tiefe Stimme des Metzgers. „Hoffentlich gibts hier was Gescheites."

Luise nickte eifrig und tätschelte die Hand ihres Sohnes. „Bestimmt, mein Schatz! Das ist ja schließlich ein Luxushotel. Da wird es schon etwas Gutes zum Essen geben."

Lotte blickte die Metzgersfrau verblüfft an. Hatte diese etwa noch immer nicht verstanden, dass es sich hierbei um alles andere als ein Luxushotel handelte?

„Aber Mama, du hast diese Bruchbude doch gesehen ... Von Luxus kann hier wohl keine Rede sein!" Benedikts Stimme hatte einen leicht quengeligen Tonfall angenommen.

„Papperlapapp! Wir sind hier im Urlaub und lassen uns das auch durch nichts vermiesen", erwiderte Luise streng.

Lotte kannte diese Einstellung von anderen Menschen: Man fuhr in den Urlaub und anstatt sich einzugestehen, dass es ein Flopp war, redete man sich alles schön. Sie selbst dachte gar nicht daran, das so zu handhaben.

Nach und nach trudelten die anderen Gäste im Speisesaal ein. Lotte beobachtete den gequälten Gesichtsausdruck von Roger Fantieu, als sich Gertraud Schmidt zu ihm und seiner Busbekanntschaft setzte. Als Georg Griebelmeier den Raum betrat und ebenfalls in seine Richtung stapfte, wurde es dem Mittsechziger jedoch zu viel. Mit einem heftigen Kopfschütteln und einem Fingerzeig bedeutete er ihm, sich eine andere Sitzgelegenheit zu suchen. Der Möchtegern-Indianer zuckte mit den Schultern und begab sich an den Tisch der Schwestern, die ebenfalls nicht gerade glücklich über ihren neuen Tischnachbarn zu sein schienen.

Als schließlich jeder einen Platz gefunden hatte, betrat ein großer, hagerer Mann den Raum, gefolgt von dem kleineren, der sie am Chalet in Empfang genommen hatte. Aufmerksame Augenpaare richteten sich auf die beiden, die in der Mitte der Tanzfläche stehen blieben. Der Größere, dessen Gesicht keine Regung zeigte, trug eine Art Jogginganzug mit farblich passendem Kapuzenpullover, während der Kleinere, in einen sauberen Anzug gekleidet, die Anwesenden freundlich anlächelte. Der große Mann ergriff, mit tiefer, leicht rauer Stimme, das Wort: „Meine Damen und Herren, herzlich willkommen im *Chalet Jagdgrund.*" Sein Blick ging durch den Raum und ein Lächeln überzog sein Gesicht, das in Lottes Augen unecht wirkte.

„Mein Partner, Lennard Martinek, und ich, Ihr Reiseleiter Manfred Krumm, freuen uns sehr, Sie zu Ihrem Hauptgewinn – zwei Nächte im *Chalet Jagdgrund*, eine Ausflugsfahrt mit Kaffee und Kuchen, sowie exklusive Verkaufsveranstaltungen – willkommen zu heißen." Er machte eine bedeutungsschwere Pause. Dann setzte er abermals an, seine Stimme nicht mehr als ein Flüstern: „Aber wir wissen alle, warum Sie in Wahrheit hier sind. Ich kann Ihnen versichern, meine Damen und Herren, es lohnt sich wirklich! Die ganz besonderen Real Love-Ringe befinden sich bereits sicher verwahrt im Safe des Hotels und warten auf neue Besitzer. Eine Kostbarkeit wie diese haben Sie sicher noch nie zu Gesicht bekommen." Ein aufgeregtes Raunen ging durch den Raum. Lotte bemerkte, dass Agnes und Luise vor Aufregung rote Bäckchen bekamen. Krumm fuhr fort: „Der Real Love-Ring ist ein Diamantring der Sonderklasse. Der eingesetzte blaue Diamant ist eine ausgesprochene Rarität, wie Sie sicher wissen, meine Damen und Herren. Nur hier und heute haben Sie die einmalige Gelegenheit, dieses besondere Schmuckstück zu einem absoluten Schnäppchenpreis zu erwerben." Die älteren Damen und Herren schienen geradezu an den Lippen des Reiseleiters zu hängen, wie Lotte bemerkte. „Leider konnten wir aufgrund der Tatsache, dass wir Ihnen den Real Love-Ring zu diesem unglaublich niedrigen Preis offerieren, der natürlich weit unter Wert liegt, keine höherwertige Behausung anbieten. Wir hoffen natürlich, Sie haben dafür Verständnis."

Zu Lottes Erstaunen und Verärgerung nickten alle eifrig.

„Ich hoffe, Sie verzeihen die ein oder andere Unannehmlichkeit. Heute Abend erwartet Sie jedenfalls ein Gaumenschmaus der besonderen Art. Für diejenigen unter Ihnen, die gerne Fleisch essen, wird ein zartes Putengeschnetzeltes in Riesling-Gemüse-Rahm aufgetragen. Die anderen kosten ein vegetarisches Menü der Extraklasse. Frau Lechner“, er deutete auf die blasse junge Frau, die Lotte auf ihr Zimmer geführt hatte und die in der offenen Doppeltür stand, „wird Ihnen jeden Wunsch von den Augen ablesen. Leckere hausgemachte Limonade rundet das Abendessen ab.“

Limonade? Lotte zog eine Augenbraue hoch. Das passte so gar nicht zu dem angekündigten Gaumenschmaus.

Benedikt und seine Mutter wählten das Fleischmenü, während Lotte und Agnes sich für die vegetarische Köstlichkeit entschieden. Erwartungsvoll saßen die vier am Tisch, als ein an ein Glas geschlagener Löffel alle aufhorchen ließ. Nanu, wollte da jemand eine Rede halten?

Die beiden Schwestern erhoben sich von ihren Sitzplätzen und blickten ihre Mitreisenden an.

„Werte Brüder und Schwestern, wir würden uns freuen, mit Ihnen gemeinsam vor dem Abendessen das Tischgebet zu sprechen. Der Herr hat uns diese Fahrt geschenkt und wir sollten ihm gebührend danken.“

Leises Gemurmel erklang, doch so recht schien keiner der Mitfahrenden Einspruch erheben zu wollen. Edda Schneider hob daraufhin beide Arme mit den Handflächen nach oben zeigend und begann inbrünstig zu beten. Jedes Mal, wenn sie „Herr“ oder „barmherziger Gott“ sagte, rief ihre Schwester ein lautes „Halleluja“

dazwischen. Lotte entdeckte Ungläubigkeit auf den Gesichtern ihrer Tischgenossen, die wie sie selbst ein solches Schauspiel noch nie gesehen hatten. Das sogenannte Tischgebet zog sich in die Länge und die ersten wurden unruhig. Aus dem Augenwinkel bemerkte Lotte Frau Lechner, die mit den ersten Speisen unschlüssig an der Tür verharrte. Weitere Minuten zogen sich wie Kaugummi dahin, bis auf einmal ein lautes „Amen" von Agnes ertönte, in das alle Anwesenden erleichtert einstimmten. Die beleidigten Gesichter der beiden Schwestern ignorierend wandten sich erwartungsvolle Blick der Bedienung zu, die nun endlich den ersten Tisch ansteuerte. Benedikt starrte ihr geradezu hinterher. *Der hat wohl ganz schön Kohldampf*, dachte Lotte amüsiert.

„Das hast du gut gemacht, meine Liebe." Sie tätschelte Agnes' Hand.

Diese grinste. „Das war ja nicht mehr auszuhalten. Also, so ein kleines Tischgebet lass ich mir ja noch gefallen, aber so ein Riesentheater ... Nein, das muss nicht sein."

Benedikt starrte immer noch in Richtung der Bedienung, die nun ihren Tisch ansteuerte. Kurz bevor sie sie erreichte, sprang der große Metzger plötzlich auf, sodass sein Klappstuhl mit einem lauten Scheppern auf den Boden knallte. Frau Lechner erschrak so dermaßen, dass sie beinahe die beiden Teller fallen ließ, die sie trug. Nur das beherzte Eingreifen von Luise, die ihr diese schnell aus der Hand schnappte, verhinderte Schlimmeres.

„Also wirklich, Beni. Was ist denn das für ein Benehmen, Bub? Schäm dich!", schimpfte die Metzgersfrau mit ihrem Sprössling.

Mit knallroten Wangen ein „Tschuldigung, wollt nur helfen" murmelnd, hob der großgewachsene Mann seinen Stuhl auf und setzte sich wieder.

Luise betrachtete die beiden Teller. Lotte meinte, ein böses Grinsen in ihrem Gesicht zu entdecken, als sie verkündete: „Das ist dann wohl das vegetarische Menü, meine Damen." Sie stellte die dampfenden Speisen vor Lotte und Agnes ab und lachte laut auf.

„Das ist jetzt nicht dein Ernst?", entfuhr es diesen gleichzeitig.

Eine kleine Portion Rigatoni schwamm in einer rötlichen Pampe. Obendrauf lag ein Blatt – nicht etwa eines vom Basilikumstrauch oder einem anderen Kraut. Nein, ein ordinäres Baumblatt zierte die Speise.

„Nudeln mit Tomatensoße ... Das ist das vegetarische Menü?" Agnes' Hand fuhr in die überdimensionale Handtasche und das eilig herausgefischte Stofftaschentuch konnte gerade noch den gewaltigen Nieser auffangen. Vor Schreck ließ die alte Dame das Tuch anschließend fallen. Trotz eines schnellen Blickes unter den Tisch konnte sie es später nicht wiederfinden.

„Du und deine nervösen Nieser", grinste Luise.

Lotte schaute zweifelnd auf ihren Teller. „Vielleicht schmeckt es ja gar nicht so übel?"

Tapfer pikste sie mit ihrer Gabel eine Nudel aus der roten Pampe und steckte sie sich in den Mund. Sie wurde blass.

„Tomatenketchup", sagte sie heiser, während sie die Nudel hinunterwürgte.

Zum Glück brachte Frau Lechner in dem Moment einen großen Krug mit Wasser, denn Lotte brauchte unbedingt etwas, womit sie nachspülen konnte. Entsetzt beobachtete sie, wie die Bedienung den Krug erst absetzte, dann eine Brausetablette aus ihrer Schürze fischte und diese in das Wasser fallen ließ.

„Was um alles in der Welt machen Sie denn da?", fragte Lotte entgeistert.

„Limonade", erwiderte die Angesprochene schlicht und rührte mit einem großen Löffel, den sie ebenfalls aus ihrer überdimensionalen Schürzentasche fischte, in dem Krug. Das Wasser darin nahm einen giftig orangefarbenen Ton an und Lotte wünschte sich, es wäre beim Wasser geblieben.

Sie glaubte ihren Ohren nicht zu trauen, als Benedikts tiefe Stimme ertönte: „Das sieht aber lecker aus, Frau Lechner."

Seine großen Hände griffen nach dem Krug und schenkten das zischende Getränk ein. Ein herzhaftes „Ahhh" ertönte, nachdem er das Glas auf einen Zug ausgetrunken hatte. Strahlend blickte er die Bedienung an.

„Es freut mich, wenn es Ihnen schmeckt", erwiderte diese leise und machte sich dann auf den Weg zum Nachbarstisch, um dort ebenfalls *hausgemachte Limonade* herzustellen.

Lotte stocherte lustlos in ihrem Teller, während Agnes ihre Mahlzeit bereits beendet hatte. „Ach, komm schon, Lotte, so schlecht ist es gar nicht."

„Hättest wohl doch besser das Fleischgericht bestellt, nicht wahr?", erklang Luises hämische Stimme.

Frau Lechner steuerte wieder ihren Tisch an und stellte zwei Teller vor Benedikt und dessen Mutter ab.

Das eben noch spöttische Grinsen im Gesicht der Metzgersfrau erstarb, als sie den grauen Brei auf ihrem Teller erblickte.

Fassungslos murmelte sie: „Was zur Hölle soll denn das sein?“

Mit der Gabel im hellgrauen Batz stochernd suchte sie offenbar die angekündigten Fleischstückchen. „Haben die das etwa püriert?“

Lotte musste nun ihrerseits grinsen. Auf einmal sah ihre Mahlzeit gar nicht mehr so übel aus. Mit einem „Ahhh, wie das schmeckt“ spießte sie eine Rigatoni auf und führte sie genüsslich zum Mund. Die Metzgersfrau warf ihr einen bösen Blick zu, tunkte dann ihrerseits die Gabel in die undefinierbare graue Masse und leckte anschließend vorsichtig daran.

Ein Vermögen für eine Kamera, dachte Lotte, als sich ein angeekelter Gesichtsausdruck auf dem Gesicht ihres Gegenübers ausbreitete.

„Das ist ja ... Das ist ja ...“, Luise schnappte nach Luft. Hastig nahm sie einen großen Schluck der giftig leuchtenden Limonade, um den Geschmack loszuwerden.

„Großartig, ganz großartig ist das, Frau Lechner“, ergänzte Benedikt den Satz seiner Mutter, als er die junge Dame erblickte. Mit Eifer kratzte er die letzten Reste aus dem fast leeren Teller und strahlte die Bedienung an.

Luises Gesicht wurde rot und ihre Augen nahmen einen gefährlichen Ausdruck an. „Sag mal, Beni, was erzählst du hier für einen Mist? Hab ich dich beim Wickeln von der Kommode fallen lassen? Das hier“, sie zeigte auf ihren Teller mit dem grauen Brei, „ist das Widerlichste, das mir jemals untergekommen ist.“

Mit einem wütenden Schnauben schob sie den Teller von sich.

Benis Blick folgte einen Moment der Bedienung, die wieder den Raum verließ, dann redete er in einem beschwörenden Tonfall auf Luise ein. „Mama, da kann doch die arme Frau Lechner nichts dafür. Ich bin mir sicher, sie hat sich die allergrößte Mühe gegeben. Und überhaupt", seine große Pranke umschloss die seiner Mutter, „es kann schließlich nicht jede so eine begnadete Köchin sein wie du, Mamilein."

Luises Geschichtsausdruck wurde weich. Mit ihrer freien Hand tätschelte sie die ihres Sohns. „Hast ja recht, Beni-Schatz. Wir sind wahrscheinlich einfach nur verwöhnt von meinen Kochkünsten."

Agnes rollte mit den Augen und Lotte musste sich ein Lachen verkneifen.

Ungerührt fuhr die Metzgersfrau fort: „Zum Glück habe ich ein bisschen was zu essen eingepackt. Das lassen wir uns oben in meinem Zimmer schmecken." Eine raue Hand tätschelte die stoppelige Wange des Sohns.

Agnes und Lotte tauschten einen raschen Blick. Dann sagte Lotte unschuldig: „Oh ja, mit euren Würsten kann es wahrlich keiner aufnehmen, gell, Agnes?"

Die Angesprochene nickte heftig und so erhaschten sie ebenfalls eine Einladung zu der Vesper. Das Quartett begab sich direkt zu Luises Zimmer.

Das *bisschen was zu essen* entpuppte sich als zehn Hartwürste, fertig gebackene Schnitzel, die in einer Tupperdose aufbewahrt wurden, und ein ganzer Laib Brot, von dem Benedikt mit seinem Taschenmesser dicke Scheiben abschnitt. Zur großen Freude ihrer Besucher zog

Luise fröhlich grinsend anschließend noch eine Flasche Riesling aus ihrer Tasche. Dass sie diesen in Zahnputzbechern genießen mussten, tat der guten Stimmung keinen Abbruch.

„Sag mal, wo ist denn eigentlich die Käthe?", fragte plötzlich Agnes, die mit einem kleinen Schluckauf kämpfte.

„Ich könnte mir vorstellen, dass sie heute genügend zu Fressen bekommt. Der ein oder andere Teller mit dem grauen Batz wird mit Sicherheit rein zufällig unter dem Esstisch landen." Lotte grinste.

Die Gruppe brach in lautes Gelächter aus.

„Aber ich schau besser mal nach der Kleinen. Nicht, dass sie sich noch den Magen verdirbt."

Lotte erhob sich und begab sich nach unten. Der Speisesaal hatte sich merklich geleert. Roger Fantieu blickte auf, als sie den Raum betrat. Sie vermeinte, ein ärgerliches Aufblitzen in seinem Blick zu bemerken. Zwischen den Händen hielt er zärtlich die Hand seiner Busbekanntschaft fest.

Aha, scheinbar habe ich dem alten Gigolo seinen Flirtversuch versemmelt, dachte Lotte grinsend und ging durch den Raum.

Ein lautes Schmatzen führte sie schließlich zu ihrer Bullydame, die gerade begeistert einen Teller leer schleckte. Die Schnauze der Hündin klebte von dem grauen Brei und Lotte griff nach einer liegengebliebenen Serviette, um diesen abzuwischen. Die Fellnase war mit der Prozedur alles andere als einverstanden, doch Lotte fuhr ungerührt fort.

„Du kommst jetzt mit, meine Kleine. Von dem Fraß bekommst du nur Bauchweh."

Widerwillig folgte Käthe ihrem Frauchen, die den Weg zurück zu Luises Zimmer ansteuerte. Erst das Rädchen Wurst, das die Metzgersfrau dem „armen mageren Schatz" hinhielt, versöhnte die Hündin mit der unfreiwillig unterbrochenen Mahlzeit. Eine halbe Hartwurst später hüpfte die Bullydame zufrieden auf Luises Bett, rollte sich zusammen und begann inbrünstig zu schnarchen.

„Wir müssen auf die Zeit achten", sagte plötzlich Agnes in die gesellige Runde hinein. „Die Verkaufsveranstaltung beginnt bald und wir wollen den Rial Laf-Ring doch auf keinen Fall verpassen!" Ihre Wangen röteten sich vor Aufregung.

„Also, wenn es nach mir ginge, könnten wir hier oben sitzen bleiben", erwiderte Lotte, was ihr zwei böse Blicke eintrug.

Aber auch Benedikt schien wieder nach unten zu wollen. „Ja, das sollten wir uns schon ansehen. Da bin ich ganz deiner Meinung, Mami."

Ob er nicht eher die Frau Lechner ansehen will, sei dahingestellt, ging es Lotte durch den Kopf.

Ein Seufzer vom Bett, gefolgt von einem sich rasant verbreitenden bestialischen Gestank, tat sein Übriges, um die kleine Truppe aus dem Raum zu befördern.

„Pfui, Käthe. Und das in meinem Zimmer", jammerte Luise, mit der Hand vor der Nase wedelnd.

Agnes, die vergeblich nach ihrem Stofftaschentuch gesucht hatte, verließ fluchtartig das Zimmer.

„Das kommt bestimmt von dem furchtbaren Essen", meinte Lotte schulterzuckend. „Da muss man ja Bauchweh bekommen." Sie hob die kleine Bullydame auf die

Arme. „Ich bringe sie noch schnell in mein Zimmer und treffe euch dann unten."

Die anderen nickten, als Lotte den Raum verließ. In ihrem Zimmer angekommen legte sie die Hündin vorsichtig auf ihr Bett und zog die Decke über sie. Zu ihrer Überraschung entdeckte sie ein halbfeuchtes Stofftaschentuch unter der Decke, das sie mit spitzen Fingern auf den kleinen Hocker legte.

„Die Wärme wird deinem Bauchilein guttun, nicht wahr?", flüsterte sie zum Abschied zärtlich und strich ein letztes Mal über den runden Kopf der Bullydame. Dann verließ sie das Zimmer.

6

Ein aufgeregtes Stimmengewirr empfing Lotte, als sie den Treppenabsatz erreicht hatte. Offensichtlich hatten sich die anderen Reiseteilnehmer bereits im Speisesaal versammelt. Sie traute ihren Augen kaum, als sie sah, wie sich der große Raum in der Kürze der Zeit verändert hatte. Die Tische waren an die Seiten geschoben worden und die Klappstühle, ordentlich in Reihen aufgestellt, blickten in Richtung der Tanzfläche. Diese war aufgrund einiger Nebelschwaden, die aus einem kleinen, knatternden Apparat gepustet wurden, kaum zu erkennen. Erwartungsvoll setzten sich die älteren Herrschaften auf die Stühle und starrten in Richtung der Tanzfläche.

Musik erklang. Erst leise, dann immer lauter werdend. Lotte erkannte das Lied, mit dem Henry Maske damals in seinen letzten Boxkampf eingezogen war, und schüttelte den Kopf.

Was für ein Affentheater!

Ein kurzer Seitenblick auf die anderen zeigte ihr, dass sie mit ihrer Meinung allein war, denn diese starrten wie gebannt nach vorne. Agnes' Wangen waren vor Aufregung knallrot und Luise hielt die Hand ihres Sohnes so fest, dass ihre Fingerspitzen weiß waren. Von Seiten der Schwestern ertönte ein „Heilige Maria, Mutter Gottes" und Roger Fantieu tätschelte beruhigend die

Hand seiner Sitznachbarin. Als das Lied den Höhepunkt erreichte, teilten sich unvermittelt die künstlichen Nebelschwaden und Manfred Krumm erschien. Sein teuer wirkender Anzug, passend mit adrett gestärktem, blütenweißem Hemd, strafte seinen vorherigen Auftritt Lüge. Die Haare mit Gel streng auf die Seite gekämmt war er kaum mehr zu erkennen. Die schwarzen, polierten Schuhe glänzten, als er auf die Tanzfläche trat. Lässig ein Mikrofon in den Händen haltend blickte der Reiseleiter die Zuschauer mit einem geheimnisvollen Lächeln an. Ein Raunen ging durch die Menge, als die Musik endete, und das ein oder andere Klatschen ertönte ob des gelungenen Auftritts.

„Meine verehrten Damen und Herren, *herzlich* willkommen bei einer Veranstaltung der Superlative! Was Sie *heute* zu sehen bekommen, wird Ihre *kühnsten* Vorstellungen übertreffen.“

Er legte eine kurze Pause ein. Einige der Senioren scharrten nervös mit den Füßen, bis er endlich fortfuhr.

„Ein Ring, aber nicht *irgendein* Ring, sondern der *einzigartige, kostbare, weltberühmte*“, Lotte zog ob der vielen Adjektive die Stirn kraus, „*unvergleichliche* und *grandioseste* Ring aller Zeiten ... Meine Damen und Herren, ich präsentiere“, Krumm machte eine theatralische Handbewegung hinter sich, wo im sich lichtenden Nebel ein Tisch auftauchte, „den Real Love-Ring!“

Ein langgezogenes „Ahhhh“ ertönte von der Zuschauerschaft, als ein Scheinwerfer das Möbelstück beleuchtete. Das schneeweiße, bis zum Boden hängende Tischtuch leuchtete gespenstisch in dem künstlichen Licht.

Lotte konnte eine Art Pyramide darauf erkennen, deren Spitze ein Ring mit blauem Stein bildete. Das Spotlight, das direkt auf das Schmuckstück gerichtet war, brachte es zum Glitzern.

Ein überwältigender Applaus ertönte von Seiten der Zuschauer und der Reiseleiter verbeugte sich galant. Agnes tupfte sich mit einem Taschentuch den Schweiß von der Stirn, während Luise bereits ihre Geldbörse in der Hand hielt.

Lotte verstand die Welt nicht mehr. Ein bisschen Show und die Leute waren völlig aus dem Häuschen. Das konnte doch nicht wahr sein!

Krumms Stimme unterbrach ihren Gedankengang. „Meine *hochverehrten* Damen und Herren, Sie haben heute die *einmalige, einzigartige, fabelhafte* Gelegenheit, dieses *fantastische* Schmuckstück ihr Eigen nennen zu können. Es grenzt beinahe an ein *Wunder*", hier vernahm Lotte ein „Gelobt sei der Herr" von Seiten der Schwestern, „dass wir Ihnen dieses Prachtstück im Wert von *weit über* 2999 Euro heute Abend exklusiv für den unschlagbaren Schnäppchenpreis von *nur* 399 Euro anbieten können!"

Erneuter Applaus flammte auf.

„Wir wollen Ihnen aber natürlich auch beweisen, dass es sich hierbei um einen echten blauen Diamanten handelt. Wie Sie wissen, sind blaue Diamanten eine echte Rarität." Er winkte seinem Assistenten. „Lennard, bring das Prüfgerät."

Langsamen Schrittes betrat Martinek die Tanzfläche, in den Händen ein Kissen haltend, auf dem ein dicklicher, stiftähnlicher Gegenstand lag. Mit feierlicher Miene nahm sein Partner diesen entgegen.

„Dieses von Juwelieren entwickelte, zertifizierte Prüfgerät verrät Ihnen innerhalb von Sekunden, ob es sich um einen echten Diamanten oder eine Fälschung handelt. Leuchtet das Gerät grün, so wissen Sie sicher, dass es sich um einen hochwertigen Diamanten handelt."

Ein weiteres Raunen antwortete ihm.

Krumm blickte feierlich in die Runde und zeigte dann auf Fantieus Begleiterin.

„Wenn ich die Dame zu mir bitten dürfte, um diesen Test durchzuführen."

Das typische *Klick-Klack* von Stöckelschuhen ertönte, als die Frau die Tanzfläche betrat.

„Mit wem habe ich das Vergnügen, Werteste?" Der Reiseleiter hielt ihr das Mikrofon an die Lippen.

„Maria Magdalena Rammelsbacher", hauchte die Endsechzigerin hinein.

„Frau, äh, Rammelsbacher, Sie sehen aus wie eine Frau, die sich mit Schmuck auskennt. Habe ich recht mit meiner Annahme?"

Ein heftiges Nicken antwortete ihm. Eine feine Röte überzog ihre Wangen, als sie den Blick auf den ausgestellten Ring lenkte und sagte: „Ganz recht. Ich besitze eine große Kollektion von exquisiten Schmuckstücken. Da sind natürlich auch einige Diamanten dabei."

Fantieu strahlte seine Begleitung an.

Krumm fuhr fort: „Wären Sie wohl so freundlich und nehmen den Real Love-Ring in die eine und das Gerät in die andere Hand?"

Ehrfürchtig schritt die Dame auf den Tisch zu und nahm das Schmuckstück beinahe zärtlich auf die Handfläche. Martinek reichte ihr das Prüfgerät. Er bedeutete ihr, sich so zu drehen, dass die mit offenen

Mündern zusehenden Senioren teilhaben konnten. Ein leises *Piep* zeigte an, dass die Dame den Knopf des Geräts betätigt hatte. Gebannte Blicke starrten auf die Leuchtanzeige. Auch Lotte konnte nicht anders, als dem Schauspiel zu folgen. Plötzlich erschien ein grünes Licht.

Einige „Ooooh"- und „Aaaahh"-Ausrufe ertönten sowie das ein oder andere Klatschen.

Zufrieden nahm Manfred Krumm das Schmuckstück wieder an sich, legte es dann auf den Tisch und ergriff das Mikrofon. Mit erhobenen Händen bat er um Ruhe. Augenblicklich erstarb auch das letzte Wispern.

„Meine *geschätzten* Herrschaften, nun ist es an der Zeit, dass Sie sich Ihren *Hauptpreis* abholen. Unser Lennard Martinek sitzt bereits am Verkaufstisch, wo Sie Ihren Gewinn entgegennehmen können. Bitte halten Sie die *Kleinigkeit* von 399 Euro bereit. Selbstverständlich können Sie auch mit Karte bezahlen."

Er hatte den Satz kaum beendet, da stürmten einige Kaufwütige bereits nach vorne. Es überraschte Lotte, dass ausgerechnet die beiden Schwestern als Erste am Verkaufstresen waren. Ihnen hätte sie mehr Vernunft zugetraut. Sie blickte sich nach Agnes um. Diese wühlte aufgeregt in ihrer Tasche und zog eine überdimensional große Geldbörse hervor.

Lotte startete einen letzten Versuch: „Agnes, nun sei doch vernünftig ..."

Ein forsches Abwinken bedeutete ihr, still zu sein. Dann machte sich ihre Freundin auf den Weg nach vorn. Da Benedikt die anderen um mindestens zwei Kopf überragte, war es Lotte ein Leichtes, ihn in der

Menge auszumachen, seine Mutter am Arm eskortierend. Auch Frau Schmidt stand in der Schlange an, was Lotte jedoch nicht überraschte, hatte ihr diese ihre Kaufabsicht ja bereits mitgeteilt.

Bin ich denn die Einzige, die vernünftig ist?

Nein, ganz hinten im Saal bemerkte Lotte Nagi Tanka, der den Raum verließ. Und zu ihrer großen Überraschung sah sie Maria Magdalena Rammelsbacher kreidebleich auf ihrem Stuhl sitzen. Fantieu schien auf sie einzusprechen und zeigte immer wieder auf den Verkaufstisch. Ein Kopfschütteln antwortete ihm.

Lotte zuckte mit den Schultern und entschied, dem Trubel zu entfliehen und nach ihrer Hundedame zu schauen. Auf dem Weg nach draußen begegnete ihr Anna Lechner, die ihr kurz zunickte.

Oben angekommen eilte sie zu ihrer Zimmertür und öffnete sie. Erleichtert stellte sie fest, dass Käthe immer noch tief und fest zu schlafen schien, und sie lupfte die Bettdecke ein wenig, um sie besser zuzudecken. Eine gewaltige Stinkwolke breitete sich augenblicklich im Raum aus und Lotte eilte zum Fenster. *Mein armes Mädchen,* dachte sie und nahm sich vor, mit ihr an die frische Luft zu gehen. Das half sonst auch immer.

Stimmen auf dem Gang zeigten ihr wenig später an, dass auch die anderen nach oben gekommen waren. Lotte streckte den Kopf aus der Tür. „Luise, Agnes, wollt ihr noch mitkommen auf einen kleinen Spaziergang?"

Die beiden Angesprochenen schüttelten zu Lottes Enttäuschung die Köpfe. „Die spielen jetzt Musik unten und wir haben ausgemacht, dass wir uns noch ein wenig zusammensetzen."

Lotte zuckte mit den Schultern. „Na dann! Viel Spaß euch!"

Sie pfiff nach ihrer Bullydame, die sich widerwillig erhob, und wartete, bis sie bei ihr war. „Na, mein Schatz, du hast dir aber so richtig den Magen verdorben, was?"

Vorsichtig legte sie ihr das Halsband um und befestigte die Leine. Am Treppenabgang begegnete ihr Gertraud Schmidt und Lotte ergriff die Gelegenheit, diese zu fragen, ob sie sie begleiten mochte.

Zu ihrem Bedauern lehnte jedoch auch diese ab: „Die spielen Schlager unten. Das kann ich mir nicht entgehen lassen", strahlte sie über das ganze Gesicht.

So machte sich Lotte wohl oder übel allein mit Käthe im Dunkeln auf den Weg in den Wald. Sie schalt sich, dass sie nicht wenigstens Benedikt um seine Taschenlampe gebeten hatte, denn das unbekannte Terrain machte es ihr schwer, sich zu orientieren. Als sie gerade meinte, sich verlaufen zu haben, erkannte sie zu ihrer großen Erleichterung die Sitzbank, an der sie am Nachmittag mit Frau Schmidt vorbeigekommen war. Mit einem glücklichen Seufzer ließ sie sich nieder. Käthe, der der Spaziergang sichtlich guttat, schnupperte in der ihr eigenen Manier den Boden ab. Das übliche staubsauger-ähnliche Getucker erklang. Die Nacht war angenehm kühl und Lotte genoss die Stille im Wald, die nur von Käthes Schnuppergeräuschen und dem ein oder anderen Knacken von Zweigen unterbrochen wurde. Sie lehnte sich zurück und ließ den heutigen Tag Revue passieren.

Es war schon verrückt! Nun saß sie hier, mitten im Pfälzerwald, anstatt zu Hause in Ganzenheim in ihrem gemütlichen Bett zu liegen. Die Fahrt hatte ihre schlimmsten Befürchtungen bis jetzt weit übertroffen. Das angebliche Luxushotel bot den Komfort einer heruntergekommenen Jugendherberge. Die Verpflegung war unterirdisch und die Verkaufsshow offensichtlich darauf ausgelegt, den alten Leuten das Geld aus der Tasche zu ziehen.

Lotte runzelte die Stirn. Wenn sie es sich recht überlegte, so hatte sie doch richtig gelegen, als sie Hauptkommissar Gruber mitgeteilt hatte, dass es sich bei der Fahrt um Betrug handeln musste.

„Hätte der mir mal besser geglaubt", murmelte sie.

Sie nahm sich vor, den Polizisten abermals anzurufen und über die Umstände aufzuklären. Entschlossen erhob sie sich und stapfte zurück in Richtung ihrer Unterkunft. Als sie aus dem kleinen Waldweg heraustrat und den Vorplatz des Hotels erblickte, bemerkte sie zwei Gestalten, die auf dem Boden kauerten.

„Um Himmels Willen, ist alles in Ordnung mit Ihnen?", rief Lotte und eilte auf die Knienden zu.

„Pssst, nun unterbrechen Sie doch nicht unseren Rosenkranz", zischte ihr jemand wütend zu und Lotte erkannte die beiden Schwestern.

„Rosenkranz? Hier?", fragte Lotte verblüfft.

„Na, selbstverständlich", antwortete die andere etwas freundlicher. „Wir müssen schließlich der Mutter Gottes unseren Dank darbringen, dafür dass sie sich uns in diesem himmlischen Stein offenbart."

Lotte verstand nur Bahnhof. „Himmlischer Stein? Wovon sprechen Sie bitte?"

Die Schwestern erhoben sich, klopften sich die Tannennadeln von den Röcken und blickten Lotte an.

„Na, von dem Ring sprechen wir. Das ist doch wohl klar.“

Lottes noch immer verständnisloser Blick zeigte den Schwestern, dass eine weitere Erklärung vonnöten war. Die Kleinere der beiden führte Lotte zu einer der wackeligen Holzbänke, wo sich das Trio niederließ.

„Sie müssen wissen, dass meine Schwester Hedwig“, ein Nicken in Richtung der Nachbarin, „vor Kurzem schwer erkrankt war. Ihr Leben stand auf des Messers Schneide und wir hatten die Wahl zwischen zwei Therapieansätzen: Tabletten oder eine Operation am Herzen. Wir wussten nicht, welchen wir wählen sollten, und so beteten wir zu Maria, der Mutter Gottes, um ein Zeichen, das uns den Weg weist. Als der Tag der Entscheidung kam, lag die Nachricht mit dem Hauptgewinn im Briefkasten und als wir den herzförmigen Ring in der heiligen Farbe sahen, da war alles ganz klar.“

Lotte schüttelte ungläubig den Kopf. Ihr war gar nichts klar.

Edda Schneider fuhr fort. „Das Blau steht für die heilige Mutter Gottes, müssen Sie wissen. Und das Herz war ein Zeichen, dass wir uns für die Herzoperation entscheiden sollten.“

Lottes Mund klappte auf.

„So haben wir den Ärzten mitgeteilt, dass wir die Operation wünschen. Und wie Sie sehen können“, sie schenkte ihrer Schwester ein Lächeln, „geht es Hedwig wieder hervorragend.“ Die beiden bekreuzigten sich hastig und sahen ihre Gesprächspartnerin an.

Diese hatte sich gefangen und quetschte ein „Schön, dass es Ihnen wieder besser geht!“ hervor, bevor sie sich flugs auf den Weg ins Innere des Hauses machte. Ihrer Erfahrung nach brachte es herzlich wenig, sich mit Leuten zu streiten, die so seltsame Ansichten vertraten. Kopfschüttelnd betrat sie die muffige Eingangshalle. Sie ging selbst allwöchentlich zur Kirche und konnte verstehen, dass man im Glauben Halt finden konnte. Doch zum einen ging ihr jeglicher Extremismus, dargestellt beispielsweise durch exzessives Beten, gegen den Strich, zum anderen glaubte sie nicht an Omen oder Vorhersehungen. *Ein alberner Ring als Zeichen der Mutter Gottes? Papperlapapp!*

Die Musik, die aus dem Speisesaal erklang, ließ Lotte die beiden Betschwestern vergessen. Auch wenn sie mit Schlager nichts anfangen konnte, wollte sie doch kurz nach ihren Freunden sehen. Zu ihrer Überraschung erkannte sie Hildegard Knefs *Für dich soll's rote Rosen regnen*, ein Lied, das Lotte durchaus schätzte. Die Tische waren wieder an ihre ursprünglichen Plätze gerückt worden und Agnes und Luise saßen einträchtig nebeneinander. Mit geröteten Wangen sangen sie lauthals den Text mit, was ihnen den ein oder anderen entrüsteten Blick eintrug, vor allem von Maria Magdalena Rammelsbacher, die mit Roger Fantieu am Nachbartisch saß. Zugegeben, ihre Freundinnen waren nicht immer tonfest, was aber bestimmt an der leeren Flasche Wein lag, die auf dem Tisch stand. Lotte setzte sich fröhlich lächelnd dazu und stimmte mit ein.

Entgegen ihrer vorherigen Erwartung wurde es ein schöner Abend. Luise zauberte noch zwei weitere Flaschen Wein hervor und auch Gertraud Schmidt gesellte sich zu ihnen. Wie Lotte vorhergesagt hatte, vertrugen sich diese und Luise sofort und nach kurzer Zeit wurde gepfälzert, was das Zeug hielt. Irgendwann hatte Nagi Tanka mit seiner Trommel im Arm den Speisesaal betreten, war aber flugs mit einem kollektiven „Auf keinen Fall" wieder vergrault worden. Die Stimmung war ausgelassen, Roger Fantieu und Maria Magdalena Rammelsbacher tanzten sogar.

Es ging fast auf Mitternacht zu, als ein jäher Schrei die feuchtfröhliche Stimmung unterbrach. Erschrocken sahen sich die alten Damen an.

Da, wieder ein Schrei! Diesmal lauter! Lotte glaubte, schnelle Schritte auf dem Gang zu vernehmen. Kreideweiß erschien Edda Schneider im Türrahmen und japste nach Luft. Irgendjemand stellte die Musik ab und alle Blicke wandten sich zur Tür.

„Frau Schneider, um Himmels Willen!" Lotte hatte sich als Erste wieder gefangen. Sie erhob sich und ging auf die zitternde Frau zu, hinter der nun auch Hedwig aufgetaucht war.

„Er ist weg!", stieß die Angesprochene hervor. „Einfach weg!"

Lotte blickte sie verständnislos an.

„Der Ring", kreischte diese nun. „Mein Marienring ist weg!"

Hedwig Schneider konnte ihrer Schwester gerade noch unter den Arm greifen, als deren Beine nachzugeben drohten. Gemeinsam mit Lotte führte sie diese an einen Tisch und half ihr, Platz zu nehmen. Laut schluchzend legte Edda Schneider den Kopf in die Hände. Ihre Schultern bebten. Hedwig versuchte, ihre Schwester zu beruhigen. Auch ihr war anzusehen, wie sehr sie der Vorfall mitnahm.

„Jetzt erst mal tief ein- und ausatmen", sagte Lotte sanft.

Agnes, die neben ihr aufgetaucht war, holte geräuschvoll Luft und ließ sie mit einer Art aufgeregtem Blubbergeräusch zwischen ihren Lippen entweichen. Prompt folgte dem Ganzen ein Nieser, der dazu führte, dass Edda Schneider noch blasser wurde.

„Tschuldigung", murmelte die rundliche Mittsiebzigerin und schob sich etwas hinter Lotte, um aus dem Blickfeld zu geraten.

„Frau Schneider", Lotte wandte sich an die aufgebrachte Dame, „erzählen Sie uns doch bitte mal in Ruhe, was geschehen ist."

Diese schüttelte jedoch nur den Kopf und ein weiterer Schluchzer erklang.

Ihre Schwester ergriff das Wort: „Wir hatten unsere Marienringe", Lotte warf ein erklärendes „Sie meinen den Rial Laf-Ring" an die Zuhörenden ein, die daraufhin nickten, „also wir hatten die Marienringe auf unser Zimmer gebracht. Dort haben wir sie sorgfältig in unserem Gepäck verstaut. Wir hatten eigens je eine kleine Schatulle dafür mitgebracht, sodass nichts passieren kann."

Traurig schüttelte sie den Kopf. „Dann sind wir nach draußen gegangen, um drei Rosenkränze zu beten, als Dank für die himmlische Gabe."

Im Wert von je 399 Euro, fügte Lotte in Gedanken hinzu.

„Als wir dann zurück auf unser Zimmer gekommen sind, haben wir sofort gesehen, dass jemand unsere Sachen durchwühlt hatte. Meine Tasche lag auf dem

Tisch und der gesamte Inhalt war auf dem Boden verteilt. Bei Edda war es nicht anders. Ihre Kleidung und alles andere lag auf ihrem Bett verstreut." Sie seufzte. „Wir haben natürlich sofort nachgesehen, ob unsere Ringe noch da waren." Mit einem traurigen Seitenblick auf ihre Schwester fuhr sie fort. „Ich hatte Glück, mein Ring lag noch in der Schatulle auf dem Boden. Direkt auf meiner Kleidung. Aber Eddas Ring …" Sie brach ab.

Ein weiterer Schluchzer erklang.

„Eddas Ring war weg! Die Schatulle lag geöffnet auf dem Bett, aber kein Ring weit und breit!"

„Was ist weg?", erklang plötzlich die leicht heisere Stimme von Manfred Krumm. Unbemerkt hatte der Reiseleiter den Raum betreten und sich der aufgebrachten Gruppe genähert.

Lotte drehte sich zu ihm um. Anstelle des feinen Anzugs, den er bei der Verkaufsveranstaltung getragen hatte, steckten seine Beine in speckigen Jogginghosen. Ein weißes T-Shirt mit leichtem Grauschleier am Halskragen und unter den Armen ergänzten den heruntergekommenen Eindruck des Mannes.

Eine Augenbraue hochziehend erwiderte Lotte: „Der Ring von Frau Schneider", sie nickte in Richtung der schluchzenden Dame, „ist weg." Langsam fuhr sie fort, jede einzelne Silbe betonend: „Ge-stoh-len."

Ungerührt blickte der große Mann in die Runde. „Soso, gestohlen, sagen Sie." Seine Lippen verzogen sich zu einem leicht spöttischen Grinsen. Überbetont und langsam sprechend wie mit einem Kind wandte er sich an die Schwestern: „Na, sind wir uns denn ganz sicher, dass wir das gute Stück nicht doch einfach nur verlegt haben, hmmm?"

Den Kopf über diese Dreistigkeit schüttelnd erhob Lotte ihren Zeigefinger und bohrte ihn dem Mann in die Seite. „Jetzt hören Sie mal gut zu, junger Mann!"

„Aua", erwiderte dieser und wandte sich ihr zu. Seine Augen funkelten gefährlich.

Lotte, die sich davon nicht irritieren ließ, fuhr fort: „Sie rufen jetzt augenblicklich die Polizei. Haben Sie das verstanden?"

Ein lautes Lachen antwortete ihr. „Die Polizei? Ha, dass ich nicht lache."

Entschlossen wandte sich Lotte zur Tür. Flink wie eine Katze schob sich der Mann zwischen sie und die Türöffnung.

„Darf ich mal fragen, was Sie vorhaben, Werteste?"

Das „Werteste" klang wie eine Drohung in Lottes Ohren. Ein tiefes Knurren erklang, was den Mann zurückweichen ließ.

Mit einem befriedigten Blick auf ihre Bullydame antwortete Lotte: „Ich rufe jetzt Hauptkommissar Gruber von der Kriminalpolizei an, wenn Sie es genau wissen wollen. Bitte zeigen Sie mir den Weg zum Telefon."

Erzürnt wollte der Mann etwas erwidern. Nach einem schnellen Seitenblick auf die versammelten Senioren und auf Käthe brachte er aber schließlich ein „Tun Sie, was Sie nicht lassen können" hervor und gab ihr den Weg frei.

Lotte stapfte in die große Halle, wo sie sich erst mal orientieren musste.

Wo konnte das Telefon sein?

Zielsicher steuerte sie den wuchtigen Empfangstresen aus Eichenholz an. An der Wand dahinter wartete ein verlassenes Schlüsselbrett auf die Abgabe der Zimmerschlüssel. Sie öffnete die hüfthohe Schwingtür, die sich zu ihrem Erstaunen geräuschlos öffnete. Sie hatte Glück. Am Ende des Tresens entdeckte sie einen Telefonapparat. Nun musste dieser nur noch funktionieren. Sie nahm den Hörer in die Hand und hielt ihn an ihr Ohr. Stille. Enttäuschung machte sich in ihr breit. Mehrfach betätigte sie die Gabel mit ihrem Zeigefinger, was jedoch zu keinem anderen Ergebnis führte. *Wäre auch zu einfach gewesen*, dachte sie sich, als sie den staubigen Hörer wieder auf die Gabel fallen ließ.

„Sie können gerne mein Handy benutzen, Fräulein Meisner", ertönte plötzlich Gertraud Schmidts Stimme hinter ihr. Lotte hatte nicht bemerkt, dass diese ihr gefolgt war, und so zuckte sie kurz zusammen. Dann drehte sie sich um und blickte in das lächelnde Gesicht der Endsechzigerin, die ihr ein Handy entgegenhielt.

„Das ist wirklich sehr freundlich von Ihnen, Frau Schmidt", erwiderte Lotte und nahm das Gerät entgegen. *Vielleicht sollte ich mir doch mal so ein neumodisches Ding zulegen*, dachte sie.

Erleichtert sah sie, dass es sich um ein Telefon mit Zahlentasten handelte und nicht um so ein hochmodernes Smartphone, wie es die jungen Leute heutzutage benutzten.

Gertraud Schmidts Lächeln wurde breiter, als sie Lottes Gesichtsausdruck bemerkte. „Das ist ein Seniorenhandy, mit extra großen Tasten", erklärte sie freundlich.

Lotte fischte in ihrer Handtasche nach dem Zettel mit der Nummer des Polizeipräsidiums Ludwigshafen. Sie war froh, dass sie daran gedacht hatte, diesen einzustecken. Langsam tippte sie die lange Nummer ein.

„Kriminalkommissariat Ludwigshafen, Sie sprechen mit Mandy Maus, was kann ich für Sie tun?", ertönte eine helle Stimme aus dem Apparat.

„Lotte Meisner hier. Aus Ganzenheim. Hören Sie? Aber ich bin jetzt im Wald. Ziemlich tief im Pfälzerwald. Hören Sie?"

Stille antwortete ihr.

„Junge Dame, sind Sie noch dran?"

„Äh, ja, Frau Meisner sagten Sie?"

„*Fräulein*, wenn ich bitten darf."

Ein leises Stöhnen, dann erklang erneut die helle Stimme: „In Ordnung, *Fräulein* Meisner. Was kann ich für Sie tun?"

„Ich brauche den Dings, den Hauptkommissar Gruber und zwar pronto."

Stille.

„Hallo? Junge Frau?"

Ein Seufzen. „Sie wollen den Chef sprechen? Der ist heute nicht mehr im Dienst. Soll ich ihm etwas ausrichten?"

„Jetzt hören Sie mir mal gut zu, Fräulein Maus", Lottes Stimme nahm einen gefährlichen Klang an, „Sie stellen mich jetzt sofort zu Ihrem Chef durch, sonst werde ich ungemütlich. Herr Gruber ist ein *sehr* guter Bekannter von mir und er wäre sicher ungehalten, wenn er erführe, dass Sie mich nicht augenblicklich zu ihm durchgestellt haben."

Abermalige Stille. Dann: „Sie wissen aber schon, wie spät es ist, Fräulein Meisner?"

Lotte blickte auf ihre Uhr, die halb eins anzeigte. Sie zuckte mit den Schultern. Wenn sie zur Aufklärung eines Verbrechens beitrug, zählte keine Uhrzeit.

„Jetzt." Ein eisiger Unterton schwang in Lottes Stimme mit.

„Wie Sie wünschen, Fräulein Meisner. Aber auf Ihre Verantwortung."

Eine Melodie dröhnte plötzlich aus dem Lautsprecher, sodass Lotte diesen einige Zentimeter vom Ohr weg halten musste.

„Please hold the line – bitte warten", ertönte eine weibliche Stimme.

Irritiert blickte Lotte auf den Hörer. Als sie ansetzen wollte, mit der vermeintlichen Dame zu sprechen, erklang endlich ein Klingelton und kurz darauf die Stimme des Kommissars.

„Gruber", ein langer Gähner folgte. „Das ist jetzt aber besser wichtig, Polizeimeisterin Maus."

„Hier ist Meisner. Lotte Meisner. Hören Sie mich?"

Stille.

„Herr Hauptkommissar, sind Sie noch in der Leitung?"

Ein Seufzer.

„Fräulein Meisner, was zur Hölle ist in Sie gefahren, mich um diese Zeit anzurufen? Sind Sie irre?"

„Mitnichten, Herr Gruber." Lotte ärgerte sich über den schroffen Ton des Polizisten. Aber das kannte sie von ihm ja bereits. Wenn er erst erführe, was sich hier zugetragen hatte, dann würde sich das bestimmt ändern. „Wie Sie wissen, bin ich mit meiner Freundin Agnes auf dieser angeblichen Gewinnfahrt. Wie ich Ihnen schon vor zwei Tagen sagte, stimmt etwas mit diesem Hauptpreis ganz und gar nicht.“

Stille.

„Herr Gruber, sind Sie ...“

„Natürlich bin ich noch dran“, unterbrach sie der Hauptkommissar schroff. „Wenn Sie jetzt nicht sofort in die Gänge kommen und mir sagen, was passiert ist, dann lege ich aber auf.“

Lotte atmete tief ein. „Jetzt beruhigen Sie sich mal, mein Lieber. Schließlich tue ich nur meine Pflicht als rechtschaffene Staatsbürgerin und informiere Sie als Gesetzeshüter über ein schwerwiegendes Verbrechen.“

Ein tiefer Seufzer, gefolgt von einem Gähnen.

Lotte fuhr fort: „Wir sind also hier in so einer Bruchbude, tief im Pfälzerwald. Chateau Jagdgrund heißt das Ganze. Das müssten Sie mal sehen, wie heruntergekommen das ...“

„Fräulein Meisner!“

„Ja, ist ja schon gut. Also die Schneider-Schwestern und noch ein paar andere haben diesen teuren Rial Laf-Ring gekauft, auch wenn ich den völlig überteuert finde. Und dann waren die Schwestern beim Beten, weil die heilige Maria ihnen mit dem Ring ein Zeichen geschickt hat, und als sie zurückkamen, war der Ring von der Edda Schneider weg.“

Tiefe Stille.

„Es handelt sich also ganz eindeutig um den Tatbestand des Einbruchs, des Diebstahls, wobei, vielleicht ja sogar ein Raub ...“, zählte Lotte mithilfe ihrer Finger auf.

„Soso, ein Raub.“ Die Stimme des Hauptkommissars klang spöttisch. „Und was gedenken Fräulein Holmes zu tun?“

„Holmes? Ich heiße Meisner, wie Sie sehr wohl wissen. Und ich gedenke gar nichts zu tun. Das ist schließlich Ihr Metier."

Am anderen Ende der Leitung wurde tief Luft geholt. Die Stimme des Beamten klang gefährlich leise: „Fräulein Meisner, erstens wird diese Frau Schneider ihren Ring höchstwahrscheinlich nur verlegt haben. Zweitens wäre es, selbst wenn er gestohlen wurde, mit Sicherheit kein Fall für die Kripo. Drittens, und jetzt hören Sie mir mal gut zu: Rufen Sie mich nie wieder zu Hause an! Haben wir uns verstanden, Fräulein Meisner?"

Lotte schnaubte. Der war wohl mit dem falschen Fuß aufgestanden. Sie wollte gerade fragen, was sie denn seiner Meinung nach nun tun solle, als ein „Wiederhör'n" erklang und aufgelegt wurde.

„Na prima", murmelte Lotte und drückte auf den roten Aus-Knopf.

„Und?", fragte Frau Schmidt neugierig, als Lotte ihr das Telefon zurückgab.

„Nichts und", erwiderte Lotte. „Der Herr Hauptkommissar ist sich wohl zu fein für einen kleinen Diebstahl."

Ein lautes Lachen erklang von der anderen Seite des Tresens. „Köstlich, einfach köstlich." Manfred Krumm wischte sich eine Träne aus dem Augenwinkel. „Na, dem haben Sie es aber gegeben, nicht wahr?"

Noch immer lachend drehte er sich auf dem Absatz um und ging zurück in den Speisesaal. Dort verkündete er mit lauter Stimme, dass die Herrschaften doch bitte ins Bett gehen sollten und sich die Sache am Morgen sicherlich aufklären würde. Er erinnerte die Gäste an den morgigen Ausflug, der um sieben Uhr losgehen sollte, was schließlich den gewünschten Effekt hatte. Einer nach dem anderen verließ den Speisesaal und begab sich nach oben.

Lotte verspürte eine innere Unruhe. Das Gespräch mit dem Polizisten hatte sie mitgenommen. Hatte sie übertrieben? Nein, definitiv nicht.

Sie ließ Käthe draußen noch einmal ins Gebüsch, bevor sie grübelnd zurück auf ihr Zimmer ging und sich auf die harte Matratze plumpsen ließ.

Sollte sie ihre Freundinnen zur Abreise überreden?

Lotte schüttelte den Kopf. Sie wusste genau, dass sich Agnes und Luise nicht darauf einlassen würden. Sie hatten beim Abendessen schon von der nächsten Verkaufsveranstaltung geschwärmt, wo es Heizdecken mit Blümchenoptik zum Sonderpreis geben sollte. Es würde aber dennoch nicht schaden, ein waches Auge auf die beiden zu haben. Das konnte ihr keiner verwehren. Immerhin schien es einen Dieb in ihrem Hotel zu geben.

Kurzentschlossen erhob sie sich wieder von ihrem harten Lager und bedeutete Käthe, ihr leise zu folgen. Sie öffnete die Tür einen kleinen Spalt weit und spähte nach draußen. Es war dunkel – jemand hatte wohl die Stehlampen ausgeschaltet – und so legte sie das Ohr an die Öffnung, um zu erfahren, ob der Gang leer war. Nachdem sie ein paar Minuten in dieser unbequemen Haltung verharrt hatte, schlüpfte sie leise nach draußen. Etwas Warmes an ihrem Bein zeigte ihr an, dass ihr die Hündin gefolgt war. Es dauerte eine ganze Weile, bis sich ihre Augen an das Dunkel gewöhnt hatten.

„Schön leise, mein Kleines. Wollen wir doch mal sehen, wer sich hier so herumtreibt", flüsterte sie.

Die Minuten zogen dahin und Lotte ließ sich am Ende des Ganges, wo weitere Zimmer nach links abgingen, zu Boden gleiten. Ihr Beine waren doch nicht mehr die jüngsten, wie sie sich eingestehen musste. An die Wand gekauert wartete sie geduldig. Käthe hatte es sich neben ihrem Frauchen bequem gemacht und bettete ihren runden Kopf auf deren Schoss. Kurze Zeit später hörte Lotte das Herunterdrücken einer Türklinke von weiter hinten im Gang. Sie hielt die Luft an, als sich langsam Schritte näherten. Was, wenn der Dieb sie entdeckte? Die Beine an den Körper gezogen verharrte sie in ihrer Position, hoffend, dass die Schatten der Nacht sie verdeckten. Lotte spürte einen kleinen Luftzug, als schwere Beine an ihr vorbeistapften. Trotz der Nähe konnte sie die Person nicht ausmachen. Erst als am Ende des Ganges das Licht im Gemeinschaftsbad aufflammte, erkannte sie Gertraud Schmidt, die in einen Bademantel gehüllt in dem Zimmer verschwand. Kurze Zeit später vernahm sie das Spülen einer Toilette und Wasserrauschen, vermutlich aus dem Waschbecken. Dann wurde es schlagartig wieder dunkel und die Schritte schlurften ihr entgegen. Lotte konnte sich Frau Schmidts Reaktion auf ihre Versteckaktion lebhaft vorstellen und so hielt sie abermals still, als diese an ihr vorbei in den hinteren Gang abbog, wo offensichtlich ihr Zimmer lag. Lotte atmete tief aus, als sie endlich das Schließen der Zimmertür vernahm.

Das war knapp! Was für eine Schnapsidee, hier herumzulungern wie ein drittklassiger Spion, schalt die alte Frau innerlich mit sich.

Sie wollte gerade die Beine ausstrecken, um sich zu erheben, als ein leises Knurren erklang. Mit einer Hand auf der Schnauze bedeutete Lotte ihrer Gefährtin, still zu sein. Ein Schatten huschte den Gang entlang und verharrte unvermittelt vor einem Zimmer. *Moment mal, das ist doch Luises Zimmer*, dachte Lotte empört, als sich die dunkle Gestalt plötzlich weiterbewegte. Vom Umriss her vermeinte sie, einen Mann auszumachen, der nun zielsicher an ihr vorbeihuschte, eine andere Tür im Seitengang öffnete und in das Zimmer hineinschlüpfte. Ein Hauch von Aftershave hing in der Luft.

Lotte überlegte. *Wer bewohnt diesen Raum?* Sie war sich fast sicher, dass es sich um die Unterkunft der Schwestern handelte.

Doch das ergab überhaupt keinen Sinn! Herrenbesuch mitten in der Nacht? Und das, wo beide in einem Zimmer schliefen!

Fieberhaft überlegte sie, was zu tun war. Vielleicht war es der Dieb, der gerade erneut zuschlug? Immerhin hatte Hedwig Schneider noch ihren Ring.

Da kam ihr plötzlich eine Idee. Ihre Knochen knackten, als sie sich so leise wie möglich erhob und den Gang entlangschlich. Sie blieb stehen und klopfte zurückhaltend an einer Tür.

Stille.

Ein abermaliges Klopfen brachte erneute keine Reaktion. Entschlossen betätigte sie die Türklinke und stellte zu ihrer Freude fest, dass nicht abgeschlossen war. Sie schlüpfte in das Zimmer. Da die Fensterläden nicht geschlossen waren, konnte sie sich im Mondlicht gut orientieren. Auf Zehenspitzen huschte sie zum Bett, um die Person, die leise schnarchend darauf lag, zu wecken. Doch Käthe, die mit einem Hüpfer auf der Liegestätte war, kam ihr zuvor.

Mit einem Aufschrei und wild um sich schlagend fuhr der Geweckte hoch. „Was zur Hölle …“

„Pssst, Beni, ich bins, die Lotte!“

Zwei große Pranken rieben sich die Augen. „Lotte? Was machst du denn hier?“

„Ich brauche deine Hilfe, Beni. Ich glaube, dass der Dieb gerade wieder zuschlägt.“

„Der Dieb?“ Es war offensichtlich, dass der Metzger noch nicht ganz wach war.

„Na, der Ringdieb, Beni. Jetzt denk halt mit“, erwiderte Lotte ungeduldig.

Der große Mann setzte sich vollends in seinem Bett auf und betätigte den Schalter der Nachttischlampe. Wäre der Anlass kein so ernster gewesen, Lotte hätte laut aufgelacht. Die langen, stämmigen Beine des Metzgers steckten in zu kurzen Pyjamahosen, auf denen ein kleiner gelber Schwamm mit lachendem Gesicht abgebildet war. Weitere Meereskreaturen tummelten sich auf dem verwaschenen Schlafanzug und die Aufschrift *Spongebob Schwammkopf* zierte in großen Lettern die breite Brust des Mannes.

Benedikt Schirrach schwang die Beine über die Bettkante, steckte die nackten Füße in akkurat bereitstehende Filzpantoffeln und erhob sich. Als Lotte bereits wieder an der Tür war, bedeutete er ihr, kurz zu warten. Er ging zurück zu seinem Nachttisch und griff nach der schweren Taschenlampe, die darauf lag.

„Sicher ist sicher“, murmelte er, als er hinter Lotte in den Gang trat.

Diese bedeutete ihm mit einem Fingerzeig, in welchem Zimmer der Dieb verschwunden war. Daraufhin bewegte sich das ungleiche Duo, gefolgt von der kleinen Bullydame, auf Zehenspitzen den Flur entlang und hielt kurz vor dem besagten Raum an. Heldenhaft schob der hünenhafte Mann in dem Kinderschlafanzug die alte Dame hinter sich und hämmerte mit geschlossener Faust heftig gegen die Tür.

„Aufmachen! Sofort aufmachen! Sonst setzt es was!"

Laut hallte das Klopfen durch den Gang und der ein oder andere Lichtschein flammte unter den Türspalten der angrenzenden Zimmer auf.

Benedikt hob erneut die Faust, als die Tür plötzlich ruckartig geöffnet wurde. Blitzschnell griff er nach der schweren Taschenlampe und hielt sie drohend über seinen Kopf.

„Raus da, wirds bald! Sonst bekommst du das Ding hier zu spüren." Sein Ton ließ keinen Zweifel aufkommen, dass er seinen Worten Taten folgen lassen würde.

In einen seidenen, gestreiften Pyjama gekleidet, das Haar trotz der späten Stunde akkurat zur Seite gekämmt und eine seltsam anmutende Bartbinde tragend trat Roger Fantieu mit erhobenen Händen auf den Gang hinaus.

„Was hat dieser Krawall zu bedeuten?"

Auch andere Gäste hatten mittlerweile ihre Zimmer verlassen und verfolgten mit offenen Mündern die Szene, die sich vor ihren Augen abspielte.

Der Metzger blickte erst Lotte an, dann wandte er sich wieder Fantieu zu. „Sie sind hier herumgeschlichen und dann in dieses Zimmer eingebrochen!" Der dicke

Zeigefinger von Benedikt Schirrach bohrte sich in Fantieus Brust.

Ein Raunen ging durch die Menge, als diese begriff, worum es ging.

„Ich wusste es ja gleich", ließ Luise verlauten, die sich zu ihrem Sohn stellte. Ein lilafarbenes Haarnetz umspannte ihren Schopf und hielt unzählige Lockenwickler im Zaum. Eine überdimensionale Knackwurst zierte samt der Aufschrift *Metzgerei Schirrach – knackiger sind keine Würste!* ihren Bademantel.

„Was wussten Sie gleich?", blaffte Fantieu Luise an, was nur dazu führte, dass Benedikt den Druck seines Fingers verstärkte.

„Na, dass Sie der Dieb sind." Das Doppelkinn der Metzgersfrau wackelte bedrohlich, als sie sich an die Umstehenden wandte, um zu sehen, ob sie Zustimmung erhielt.

Lotte sah sich ebenfalls um. Die Gebetschwestern, die beide bodenlange weiße Nachthemden trugen, hielten sich an den Händen, Agnes wühlte in ihrem Ärmel nach einem Stofftaschentuch und Gertraud Schmidt und Nagi Tanka schliefen scheinbar noch.

„Was machen Sie in diesem Zimmer? Ich weiß genau, dass es nicht Ihres ist. Sie schlafen in der 111", triumphierte Luise auf.

„Spionieren Sie mir etwa nach?", zischte Fantieu wütend.

„Nein, mein Lieber. Aber ich nächtige in der 112. Da muss man kein Detektiv sein, um herauszufinden, wer nebenan wohnt. Und nun rücken Sie schon mit der Sprache raus: Was machen Sie in diesem Zimmer?"

Fantieu wurde rot. „Das geht Sie gar nichts an!"

„Oh doch", ließ Benedikt vernehmen und schob den verblüfften Mittsechziger auf die Seite, um das Zimmer zu betreten. „Wollen wir doch mal sehen ..."

Ein schriller Aufschrei erklang, als der Metzger die Kammer betrat und seine Taschenlampe anmachte. Die ihm prompt folgende Menge sog scharf die Luft ein, als sie eine kreidebleiche und sehr dürftig bekleidete Maria Magdalena Rammelsbacher entdeckten, die vergeblich versuchte, sich mithilfe der Bettdecke vor den Blicken zu verbergen.

„Heilige Maria, Mutter Gottes!", entfuhr es Edda Schneider und sie bekreuzigte sich. Sie sah aus, als fiele sie gleich in Ohnmacht.

„Sodom und Gomorrah!", ergänzte Hedwig und zog ihre jüngere Schwester am Ärmel aus dem Zimmer.

Fantieu versuchte, sich wieder zu fangen. „Wie Sie sehen können, befindet sich hier kein Dieb. Wenn ich Sie nun freundlichst bitten dürfte, das Zimmer von Frau Rammelsbacher zu verlassen!"

Energisch schob er die gaffende Menge aus der Tür und knallte diese postwendend zu.

Benedikt kratzte sich am Kopf, während ihm seine Mutter auf den Rücken klopfte. „Das hast du sehr gut gemacht, mein Bub! Geradezu heldenhaft, wie du den Dieb zur Rede gestellt hast!"

„Aber Mami, der Herr Fantieu ist doch gar kein Dieb. Er und die Rammelsbacherin ..."

„Papperlapapp, Beni. Du hast für Ordnung gesorgt und dafür gebührt dir unser Dank!" Auffordernd sah sie die anderen an, die zu ihrer Enttäuschung jedoch schon dabei waren, wieder in ihren Zimmern zu verschwinden.

„Lotte, jetzt sag doch wenigstens du was", forderte sie ihre Freundin auf.

Diese zog eine Augenbraue hoch. „Damit hatte ich nicht gerechnet. Der ist da so rumgeschlichen. Die Käthe hat geknurrt und da musste ich doch davon ausgehen, dass ..."

„Aber natürlich, meine Liebe", wurde sie von der Metzgersfrau unterbrochen, die nach einem abermaligen Auf-die-Schulter-ihres-Sohnes-Klopfen ebenfalls wieder in ihr Zimmer stapfte.

Lotte blieb mit Käthe allein im Gang zurück. Das sie sich so hatte täuschen können ... Ein klein wenig tat ihr die Rammelsbacherin leid. Aber eben nur ein klein wenig.

Sie grinste.

„Komm, mein Käthchen. Lass uns ins Bett gehen. Ich habe das Gefühl, dass uns morgen noch so einiges erwarten wird."

7

Da Lotte von Haus aus Frühaufsteherin war, hatte sie keine Probleme mit der angekündigten Abfahrtszeit zum Ausflug um sieben Uhr früh. Um halb sechs war sie bereits im Bad, wo sie sich in aller Ruhe frischmachen konnte. Als die anderen Gäste kurz vor sieben gähnend und sich die Augen reibend in der Eingangshalle auftauchten, hatte Lotte schon einen halbstündigen Spaziergang mit Käthe hinter sich und fühlte sich ausgeruht und munter.

„Guten Morgen, meine Lieben", rief sie Agnes und Luise fröhlich winkend zu.

Die alte Dame freute sich auf den Ausflug. Es sollte in eine der zahlreichen Höhlen im Felsenland gehen und Lotte hatte schon immer mal eine waschechte Höhle sehen wollen. Da sie selbst jedoch keinen Führerschein besaß, war ein solcher Ausflug bis jetzt leider nie zustande gekommen.

„Morgen", grummelte Agnes.

„Gibts Kaffee?", boffelte Luise direkt hinterher.

„Alles gut bei dir, Luise?", stichelte Lotte ihre Bekannte.

„Schlecht gschloofe", kam knapp als Antwort zurück.

Lotte grinste. Ihre Freundinnen schienen nicht zur Riege der Frühaufsteher zu gehören und Luises Hochdeutsch litt allem Anschein nach bei Schlafentzug.

Eine Stimme aus Richtung der Haustür erklang: „Meine werten Damen und Herren, wenn Sie sich nun bitte zum Parkplatz begeben würden. Der Bus ist bereit für die Abfahrt." Lennard Martinek wies mit ausgestrecktem Arm nach draußen.

„Beni, Schatz, nun komm schon! Du musst dich dummle!", Lotte übersetzte das letzte Wort mit *beeilen*, „sonst fährt der Bus noch ohne dich ab!", brüllte Luise die Treppe hinauf.

Prompt kam ihr Sprössling, immer zwei Stufen auf einmal nehmend, die Stiege herabgesprungen. Lotte riss die Augen auf. Der Metzger steckte in einem neongelben Ganzkörperanzug mit leuchtend grünen Streifen an der Seite, der an einen Skianzug aus den 80er Jahren erinnerte. Um die Taille hatte er wieder den breiten Gürtel geschlungen, von dem nebst Taschenlampe und einem aufgerollten Seil auch anderes Werkzeug baumelte.

Als er Lottes Blick bemerkte, erklärte er: „In so einer Höhle kann es verdammt kalt werden. Und man weiß ja nie, was man so alles braucht ..."

Luise klopfte ihrem Sohn bekräftigend auf die breiten Schultern, während Lotte sich überlegte, ob sie eher den wärmeren Wollhut anstelle des gelben Filzhutes für ihren Ausflug hätte wählen sollen. Egal, es war ohnehin zu spät, sich umzuentscheiden.

Die alte Dame blickte sich um, während die ersten Gäste die Eingangshalle verließen. Nagi Tanka, gekleidet in ein Outfit, das aus den Requisiten des Winnetou stammen könnte, tapste in Mokassins und beladen mit seiner Handtrommel ins Freie. Dann erblickte sie Gertraud Schmidt, die ihr auf ihrem Weg nach draußen

fröhlich zuwinkte. Edda und Hedwig Schneider kamen
zu ihrer Überraschung ebenfalls mit auf den Ausflug.

„Geht es Ihnen besser, Frau Schneider?", sprach Lotte
die Ältere an.

Diese nickte. „Wir haben heute sehr lange gebetet. Dabei wurde uns klar, dass Gottes Wille geschehen wird.
Wir müssen ihm nur vertrauen." Dann führte sie ihre
Schwester nach draußen.

Roger Fantieu erschien an der Seite einer übernächtigt wirkenden Maria Magdalena Rammelsbacher.
Diese war in einen pelzverbrämten, blauen Mantel gehüllt und trug einen, wie Lotte zugeben musste, schicken passenden Hut. An ihren Ohren baumelten filigrane goldene Ketten, die je in einem Edelstein endeten,
dessen Farbe mit der des Mantels harmonierte.
Schwarze, elegante Lederhandschuhe umschlossen
ihre Hände. Fantieu, in einen fast bodenlangen Trenchcoat gewandet, bot ihr galant den Arm, den sie dankbar
annahm, und führte die Dame zu dem wartenden Gefährt.

„Komm, Käthe. Jetzt gehts los!" Lotte zog an der Leine
der kleinen Bullydame, die sich nicht lange bitten ließ
und gemeinsam mit ihr nach draußen trottete. Der Geruch von Dieselbenzin wurde immer durchdringender,
je näher sie dem altertümlichen Bus kamen. Der Fahrer
war derselbe junge Mann, der sie gestern ins Chalet
chauffiert hatte. Heute wirkte er noch unmotivierter –
falls das überhaupt möglich war. Er trug einen Kapuzenpullover mit der Aufschrift *Rammstein*. Die hochgekrempelten Ärmel ließen wieder seine zahlreichen Tattoos an den Unterarmen erkennen. Lotte konnte eine
nackte Frau, um die sich eine riesige Schlange wickelte,

sowie eine Art Totenkopf mit einer Rose im gruseligen Mund ausmachen. Gelangweilt starrte der junge Mann nach vorne. Lennard Martinek flüsterte ihm etwas zu, was dieser zunächst mit einem Augenrollen quittierte. Dann nickte er.

Lotte setzte sich auf den gleichen Platz wie bei der Hinfahrt, den Agnes für sie freigehalten hatte. Die ersten Sonnenstrahlen bahnten sich ihren Weg durch die dicke Wolkenschicht und durch die dichten Baumkronen der Tannen, die rund um das Hotel in die Höhe ragten. Käthe hatte auf der leeren Bank neben Lotte Platz genommen und starrte gebannt aus dem Fenster. Ein vorwitziges Eichhörnchen schien ihre Aufmerksamkeit gefesselt zu haben, denn beide Ohren der Bullydame standen für kurze Zeit kerzengerade nach oben. Dann klappte das linke Ohr wie gewohnt herunter. Ein Rädchen Wurst, das plötzlich neben der Hündin auf die Bank fiel, ließ sie herumwirbeln und ein lautes Schmatzen erklang.

„Der arme magere Schatz hat heute sicher noch nichts bekommen", vernahm Lotte die Stimme der Metzgersfrau hinter sich, als ein weiteres Rädchen Wurst an ihr vorbei in Richtung Käthe flog. Die Bullydame, die sehr wohl eine ordentliche Portion gefrühstückt hatte, schnappte gierig zu.

„Das trifft ja wohl auf uns alle zu", maulte Agnes übellaunig. Nicht nur das frühe Aufstehen hatte ihr scheinbar missfallen. Die Tatsache, den Tag ohne Frühstück beginnen zu müssen, trug ihren Teil zur schlechten Laune der fülligen Seniorin bei.

„Keine Sorge, meine Liebe! Es ist genug für alle da“, lachte Luise und reichte ein großes Stück Hartwurst nach vorne.

Agnes' Augen leuchteten, als sie die Wurst in Empfang nahm. Als ihr eine Scheibe Brot hinterhergereicht wurde, war sie vollends glücklich. Auch Lotte erhielt eine Ration des deftigen Frühstücks. Sie bedankte sich herzlich bei Luise, die für alle Eventualitäten vorbereitet schien. Genüsslich essend betrachtete sie die herrliche Waldlandschaft, die an ihr vorbeizog. Das frühe Morgenlicht belegte die vorbeiziehenden Bäume mit einem fast magisch wirkenden Schimmer. Sie konnte sich kaum sattsehen.

„Schade, dass Frau Lechner nicht mit dabei ist“, vernahm sie plötzlich Benedikts Stimme, in der ein leichter Jammerton mitzuschwingen schien. Überrascht horchte Lotte auf.

„Was willst du denn mit der? Die muss bestimmt unsere Zimmer saubermachen und das Essen vorbereiten“, antwortete seine Mutter irritiert. Rote Flecken breiteten sich auf ihrem Hals aus.

„Ich mein ja nur. Die Frau Lechner muss wirklich viel arbeiten und da hätte ihr so ein Ausflug bestimmt gutgetan.“

Lotte schmunzelte. Hatte sie doch richtig vermutet, der Beni schwärmte für die Bedienung!

Dem Gesichtsausdruck seiner Mutter nach zu urteilen passte der das überhaupt nicht. Kopfschüttelnd stopfte sie sich ein weiteres Stück Hartwurst in den Mund und starrte dumpf aus dem Fenster.

Langsam zog die Waldlandschaft, begleitet vom gleichmäßigen Tuckergeräusch des altertümlichen

Motors, an ihnen vorbei. Ein leises und ein lautes Schnarchgeräusch neben Lotte zeigten kurze Zeit später an, dass sowohl Agnes als auch Käthe eingeschlafen waren.

Die frühe Uhrzeit ist nicht jedermanns Fall, dachte die alte Dame schmunzelnd. Sie selbst genoss diese Tageszeit sehr. Normalerweise würde sie jetzt auf der knarzigen Holzbank in ihrem Vorgarten sitzen und eine Tasse Kaffee genießen. Ihr Häuschen befand sich direkt am Rand der kleinen Weinortschaft Ganzenheim und so konnte sie das Rebenmeer täglich bewundern. Das war es vor fast sechzig Jahren auch gewesen, was sie von einem Tag auf den anderen ihre Sachen hatte packen lassen, um dorthin zu ziehen. *Und ich habe es keinen Tag lang bereut*, dachte Lotte, während sie die Waldlandschaft betrachtete, die nun immer öfter von riesigen, roten Felsbrocken durchbrochen wurde. Sie schienen ihrem Ziel näherzukommen. Die alte Dame wusste, dass hier eine Vielzahl von Burgen und Burgruinen sowie zahlreiche Höhlen zwischen und in den gewaltigen Felsformationen aus Buntsandstein beheimatet waren. Eine dieser Höhlen war der Zielort des heutigen Ausflugs. Der Bus schnaufte protestierend eine schmale Straße entlang, die immer höher zu führen schien. Urplötzlich machte das Gefährt eine scharfe Rechtskurve, was Lotte gegen Agnes drückte.

„Was ist denn los? Sind wir da?", murmelte diese schlaftrunken.

„Ich glaube schon."

Lotte setzte sich aufrecht hin. Ein Blick in Richtung Käthe zeigte ihr, dass die Bullydame den abrupten Richtungswechsel unbeschadet überstanden hatte. Sie saß erwartungsvoll auf ihrer Bank und starrte nach draußen.

Das Gefährt fuhr langsamer, als es einen kleinen Parkplatz erreichte. Mit quietschenden Bremsen und einem unsanften Ruck hielt es an. Agnes wühlte in ihrer Handtasche und wischte sich mit einem rosa Stofftaschentuch über die Stirn.

„So ein Teufelsgefährt", schimpfte sie. Offenbar war es laut genug gewesen, dass es die Mitfahrenden hören konnten, denn die beiden Schwestern blickten entsetzt in ihre Richtung und bekreuzigten sich.

Lotte kicherte. „Na, na, Agnes. Wie sprichst du den von unserem *Luxusbus der Extraklasse?*"

Ein unsanfter Kniff in die Seite zeigte ihr an, dass es noch zu früh zum Scherzen war.

Lennard Martineks Stimme erklang: „Meine sehr verehrten Damen und Herren, wir haben das Ziel unseres sensationellen Ausflugs erreicht!"

Lotte verdrehte die Augen – *sensationell* ... An Adjektiven mangelte es den Herren Reiseleiter in der Tat nicht.

Der junge Mann fuhr fort: „Wir besuchen heute die berüchtigte Drachenkopfhöhle. Ein kleiner Fußmarsch durch den herrlichen Pfälzerwald führt uns zu deren Eingang. Dort geht es über leicht zugängliche Treppen etwa fünfunddreißig Meter hinab in die Tiefe, bis wir die eigentliche Höhle erreichen. Ein sensationeller Anblick erwartet Sie dort."

Einige der älteren Damen und Herren schluckten. Maria Magdalena Rammelsbacher blickte auf ihre Stöckelschuhe und verzog das Gesicht.

„Bitte bleiben Sie zusammen, sodass keiner verloren geht. Danach stärken wir uns, wie angekündigt, mit

Kaffee und Kuchen, bevor uns der Bus pünktlich zum Mittagessen wieder zurück in das Chalet fährt. Vielleicht ruhen Sie sich danach noch ein Weilchen aus, denn am späten Nachmittag erwartet Sie ein weiteres Highlight unserer Gewinnfahrt – der Wärmespender des Jahrhunderts, die fabelhafte Heatsensation 2000 aus den USA!"

Ein langgezogenes „Aaaah" antwortete ihm.

Agnes boxte Lotte in die Seite. „Diese *Sennsäschn* Dingsbums, die muss ich unbedingt haben! Die soll fantastisch gegen Rheuma sein!"

Kopfschüttelnd blickte Lotte ihre Freundin an. „Du hast doch gar kein Rheuma, Agnes!"

„Papperlapapp! Was nicht ist, kann ja noch werden, oder?"

Luise, die der Unterhaltung zugehört hatte, nickte. „Da stimme ich dir durchweg zu, meine Liebe. Mein Hans hat ammol das Reißen gehabt und wär schiergar verrückt geworden, da hat eine Wärmeflasche Wunder bewirkt."

Triumphierend blickte sie in die Runde, das haarige Kinn nach vorne gestreckt. Lotte schenkte sich eine Antwort, da sie die Reaktion absehen konnte.

„Macht doch, was ihr wollt", sagte sie stattdessen. „Ich freu mich jetzt jedenfalls auf den ... Moment mal, was macht der denn da? Ich dachte, wir sollen zusammenbleiben?" Lotte deutete auf Nagi Tanka, der schnellen Schrittes zwischen den Bäumen verschwand.

Die anderen zuckten mit den Schultern.

„Und wenn schon ... Besser ohne ihn als mit ihm! Stell dir mal das Echo in so einer Höhle vor, wenn der plötzlich anfängt zu trommeln", sagte Agnes.

Lennard Martinek bat die Busgemeinschaft zu sich und führte die kleine Truppe dann einen Waldweg entlag. Lotte ging am Rand, damit Käthe, die sie an der Leine hatte, ausführlich schnuppern konnte. Das tat diese auch mit Inbrunst, wie das tuckernde Staubsaugergeräusch anzeigte.

Erste Stöhngeräusche erklangen, als der Weg steiler wurde. Ein Blick auf die Uhr verriet Lotte, dass sie bereits seit einer halben Stunde unterwegs waren. Hatte der Martinek nicht was von einem kurzen Fußmarsch gesagt?

Maria Magdalena Rammelsbacher, deren Stöckelschuhe inzwischen mit einer klebrigen braunen Schlammschicht überzogen waren, schimpfte laut: „Was soll denn das werden, junger Mann? Von einem Fußmarsch in der Wildnis war nie die Rede!“

Beruhigend tätschelte ihr Roger Fantieu den Arm.

Lennard Martinek hielt an. „Meine werten Damen und Herren, verzagen Sie nicht. Wir sind bald am Ziel und glauben Sie mir, es wird sich lohnen.“ Mit einem Augenzwinkern fügte er hinzu: „Und denken Sie an den Kuchen, den Sie im Anschluss umso mehr genießen werden.“

Lotte fragte sich, wo der Reiseleiter hier draußen einen Kuchen herzaubern wollte. Außer einem Rucksack hatte er nichts dabei. Aber wahrscheinlich würden sie irgendwo einkehren. Auch wenn die Uhrzeit reichlich seltsam für Kaffee und Kuchen war …

Seine Worte schienen die Senioren beruhigt zu haben und so stapfte die Truppe tapfer weiter den Hang hinauf. Agnes kam mit Wischen gar nicht mehr hinterher, so stark strömte ihr der Schweiß vom Gesicht. Luises

Gesichtsfarbe hatte einen dunkelroten Ton angenommen, während ihr Sohn eifrig ausschritt.

Kein Wunder, ist ja noch ein junger Hüpfer, dachte Lotte über den Mittdreißiger.

Endlich erreichten sie die Hügelkuppe. Ein gewaltiges Felsmassiv aus rotem Sandstein erhob sich direkt vor ihnen. Ein kleines Holzschild wies nach rechts: *Drachenkopfhöhle, 250 m.*

„Gott sei Dank", rief Agnes aus, was ihr abermals einen giftigen Blick der Schwestern eintrug.

„Was? Darf man dem Herrgott nicht mehr danken?", zischte sie zurück.

Die beiden bekreuzigten sich schnell und gingen kopfschüttelnd weiter.

Ein schmaler Trampelpfad führte an der Felswand entlang, bis schließlich eine große Öffnung den Höhleneingang anzeigte.

Lennard Martinek blieb auf dem kleinen Platz vor der Höhle stehen. „Wir sind da, meine Damen und Herren. Bitte seien Sie besonders vorsichtig beim Abstieg!" Er deutete in das schwarze Loch. „Ich werde Sie anschließend hier oben wieder in Empfang nehmen."

„Wie jetzt? Der kommt gar nicht mit?", hörte Agnes Gertraud Schmidt flüstern.

Lennard Martinek machte es sich auf einem der herumliegenden Findlinge bequem. Unsicher blickten sich die Senioren an.

„Also, mich kriegen keine zehn Pferde in dieses Loch da", erklang die wütende Stimme von Maria Magdalena Rammelsbacher. Sie stapfte zu einem anderen Felsbrocken und setzte sich ebenfalls. Roger Fantieu eilte an ihre Seite. Die Schwestern bekreuzigten sich beim Anblick der dunklen Höhle und wandten sich schaudernd ab. Georg Griebelmeier alias Nagi Tanka war nirgendwo zu sehen oder zu hören. So fanden sich Agnes, Luise, Benedikt und Lotte gemeinsam mit Getraud Schmidt allein am Höhleneingang wieder. Letztere ergriff mit einer schnellen Handbewegung Käthes Leine.

„Ich pass auf den süßen Schatz auf." Grinsend ließ sie die kleine Gruppe am Eingang stehen.

Lotte blickte die anderen auffordernd an. „Und? Wer von euch kommt mit?"

Beni hob den Finger wie in der Schule, während Luise und Agnes zweifelnd auf das schwarze Loch starrten.

„Nun kommt schon! Immerhin sind wir deswegen den ganzen Weg hergefahren. Wann haben wir jemals wieder die Gelegenheit, eine waschechte Höhle zu besuchen?" Lotte ließ nicht locker.

Ihre Gesprächspartnerinnen sahen sich an.

„Also gut", sagte Agnes. „Ich komme mit, wenn die Luise auch mitkommt."

Nach einem zögerlichen Nicken der Metzgersfrau folgten die drei Damen Benedikt Schirrach in die dunkle Höhle. Ein schwaches Licht, aktiviert durch einen Bewegungsmelder am Eingang, ließ sie ihre Umgebung sehen. Glatte rote Sandsteinwände rings um sie herum reichten in schwindelerregende Höhen. Es wurde immer kälter, je weiter sie in die Höhle vordrangen. Schließlich gelangten sie an eine Holztreppe, die nach unten führte.

Achtung – Abstieg nur mit Taschenlampe, verkündete ein Plastikschild, das am Handlauf angebracht war, in großen roten Lettern.

Stolz knipste Benedikt seine überdimensionale Taschenlampe an und leuchtete nach unten. „Uiuiui ... da geht es ganz schön runter“, stellte er fest und machte sich direkt auf den Weg.

Lotte folgte ihm kurzentschlossen und das Knarzen der Treppenstufen sowie ein in regelmäßigen Abständen erklingendes Ächzen hinter ihr verrieten, dass sich Agnes und Luise ebenfalls an den Abstieg gemacht hatten.

Zu Beginn konnte Lotte ihren Vordermann dank dessen neonfarbener Kleidung samt Leuchtstreifen gut ausmachen. Je tiefer sie kamen, desto dunkler wurde es jedoch um sie herum. Nur der Lichtkegel der Taschenlampe, der wie ein Irrlicht durch die Dunkelheit surrte, bot ihr einen Anhaltspunkt.

Nach einer gefühlten Ewigkeit rief Beni aus: „Wir haben es gleich geschafft. Ich kann den Boden erkennen.“

„Ich bin vielleicht gespannt, was uns da unten erwartet“, stieß Agnes laut schnaufend aus. „Das ganze Treppengesteige muss sich schließlich lohnen.“

Ein letzter Schritt und Lotte fühlte Felsboden unter ihren Füßen. Sie stellte sich an Benedikts Seite und wartete mit ihm, bis die beiden anderen ankamen.

Erwartungsvoll blickten sich die vier anschließend um.

„Ähm, wo ist jetzt genau die Sehenswürdigkeit?“ Agnes' Stimme hallte laut zwischen den Felswänden. Die kleine Gruppe stand auf felsigem Untergrund, rings um sie herum, im Abstand von ungefähr fünf Metern, erhob sich Sandsteinfels. „Jetzt leuchte doch mal, Beni“, herrschte Luise ihren Sprössling an. „Irgendwo muss doch ein Durchgang sein. Vielleicht gibt es sogar Edelsteine und Decken mit diesen ... wie heißen die nochmal? ... *Stalaktitten* oder so ..."

Beni grinste. „Soso, *Stalaktitten*", neckte er seine Mutter, die mit einem „Was?" antwortete.

Der große Metzger ließ den Lichtkegel über die Wände huschen. Ein schmaler Durchgang wurde sichtbar.

„Hier müssen wir lang!", rief Beni freudig aus und die kleine Truppe setzte sich in Bewegung. Agnes musste die Luft anhalten und sich seitlich durch den engen Spalt zwängen, hinter ihr folgten Luise und Lotte.

Sprachlos standen die drei Seniorinnen und der Metzger in dem anschließenden Höhlenraum. Wo immer die Taschenlampe hin leuchtete, offenbarte sich ein Meer aus glitzernden Stalaktiten, die von der hohen Decke ragten. Ein paar Meter vor ihnen schimmerte ein unterirdischer See in einem kräftigen grünen Farbton.

„Ahhhh, wie schön", ertönte es von allen Seiten.

Lotte sog den traumhaften Anblick in sich auf. Sie war zufrieden. Genau so hatte sie sich eine richtige Höhle vorgestellt! Hatte diese seltsame Reise also doch etwas Gutes gehabt. Davon musste sie unbedingt ihrer Nichte Franzi erzählen.

Urplötzlich verzog Agnes das Gesicht und fuchtelte wild mit ihren Händen, um schnell ein Taschentuch zu greifen. Dabei traf ihr Arm die Taschenlampe, die Benedikt neben ihr in der Hand hielt. Gleichzeitig mit einem gewaltigen Nieser ertönte ein klirrendes Geräusch und schlagartig wurde es stockdunkel.

Stille.

Ein gemurmeltes „Tschuldigung" erklang, direkt gefolgt von einem jammernden „Ich kann nichts mehr sehen."

„Oh weh, oh weh, was machen wir denn jetzt bloß? Du mit deinen vermaledeiten Niesern, Agnes", zeterte Luise.

Lotte griff ein. „Jetzt reißt euch mal zusammen! Wie ihr gesehen habt, geht es hier nirgendwo hin, außer zurück in Richtung Treppe. Und genau dahin gehen wir jetzt auch."

„Du, Lotte", erklang ängstlich Agnes' Stimme. „Ich hab Angst, dass wir uns auf dem Weg nach oben verlieren und ich dann alleine in der dunklen Höhle bin. Am Ende lande ich noch in diesem gruseligen See."

Lotte seufzte. Bevor sie antworten konnte, kam ihr der große Metzger zuvor. Heldenhaft verkündete er: „Keine Angst! Ich binde uns mit meinem Seil aneinander. So kann keiner verloren gehen oder stürzen."

Kurze Zeit später stand die kleine Gruppierung, jeder mit einem Stück Seil um die Hüfte, am Treppenaufgang.

„Los jetzt. Im Gleichschritt marsch!", dröhnte Benedikts Bass durch die Höhle.

Die ersten Minuten waren nur das Knarzen der Stufen und das laute Schnaufen von Agnes und Luise zu hören, die den Abschluss der Gruppierung bildeten. Lotte lief an zweiter Stelle. Abrupt zog sich das Seil eng um ihre Taille.

„Aua", rief Luise, die hinter ihr kam.

„Tschuldigung", antwortete es von weiter unten, gefolgt von einem „Hatschi!"

Dann stapften die vier Gefährten wieder los. Obwohl Lotte durch ihre täglichen Spaziergänge gut trainiert war, brannten ihr bald die Oberschenkel. Zumindest mit der Luft hatte sie keine Probleme. Ihre beiden Freundinnen dagegen forderten inzwischen minütlich Pausen und so dauerte der Aufstieg fast viermal so lang wie der Abstieg. Als Lotte schließlich einen Lichtschein wahrnahm, atmete sie auf. Gleich hatten sie es geschafft. Heftig atmend kamen sie oben an.

„Das ... das war der blödeste Ausflug ... der blödeste Ausflug, ... den ich je mitgemacht habe!", verkündete Luise zwischen Atempausen.

Agnes, die sich offenbar noch nicht in der Lage fühlte, zu sprechen, nickte nur. Auch Lotte war bitter enttäuscht. Eine Treppe hinabzusteigen, um dann wieder umkehren zu müssen, weil es nicht weiterging, war nicht das, was sie erwartet hatte.

Benedikt rollte das Seil zusammen und befestigte es an seinem Gürtel.

„Ich weiß nicht, wie es euch geht, aber ich könnte jetzt eine Stärkung vertragen. Den Kaffee und Kuchen haben wir uns redlich verdient", verkündete die Metzgersfrau, nachdem sie sich wieder einigermaßen gefangen hatte, und erntete Zustimmung.

Lotte musste die Augen zusammenkneifen, als sie aus dem Höhleneingang trat. Käthe kam, die Leine hinter sich herschleifend, auf sie zugerast und wollte ausführlich begrüßt werden. Erst dann konnte ihr Frauchen sich umschauen. Die anderen Reisegefährten, die es sich auf Felsbrocken bequem gemacht hatten, blickten ihr kauend entgegen. Auch Nagi Tanka war mittlerweile bei der Gruppe aufgetaucht und saß im Schneidersitz auf dem Boden.

„Und? Wie wars?“, fragte Gertraud Schmidt, die hinter Käthe hergeeilt kam.

„Fragen Sie lieber nicht“, knurrte Luise an Lottes Stelle. Dann blickte die Metzgersfrau den Reiseleiter an. „Wo sind denn nun der angekündigte Kaffee und der Kuchen?“

Ein Fingerzeig auf den Boden in der Mitte der Felsblöcke deutete auf eine Packung Kekse, die bis auf zwei abgebrochene Hälften und eine Menge Krümel leer war, sowie auf eine Thermoskanne.

„Plastikbecher sind leider alle.“ Entschuldigend zuckte der junge Reiseleiter mit den Schultern.

Agnes und Luise blieb der Mund offen stehen, während Lotte eigentlich nichts anderes erwartet hatte.

Beschwichtigend nahm sie die beiden am Arm. „Kommt, jetzt setzen wir uns erst mal hin und ruhen uns ein wenig aus.“ Dann führte sie ihre Freundinnen zu einem längeren Findling. Schwer schnaufend ließen sich die alten Damen darauf plumpsen, wogegen diverse Hinterteile direkt protestieren.

„Autsch“, entfuhr es Agnes, was ihr prompt einen spöttischen Blick von Maria Magdalena Rammelsbacher eintrug, die ihnen gegenübersaß.

Lotte tätschelte die Hand ihrer Freundin. „Alles gut, Agnes. Ignorier sie einfach.“

Die goldbehangene Frau flüsterte ihrem Reisegefährten etwas zu, das dieser mit einem Kichern quittierte. Dann schob sie sich einen der vielen Kekse in den Mund, die sie auf ihrem Schoß platziert hatte.

„Das ist ja wohl die Höhe“, entfuhr es der Metzgersfrau, als sie den gehorteten Proviant erblickte.

Lotte setzte an, etwas zu sagen, als ihr plötzlich der Atem stockte.

War das nicht ein Real Love-Ring, der am Finger der Rammelsbacherin aufblitzte?

Sie kniff die Augen zusammen, um besser sehen zu können. Keine Frage, der herzförmige blaue Diamant war definitiv der gleiche wie der in der gestrigen Verkaufsveranstaltung.

Die beringte Hand der Endsechzigerin erstarrte und verharrte kurz vor ihrem Mund, als sie Lottes Blick bemerkte. Hastig ließ sie diese sinken und suchte nach ihren Lederhandschuhen.

„Frau Rammelsbacher, woher haben Sie diesen Ring?“, fragte Lotte laut und zeigte auf das Schmuckstück.

Alle Köpfe fuhren herum. Die Angesprochene errötete heftig, als sie hastig ihre Handschuhe überzog.

„Ich weiß nicht, wovon Sie sprechen“, antwortete sie pikiert.

Luises Stimme erklang. „Jetzt stellen Sie sich mal nicht blöder, als sie sind.“

Ein empörter Blick von Roger Fantieu antwortete ihr.

Ungerührt fuhr die Metzgersfrau fort: „Sie haben einen Rial Laf-Ring am Finger. Ich habe ihn genau gesehen!“

Maria Magdalena Rammelsbacher machte Anstalten aufzustehen.

„Sitzenbleiben!“ Luises Stimme ließ keinen Widerspruch zu.

„Was fällt Ihnen eigentlich ein?", blies die Angesprochene nun zum Gegenangriff. „Was erlauben Sie sich?"

Die Metzgersfrau zuckte mit den Schultern. „Ich erlaube mir, Sie hiermit öffentlich zu fragen, wie Sie zu diesem Ring kommen? Immerhin haben Sie gestern Abend keinen gekauft!"

Lotte beobachtete das Geschehen. Sie war gespannt auf die Antwort.

War Maria Magdalena Rammelsbacher wirklich so dumm, erst einen Ring zu klauen und ihn dann am nächsten Tag spazieren zu tragen? Ganz abgesehen davon, dass die Dame einen Diebstahl sicher nicht nötig hatte!

Das Gesicht der Seniorin wurde puterrot. „Ich wüsste nicht, dass ich Ihnen oder irgendjemand anderem", ihr Finger zeigte ringsum auf die gaffenden Zuhörer, „Rechenschaft schuldig wäre. Der Ring gehört mir und damit basta."

Sie erhob sich und stapfte wütend davon. Fantieu folgte ihr aufgeregt.

„Herr Martinek, jetzt sagen Sie doch auch mal was", forderte Luise den jungen Reiseleiter auf. „Wir müssen doch die Polizei rufen!"

Bei dem Wort *Polizei* wurde der Angesprochene blass um die Nase. Beschwichtigend hob er die Arme.

„Um Himmels Willen", ein böser Blick der beiden Schwestern, „warum sollten wir denn die Polizei rufen? Ich bin mir sicher, dass alles mit rechten Dingen zugegangen ist. Der Ring von Frau Schneider wird bestimmt bald wieder auftauchen, da mache ich mir keine Sorgen." Schnell fügte er hinzu. „Und nun machen wir uns auf den Rückweg, meine verehrten Damen und Herren.

Im Hotel erwartet uns ein herzhaftes Mittagessen. Am Nachmittag haben Sie anschließend die einmalige Gelegenheit, die fantastische Heatsensation 2000 zu erwerben. Nie wieder kalte Füße, nie wieder kalte ...“

„Nun halten Sie aber mal die Luft an, junger Mann. Ich erwarte, dass Sie diesen Vorfall der Polizei melden. Sonst mache ich das“, fiel ihm Lotte rüde ins Wort.

Agnes legte ihr eine Hand auf den Arm. „Jetzt lass ihn doch mal ausreden. Diese Hietsensäschn klingt schon toll!“

Lennard Martinek, der sich schnell wieder gefangen hatte, erwiderte: „Natürlich werden wir der Sache nachgehen, werte Frau ...“

„*Fräulein* Meisner!“

„Ähm, wertes *Fräulein* Meisner. Ich versichere Ihnen, dass wir alles dafür tun werden, das Missverständnis aufzuklären.“

Schnell sammelte er die Kaffeekanne und die mittlerweile leere Kekspackung ein. Dann stapfte er voraus in Richtung Parkplatz. Leise murmelnd folgte ihm die Reisegruppe. Lotte entnahm den Wortfetzen, dass sie die Antwort des jungen Mannes zufriedengestellt hatte, was sie ganz und gar nicht nachvollziehen konnte. Schweigend wanderte sie zurück zum Bus. Sie fühlte sich müde und nahm sich vor, sich nach dem Mittagessen hinzulegen.

8

Nach einer wässrigen Suppe, zu der diesmal giftgelbe Limonade serviert wurde, hatte sich Lotte hingelegt. Als sie erwachte, fühlte sie sich besser. Noch auf dem harten Bett liegend sortierte sie ihre Gedanken.

Ich muss meine fünf Sinne beieinander behalten, wenn ich herausfinden will, wer der Dieb ist. Jeder hätte sich am Zimmer der Schwestern zu schaffen machen können. Aber hat sich der Fantieu nicht besonders verdächtig verhalten, als er in der Nacht herumgeschlichen ist? Am seltsamsten ist aber doch die Tatsache, dass die Rammelsbacherin plötzlich mit einem Real Love-Ring aufgetaucht ist ...

Ein lautes Hämmern an ihrer Tür ließ sie aus ihren Gedanken schrecken.

„Lotte, bist du da?", vernahm sie Agnes' Stimme.

Käthe war bereits an der Tür, als ihr Frauchen diese öffnete. Ohne auf eine Aufforderung zu warten, schob sich Agnes an ihr vorbei und versuchte, die Hochsprungversuche der Bullydame abzuwehren.

„Lass das, Käthe!" Sie wollte sich gerade auf den Holzhocker plumpsen lassen, als sie das zerknitterte Taschentuch entdeckte.

„Sag mal, das ist doch meins oder nicht?", fragte sie mit Blick auf das Tuch.

Lotte nickte und zeigte mit dem Kinn in Richtung Käthe. „Ich weiß nicht, wo sie das wieder her hat. Tut mir leid, Agnes. Ich wollte dir Bescheid sagen, aber ..."

„Macht nichts! Hauptsache, es ist wieder da." Sie steckte das zerknautschte Teil in ihre Handtasche. Dann fragte sie: „Bist du fertig, Lotte?"

„Fertig für was?", kam prompt die Gegenfrage.

„Na, die Verkaufsveranstaltung für diese Wahnsinnsdecke! Wo bist du nur mit deinen Gedanken?" Agnes schüttelte den Kopf.

Lotte seufzte. „Du glaubst doch nicht im Ernst, dass ich mir das noch einmal antue? Der Martinek und der Krumm ziehen eine hollywoodreife Show ab und alle kaufen danach brav die angepriesene Ramschware."

„Ramschware? Hast du den Rial Laf-Ring mal gesehen, Lotte? Das ist ja wohl alles andere als Ramsch!"

Entrüstung schwang in Agnes' Stimme mit und Lotte musste zugeben, dass das Schmuckstück in der Tat keine Billigware zu sein schien.

Ihre Besucherin erhob sich ächzend. „Ich gehe auf jeden Fall zu der Veranstaltung. Diese Hietsensäschn ist genau das, was ich für den kommenden Winter brauche. Ist ja jetzt schon empfindlich kalt am Abend", sprach sie und verließ das Zimmer.

Vom Gang vernahm Lotte die Stimmen des Mutter-Sohn-Gespanns, das sich offenbar ebenfalls auf den Weg zur Veranstaltung unten machte.

„Weißt du was, mein Schatz? Wir bleiben hier. Diesen Schmarrn", ein Wort aus Lottes alter Heimat, das *Unsinn* bedeutete, „tun wir uns kein zweites Mal an."

Käthes wackelndes Bürzelchen zeigte deren Zustimmung.

So lauschte sie dem Stapfen von Schritten, die sich an ihrer Tür vorbeibewegten, und den leisen Stimmen, die sich aufgeregt über das angepriesene Produkt unterhielten. Dann wurde es still im Gang und Lotte nahm sich eine Zeitschrift vom Nachtkästchen, die sie von zu Hause mitgebracht hatte. Seitenweise Rezepte, die einen *phänomenalen Gewichtsverlust* versprachen, und die *neueste Herbstmode*, die aussah, als hätte man die Models in Müllsäcke verpackt, konnten ihre Aufmerksamkeit jedoch nicht lange fesseln. Als sie erneut leise Schritte vor der Tür vernahm, legte sie die Zeitschrift zur Seite.

In der Hoffnung, dass Frau Schmidt der Veranstaltung ferngeblieben war und sie diese zu einem Spaziergang überreden konnte, öffnete sie die Tür. Im Flur war niemand zu sehen. Vor Luises Zimmer stand ein klappriger Wagen, der mit allerlei Reinigungsutensilien bestückt war.

Frau Lechner macht sauber, dachte sich Lotte, auch wenn sie sich kurz wunderte, wieso nicht bei ihr begonnen wurde. Immerhin hatte sie eines der ersten Zimmer im Gang. Sie wartete, um die junge Hilfskraft darauf anzusprechen. Minuten gingen ins Land. Als nach einer guten Viertelstunde noch immer niemand erschienen war, entschloss sich Lotte, nach dem Rechten zu sehen.

Es kann doch nicht so lange dauern, die kleine Kammer zu säubern?

Gerade als sie auf die Tür zuging, kam die Bedienung aus dem Zimmer und ließ einen Gegenstand in ihre große Schürze gleiten. Eine feine Röte überzog ihre Wangen, als sie Lotte erblickte.

„Was ... was machen Sie hier?", fragte die junge Frau stotternd.

„Das sollte ich wohl eher Sie fragen!", erwiderte Lotte streng.

Die Röte im Gesicht der Angesprochenen vertiefte sich. „Ich mache nur meinen Job. Zimmer zu säubern gehört nun mal dazu."

„Sie wollen mir doch nicht weismachen, dass sie hierfür", ein Blick auf ihre Armbanduhr, „geschlagene zwanzig Minuten brauchen!"

Anna Lechner zog den Kopf ein. „Wie gesagt, ich mache nur meine Arbeit. Wenn Sie mich jetzt bitte entschuldigen würden?" Sie schob das klapprige Gefährt ein Zimmer weiter.

Lotte blieb im Gang stehen und beobachtete argwöhnisch, wie die junge Aushilfe die nächste Tür mit einem Generalschlüssel öffnete. Nach einem unsicheren Blick zurück über die Schulter betrat sie die Schlafkammer. Nur fünf Minuten später kam sie wieder heraus und schob ihr Wägelchen weiter. Lotte zog sich in ihr Zimmer zurück, wo sie aber die Tür einen kleinen Spalt offen ließ, um zu hören, wenn sich im Gang jemand bewegte. Ein sich entfernendes, in regelmäßigen Abständen erklingendes Klicken zeigte an, dass Frau Lechner von Zimmer zu Zimmer zog.

War sie zu streng gewesen? Aber nach den Geschehnissen des letzten Tages konnte man nicht aufmerksam genug sein. Und was hatte die Frau in ihrer Schürze verschwinden lassen?

Lotte grübelte, die Zeitschrift auf dem Schoß, als eine feuchte Hundeschnauze sie an der Hand anstupste. Lächelnd blickte sie ihre Bullydame an, deren Hinterteil aufgeregt wackelte.

„Du willst sicher nochmal raus in den schönen Wald, nicht wahr?“, fragte sie die Hündin, was das Wackeln verstärkte.

Leise ächzend erhob sie sich und ergriff die Leine. Zu ihrer Freude traf sie auf dem Gang auf Gertraud Schmidt, die mit einer großen Tüte bepackt war.

„Wenn Sie kurz warten, bis ich meinen Einkauf verstaut habe, dann komme ich mit Ihnen.“

Lotte nickte. Es verstrich tatsächlich eine geraume Zeit, bis die alte Dame wieder auftauchte. Fragend blickte Lotte sie an, als sie endlich den Gang entlangkam.

„Entschuldigen Sie die Verzögerung, meine Liebe. Frau Lechner stand gerade vor meinem Zimmer und wollte es wohl reinigen. Sie war etwas blass um die Nase, weshalb ich mich erkundigt habe, ob alles in Ordnung ist. Die Arme ist wahrscheinlich total überarbeitet. Sie muss kochen, putzen, bedienen und und und ...“

Frau Schmidt schüttelte traurig den Kopf. Das Schicksal der jungen Hilfskraft schien ihr nahezugehen.

Während die beiden Damen das Hotel verließen, erzählte ihre Wandergefährtin Lotte, dass sie selbst einmal in einer ähnlichen Situation gewesen war.

„Wir waren ganz jung verheiratet, wissen Sie? Mein Mann hatte seine Anstellung verloren, weil er länger krank war, und so musste ich arbeiten gehen. Ich kam bei einem Wirt unter und der hat mich nach Strich und Faden ausgenutzt. Putzen, kochen, das ganze Programm. Und das für einen unverschämt niedrigen Lohn.“

Über eine aus dem Waldboden herausragende Wurzel steigend dachte Lotte darüber nach, wie viel Glück sie mit ihrer Anstellung als Sekretärin des Ortsbürgermeisters doch gehabt hatte. Sie hatte sich nie groß Sorgen ums Geld machen müssen, was zum Teil bestimmt mit ihren niedrigen Ansprüchen zu tun hatte. Aber sie hatte schlicht und ergreifend auch einfach Glück gehabt, einen sicheren Job ergattert zu haben. Durch diese Tätigkeit, bei der sie die diversen Bürgermeister auf alle möglichen Sitzungen und Feste begleitet hatte, war es ihr zudem damals sehr schnell gelungen, Anschluss im ländlichen Ganzenheim zu finden. Das war für Auswärtige, die neu in eine Dorfgemeinschaft kamen, durchaus keine Selbstverständlichkeit.

„Wie ging es dann weiter?“, erkundigte sich Lotte.

Ein Grinsen breitete sich auf Gertraud Schmidts Gesicht aus. „Nun, ich habe dem Wirt zu meiner Kündigung eine saftige Rechnung für meine Tätigkeiten gestellt. Diese hat er nach einer kleinen Motivationsmaßnahme dann auch brav bezahlt.“

„Motivationsmaßnahme?“

„Ein befreundeter Journalist hätte gerne einen Artikel über die Ausbeutung in Gastronomieberufen verfasst.“ Sie strahlte übers ganze Gesicht. „Kurz darauf kam mein Franz dann in eine feste Anstellung und alles war ...“

Abrupt brach die Stimme der Rentnerin ab. Sie wurde blass um die Nase. Auf Lottes fragenden Blick hin deutete sie seitlich schräg nach vorne zwischen die Bäume. Auch Käthe, die mucksmäuschenstill saß, starrte bereits in die angezeigte Richtung, beide Ohren nach oben gestellt.

Lottes Blick folgte dem Fingerzeig ihrer Gefährtin. Zunächst verstand sie nicht, was sie da sah. Ein dicker

Baum und ein nackter Hintern waren das Erste, was sie wahrnahm. Sie schüttelte den Kopf und zwinkerte heftig mit den Augen. Dann blickte sie abermals in die Richtung. Es blieb dabei, ein entblößtes Hinterteil leuchtete ihr schneeweiß entgegen. Dazu gehörten noch ein Oberkörper und je zwei Arme und Beine, mit denen sich die Person an den Baum zu klammern schien.

„Ähm, was ist das denn?", entfuhr es Lotte.

Gertraud Schmidt kniff die Augen zusammen. „Wenn mich nicht alles täuscht, dann ist das doch der Griebelmeier!"

Lotte erkannte einen schmierigen Pferdeschwanz, der auf den blanken Rücken hinabhing, und nickte. „Ich glaube, Sie haben recht."

Käthe löste sich aus ihrer Starre und raste in Richtung des Mannes. Lotte versuchte noch, den Stopper ihrer ausziehbaren Leine zu aktivieren, schaffte es aber nicht mehr rechtzeitig. Freudig sprang die Bullydame an dem Mann hoch, was diesem zunächst ein Kreischen entlockte.

„Oh großer Geist, wenn du mich zu dir holen willst durch meine Brüder, so soll es geschehen", ertönte die Stimme des Möchtegern-Indianers.

Lotte bemerkte, dass er seine Augen fest geschlossen hatte, was erklärte, warum er nicht wusste, was ihn da ansprang.

„Kein Sorge, Herr Griebelmeier! Das ist nur meine Käthe, kein wildes Tier", rief Lotte in den Wald hinein.

Der Mann riss die Augen auf, dann ließ er den Baum los und schickte sich an, sich umzudrehen.

„Wagen Sie es nicht, Herr Griebelmeier!", rief Frau Schmidt in seine Richtung.

Der nackte Mann zuckte mit den Schultern, dann bückte er sich und schlüpfte rasch in die speckige Lederhose, die neben ihm auf dem Waldboden lag. Anschließend kam er in ihre Richtung gestapft.

„Mein Name ist Nagi Tanka", erinnerte er die Damen und lächelte sie an.

„Das ist mir wurscht, wie Sie sich nennen", erwiderte Frau Schmidt. „Was in aller Welt treiben Sie hier bitte?"

Lotte blickte den Mann aufmerksam an. Das interessierte sie auch. In ihrer langen Lebenszeit hatte sie noch nie einen nackten Menschen im Wald gesehen, der einen Baum umklammerte.

„Was ich hier mache? Na, waldbaden!", kam es aus dem Mund des Mannes. Sein Tonfall verriet, dass er das für das Selbstverständlichste auf der Welt hielt.

„Wald-was?", entfuhr es Lottes Begleiterin.

„Waldbaden! Es gibt nichts Gesünderes, meine Liebe. Sie lassen die Heilkraft der Bäume auf sich wirken. Das reinigt all ihre Chakren, glauben Sie mir das! Ich mache das wöchentlich, egal in welcher Jahreszeit, und ich werde nie krank!" Er strahlte sie an. „Das müssen Sie unbedingt auch mal versuchen. Es wirkt wahre Wunder!"

„Ich soll mich nackt um einen Baum wickeln?", fragte Frau Schmidt entsetzt.

„Nicht wickeln … Sie sollen ihn umarmen und die Kraft der Natur spüren." Er zuckte mit den Schultern. „Die meisten Menschen berühren den Baum nur mit den Händen. Ich finde, die Wirkung ist noch viel größer, wenn ich ihn in seiner Gänze auf meiner nackten Haut spüre."

Lotte entfuhr ein „So ein Schmarrn!", was Nagi Tanka nur mit einem Lächeln quittierte.

„Wissen Sie, ich bin es gewohnt, dass manche Leute darüber lachen, aber meine jahrelange Erfahrung gibt mir recht."

Mit diesen Worten ging er zurück zum Baum, setzte sich in einen Schneidersitz und zog seine Handtrommel zu sich. Ein gleichmäßiges Trommeln erklang, gefolgt von einem leisen „He jajaja, he jajaja."

Lotte blickte auf ihre Weggefährtin und zuckte mit den Schultern. Dann drehten die beiden schnell um und steuerten wieder das Hotel an. Als sie aus dem Wald heraus auf die Lichtung traten, auf der sich das Gebäude befand, hörten sie aufgeregte Stimmen.

Luise, die ihren Kopf durch die Vordertür steckte, rief Lotte entgegen: „Komm schnell! Du kannst dir nicht vorstellen, was passiert ist!"

Die alte Dame blickte Gertraud Schmidt erstaunt an. Nach dem, was im Wald passiert war, hatte sie gedacht, dass sie diejenigen wären, die eine Geschichte zu erzählen hätten. Dem war scheinbar nicht so.

Sie hastete auf die Metzgersfrau zu, die sie schnell am Ärmel in die Halle zog. Dort standen die anderen Reisenden versammelt. In der Mitte der Empfangshalle saß eine völlig aufgelöste Maria Magdalena Rammelsbacher auf einem Stuhl, den offenbar jemand herbeigeschafft hatte. Roger Fantieu tätschelte ihr beruhigend den Arm, was seine Wirkung, dem Gesichtsausdruck der Frau nach zu urteilen, jedoch verfehlte. Hedwig und Edda Schneider lehnten, mit gesenkten Köpfen den Rosenkranz betend, am Tresen und Agnes, die am Treppenabsatz stand, putzte sich wild die Nase.

„Was ist denn passiert?", fragte Lotte entgeistert.

Luises Wangen leuchteten rot vor Aufregung. „Du wirst es nicht glauben", wiederholte sie ihre Begrüßung von vorhin, bevor sie fortfuhr. „Wir waren alle auf dieser tollen Verkaufsveranstaltung im Speisesaal. Das war übrigens wieder ganz hervorragend gemacht und diese Hietsensäschn 2000 ist ein wahrer Traum! Was die alles für die Gelenke und den Rücken ..."

„Luise!", unterbrach sie Lotte.

„Ja, ist ja schon gut", erwiderte die Metzgersfrau in einem leicht beleidigten Tonfall. „Nun ja, wir kommen also nach der Veranstaltung zurück auf unsere Zimmer, als plötzlich ein gellender Schrei ertönt."

Die Umstehenden, die Luises Ausführungen lauschten, nickten zustimmend.

„Der ging mir durch Mark und Bein, das kannst du mir wohl glauben. Also sind wir alle", sie zeigte auf die übrigen Hotelgäste, „in den Gang gestürmt, um zu sehen, was da los war. Dort haben wir dann Frau Rammelsbacher gefunden, die entsetzt vor ihrem Zimmer stand. Die Arme war völlig aufgelöst und es hat eine Weile gedauert, bis wir aus ihr herausbekamen, was los war."

Sie machte eine bedeutungsschwere Pause, dann fuhr sie fort:

„Ihr Rial Laf-Ring ist verschwunden!"

Triumphierend blickte Luise Lotte an, von der Rammelsbacherin erklang ein lautes Schluchzen.

Lotte zog die Augenbrauen nach oben. Sie brauchte eine Weile, um das Ganze zu verdauen.

Schon seltsam, dachte sie.

„Frau Rammelsbacher", wandte sie sich schließlich an die kreidebleiche Dame. „Was ist denn genau geschehen?"

Die Angesprochene schluchzte noch einmal, dann antwortete sie mit zitternder Stimme: „Ich ging nach der Verkaufsveranstaltung hoch, um die Decke, die ich erworben hatte, zu verstauen. Als in mein Zimmer betrat, fiel mir sofort auf, dass jemand darin gewesen war. Meine Sachen lagen verstreut auf dem Bett und ...", ein abermaliger Schluchzer ließ die schmalen Schultern der Seniorin beben, „mein Real Love-Ring war weg!"

Die Umstehenden schüttelten entsetzt die Köpfe. Mehrere Gäste gingen zu der Bestohlenen und klopften ihr aufmunternd auf den Rücken.

„Aber sie haben den Ring doch heute Vormittag beim Ausflug noch getragen?", fragte Lotte nach.

Maria Magdalena Rammelsbacher blickte auf. „In der Tat, das habe ich. Er hat hervorragend zu meinem Outfit gepasst. Aber als wir zurückkamen, habe ich ihn sofort in meinem Gepäck verstaut."

Lottes Augenbraue wanderte noch ein Stück höher.

„Zu einem Ausflug in den Wald tragen Sie ihn, im Hotel nehmen Sie ihn wieder ab?" Deutlicher Zweifel schwang in ihrer Stimme mit.

„Na, hören Sie mal", ereiferte sich die Angesprochene. „Was wollen Sie mir hier eigentlich unterstellen?" Rote Flecken breiteten sich auf ihrem Hals aus.

Lotte sah sie nachdenklich an. „Überhaupt nichts, meine Liebe. Ich versuche nur, Dinge in Erfahrung zu bringen, die für die Auflösung des Falls wichtig sind."

„Des Falls?", erklang die höhnische, leicht heiser klingende Stimme von Manfred Krumm. „Fangen Sie schon wieder damit an? Hat Ihnen das Telefonat mit Ihrem Hauptkommissar gestern Nacht nicht gereicht?"

Lotte wandte sich dem großgewachsenen Reiseleiter zu. „Ein zweiter Ring ist verschwunden. Wenn das kein Diebstahl war, dann weiß ich auch nicht. Das wird die Polizei sehr wohl interessieren!"

Mit einem überlegenen Grinsen im Gesicht erwiderte Krumm: „Tun Sie sich keinen Zwang an, *Fräulein* Meisner." Damit drehte er sich um und ging davon.

Lotte wandte sich an die Umstehenden. „Ich denke, es wäre unter den gegebenen Umständen wohl das Beste, wenn wir alle so schnell wie möglich abreisen."

Sie war überzeugt, dass ihre Freundinnen nichts mehr dagegen haben würden, und blickte sich um. Deren Gesichter zeigten Ungläubigkeit.

„Aber was wird denn dann aus unserem Geschenk?", sagte Agnes schließlich. „Morgen nach dem Frühstück bekommt jeder Teilnehmer ein Überraschungsgeschenk! Das hat Herr Martinek bei der Verkaufsveranstaltung verkündet!"

„Was denn für ein Überraschungsgeschenk?", fragte Lotte seufzend.

„Na, wenn wir das wüssten, dann wäre es wohl keine Überraschung mehr, oder?", kam Luise Agnes zuvor.

Lotte atmete tief ein. „Ihr wollt also trotz der Diebstähle hierbleiben, nur um so ein dämliches Geschenk zu erhalten? Das kann nicht euer Ernst sein!"

Ein Blick in die Gesichter ihrer Freundinnen verriet ihr, dass dies durchaus der Fall war.

„Ach, macht doch, was ihr wollt!" Lotte stapfte zur Treppe und ging hinauf.

Mir reichts. Sollen die anderen doch bleiben, wo der Pfeffer wächst!

9

Eigentlich wäre Lotte lieber auf ihrem Zimmer geblieben, als gemeinsam mit ihren Freundinnen zu essen. Doch nach dem mageren Mittagessen knurrte ihr Magen vernehmlich. Also machte sie sich auf den Weg zum Speisesaal.

Agnes saß bereits an ihrem Tisch und winkte ihr zu.

Mit einem mürrischen Gesichtsausdruck brummte Lotte ein „Guten Abend" und setzte sich ebenfalls.

„Jetzt sag nicht, du bist immer noch sauer!" Ihre Freundin wühlte in der Handtasche und zog eine Flasche Sherry hervor, mit der sie vor Lottes Nase herumwedelte.

„Schau mal, was ich mitgebracht habe! Den können wir heute bestimmt gut brauchen!"

Ihre Augen leuchteten. Agnes schenkte Lottes Glas halbvoll und erhob dann ihr eigenes, das bereits gut gefüllt war.

„Auf einen schönen Abend!"

Lotte blickte in das fröhliche Gesicht ihrer Freundin.

Vielleicht hatte sie ja in der Tat überreagiert? Ihnen war schließlich nichts geschehen und die Spaziergänge im Wald gefielen ihr und Käthe ebenfalls sehr. Bis auf die Begegnung mit nackten, baumumarmenden Möchtegern-Indianern, auf die sie gerne verzichten konnte. Das musste sie unbedingt Agnes erzählen!

Schmunzelnd erhob sie ihr Glas und prostete ihrer Freundin zu. Sie konnte ihr einfach nicht lange böse sein.

„Prost, meine Liebe."

Eine angenehme Wärme breitete sich in ihrem Hals aus, als sie einen kräftigen Schluck nahm.

Das tut gut!

Als kurz darauf die Metzgersfrau mit ihrem Sohnemann das Esszimmer betrat, hatte Lotte ihren Unmut bereits vergessen und prostete ihnen zu.

„Na, ihr seid ja eine fröhliche Runde", sagte Luise erfreut und wackelte mit ihrem leeren Glas.

Obwohl Benedikt nicht mittrank, sondern eher aussah, als sei ihm eine Laus über die Leber gelaufen, leerte sich die Flasche bedenklich schnell. Lotte glaubte sogar, bereits einen leichten Schwips zu verspüren.

„Jetzt brauche ich aber endlich was zu essen", verkündete sie lautstark und blickte auf die Tür. „Wo bleibt denn die Frau Lechner?"

Auch die anderen Gäste wurden allmählich unruhig und sahen abwechselnd zur Tür und auf ihre Armbanduhren. Das Essen war für sieben Uhr angekündigt worden und es war bereits halb acht.

Endlich schwang die Tür auf, doch anstelle der jungen Bedienung betraten Lennard Martinek und ein grimmig dreinsehender Manfred Krumm den Saal. In ihren Händen hielten die beiden jeweils zwei Schneidebretter, auf denen kümmerlich belegte Brote lagen. Als Garnitur dienten bräunlich verfärbte Salatblätter.

Mit einem entschuldigenden Lächeln stellte der junge Reiseleiter ein Brett auf Lottes Tisch ab. Mit den Worten „Die Limonade kommt gleich" wandte er sich um und brachte seine Ware zu den anderen Gästen.

Lotte und ihre Tischkameraden starrten auf das Essen. Vier Brote, zwei davon mit je einem Rädchen Salami und zwei mit einer mickrigen Scheibe Käse, lagen auf dem Tablett.

Mit spitzen Fingern eine Wurstscheibe hochhaltend sagte Luise entsetzt: „Nicht mal Butter!"

Als Martinek mit einem Krug Limonade wieder zu ihrem Tisch kam, schauten ihm vier wütende Gesichter entgegen.

„Das Essen war ja die ganze Zeit über schon sehr mickrig. Aber was Sie uns heute anbieten, ist schlicht und ergreifend eine Frechheit!", sagte Lotte.

Drei nickende Köpfe signalisierten Zustimmung.

Martineks Wangen verfärbten sich leicht. Verlegen antwortete er: „Wir tun unser Bestes, werte Frau ..."

„*Fräulein* Meisner!"

„... Ähm, wertes *Fräulein* Meisner. Sie müssen wissen, dass unsere Frau Lechner heute einfach so von jetzt auf gleich gekündigt hat. Und sie war nun mal auch für das Kochen zuständig ..."

Erstaunt blickten sich die Tischnachbarn an. Benedikt stierte auf seine fleischigen Hände.

„Gekündigt? Wieso das denn?", fragte Agnes nach.

Der junge Reiseleiter wollte gerade zu einer Antwort ansetzen, als Manfred Krumm an den Tisch trat. Mit einer herrischen Handbewegung gebot er Martinek, still zu sein.

„Mahlzeit, die Herrschaften", ertönte seine tiefe Stimme. Dann griff er den Kollegen am Ärmel und zog ihn weiter.

„Was war das denn?", fragte Luise in die Runde.

„Keine Ahnung", antwortete Agnes, wobei man die zwei Worte bei ihrem Kauen kaum verstehen konnte.

Lotte betrachtete den großen Metzger. Er hatte doch ein Auge auf das junge Fräulein geworfen. Vielleicht wusste er ja mehr?

„Du, Beni", sagte sie laut, „weißt du, was mit der Frau Lechner los ist?"

Der Metzger wurde blass. Bevor er antworten konnte, ergriff seine Mutter das Wort. Ihre Stimme klang wütend.

„Was soll der Bub denn wissen, häh? Der hat mit der Dame jawohl überhaupt gar nichts zu schaffen! Nullkommanichts!" Sie blitzte Lotte an.

Diese zuckte mit den Schultern. „Ich frage ja nur. Brauchst dich nicht so aufzuregen, Luise. Dein Beni ist ein gestandenes Mannsbild und kein kleiner Bub mehr. Und die Frau Lechner ist eine ganz Hübsche!"

Die Metzgersfrau wurde abwechselnd erst blass, dann dunkelrot im Gesicht. „Der Beni hat so eine gar nicht nötig! Lass dir das gesagt sein! Er ist schließlich der gefragteste Junggeselle in ganz Ganzenheim. Was sag ich da ... Im ganzen Landkreis!"

Agnes schenkte Luise Sherry nach. „Jetzt reg dich nicht auf und trink noch einen Schluck! Die Lotte meint es sicher nicht böse."

Bevor Lotte etwas erwidern konnte, schaltete sich der Metzger ein. „Wen ich hübsch finde oder nicht, ist ganz allein meine Sache! Ich wäre euch sehr dankbar, wenn ihr einen anderen Gesprächsstoff als mein Liebesleben finden würdet."

Mit diesen Worten erhob er sich und stapfte aus dem Saal.

Das Schlagen eines Löffels an ein Glas zeigte an, dass die Schwestern zum Abendgebet riefen. Stöhnen wurde laut und ärgerliche Gesichter verfolgten die Halleluja-Show der beiden, die diese heute aufgrund der Nichtempfänglichkeit des Publikums drastisch abkürzten. Der dritte Platz an ihrem Tisch war leer.

Nagi Tanka benötigt scheinbar wirklich nur Luft zum Leben, dachte Lotte spöttisch.

Dann blickte sie Luise an. Deren Gesichtsausdruck ließ darauf schließen, dass sie immer noch beleidigt war.

Sie seufzte. Beschwichtigend an die Metzgersfrau gewandt sagte sie: „Dein Beni ist ein lieber Bub, Luise. Auf den kannst du richtig stolz sein!"

Nach kurzem Zögern erhob die Angesprochene ihr Glas: „Wo du recht hast, hast du recht! Und jetzt prost, ihr zwei!"

Mit einem lauten Klirren stießen sie die Gläser aneinander. Die goldbraune Flüssigkeit schwappte über den Glasrand, was die Damen zum Kichern brachte.

Irritiert blickten die anderen Reisegäste von ihrem mageren Mahl auf. Gertraud Schmidt erhob sich, was Roger Fantieu mit Erleichterung zu registrieren schien, und trat zu ihrem Tisch.

„Darf ich mich zu Ihnen gesellen?", fragte sie freundlich und blickte sich um.

„Je mehr, desto besser", kicherte Agnes und verschluckte sich beinahe an ihrem Getränk.

Es wurde eine fröhliche Runde. Luise steuerte eine weitere Flasche Riesling bei und fand etwas Knabbergebäck in der Küche, das sie kurzerhand mitnahm. Die vier Damen lachten und prosteten sich zu. Endlich kam Lotte dazu, von ihrer Begegnung mit dem waldbadenden Georg Griebelmeier zu berichten. Gemeinsam mit Gertraud Schmidt erweckte sie ihr unfreiwilliges Treffen mit den nackten Tatsachen des Nagi Tanka zum Leben, was für brüllendes Gelächter sorgte. Agnes hatte Tränen in den Augen und kam mit Trockenwischen gar nicht mehr nach. Lotte war froh, dass sie doch nicht früher abgereist waren. Sie genoss den Abend sehr.

Zu vorgerückter Stunde verkündete Luise zur allgemeinen Freude der Seniorinnen, dass sie kurz auf ihr Zimmer gehen wollte, um die restliche Hartwurst und das Brot zu holen, das sie oben hatte. Der Alkohol hatte die Damen hungrig werden lassen. Das mickrige Abendbrot hatte das Seine getan, um die Mägen zum Knurren zu bringen. So erwarteten sie ungeduldig die Rückkehr ihrer Freundin.

Gertraud Schmidt erzählte gerade einen Schwank aus ihrer Jugend, als sie urplötzlich verstummte. Ihr Blick war auf die Tür gerichtet. Lotte folgte diesem und erschrak. Da stand Luise, oder besser gesagt, da schwankte Luise, die sich gerade noch am Türrahmen festhalten konnte, bevor ihre Beine unter ihr nachgaben.

Lotte sprang auf und ergriff den Arm der Freundin. „Um Himmels willen, Luise! Was ist denn los? Gehts dir nicht gut?“

Auch die anderen Damen waren bei der bleichen Metzgersfrau angekommen und mit vereinten Kräften führten sie diese zu einem Stuhl. Käthe legte ihren Kopf auf Luises Schoß. Die kleine Bullydame hatte ein untrügliches Gespür dafür, wenn es jemandem nicht gut ging. Die Hand der blassen Frau streichelte automatisch den runden Schädel der Hündin.

„Der Beni ... Bitte, holt den Beni!", flüsterte die Metzgersfrau matt.

Die Seniorinnen verständigten sich mit einem Blick und Agnes watschelte los, um den Metzger zu holen. Gertraud Schmidt eilte zurück zum Tisch und goss ein Glas Wasser ein, das sie Luise anbot.

„Hier, trinken Sie! Das wird Ihnen guttun."

Gehorsam nippte Luise an dem Getränk. Tatsächlich bekam sie langsam wieder etwas Farbe im Gesicht und Lotte entspannte sich ein wenig.

„Bist du krank?", bohrte sie nach.

Luise schüttelte den Kopf. Dann räusperte sie sich. Ihre Stimme klang belegt, als sie sagte: „Mein Ring! Mein Rial Laf-Ring ... Er ist weg!"

Gertraud Schmidt schlug vor Entsetzen die Hand vor den Mund.

Lotte, die befürchtet hatte, dass ihre Freundin ernsthaft erkrankt war, fühlte erst mal Erleichterung. „Gott sei Dank!", entfuhr es ihr.

Ein fassungsloser Blick war die Antwort. „Gott sei Dank?", stammelte Luise. „Du findest es gut, dass mein Ring gestohlen wurde?"

Lotte schüttelte schnell den Kopf. „Nein, das meine ich nicht! Gott sei Dank ist *dir* nichts passiert!"

Die Metzgersfrau nickte mit einem gemurmelten „Ach so" und ließ abermals den Kopf hängen.

Lotte legte eine Hand auf die Schulter ihrer Freundin.

Wo bleibt denn bloß die Agnes mit dem Benedikt, fragte sie sich.

Gertraud Schmidt hatte anscheinend das Gleiche gedacht und blickte zur Tür. „Vielleicht sollte ich mal nach ihrem Sohn schauen?", fragte sie Lotte und zeigte mit dem Kinn auf Luise.

In dem Moment erklangen jedoch bereits die wuchtigen Schritte des großgewachsenen Metzgers. Die Tür wurde aufgestoßen und Benedikt Schirrach hechtete in den Raum.

„Mama, Mama, was ist passiert?", stieß er hervor und sank vor seiner Mutter auf die Knie, um auf Augenhöhe mit ihr zu sein. Sanft nahm er ihre raue Hand in die seine und blickte sie fragend an.

„Beni, mein Schatz", schluchzte die Metzgersfrau. „Endlich bist du da!"

„Bist du krank, Mami? Brauchst du einen Arzt?"

„Nein, mein Schatz. Ich bin nicht krank. Ich wurde Opfer eines schrecklichen Verbrechens!"

Der Metzger wurde kreidebleich. „Ein Verbrechen? Um Himmels Willen, was ist denn passiert?"

„Mein Ring, Beni. Mein wunderschöner Rial Laf-Ring wurde geklaut!"

Der Metzger schnappte nach Luft. „Aber wie kann das sein? Wir haben ihn doch extra gut versteckt, nach dem, was gestern passiert ist!"

Luise nickte traurig und zuckte mit den Schultern.

„Versteckt?", Lotte horchte auf. „Wo hast du ihn denn hingetan?"

Benedikt antwortete anstelle seiner Mutter. „Wir haben ewig überlegt, wo er sicher sein könnte. Dann haben wir ihn in ein paar Socken gesteckt und in den Beutel mit der Dreckwäsche getan."

Lotte zog die Augenbrauen hoch. Das war mal ein ausgefallenes Versteck! Wer suchte schon in der dreckigen Wäsche anderer Menschen nach Schmuck?

„Wo stand denn dieser Beutel?", bohrte sie nach.

„In meinem Zimmer, am Ende vom Bett", kam die matte Antwort der Bestohlenen.

Lotte gab eine Art „Hmmm" von sich, während sie überlegte. Sie zog die Stirn kraus und rieb sich mit einer Hand das Kinn.

„Interessant, wirklich sehr interessant", murmelte sie vor sich hin.

Agnes, die zwischenzeitlich schwer atmend ebenfalls wieder aufgetaucht war, ließ sich auf einen Stuhl plumpsen.

„Wieso interessant? Wie meinst du das?"

Vier Augenpaare blickten sie fragend an.

Lotte zog sich ebenfalls einen Stuhl heran und setzte sich. „Nun, ich habe heute Nachmittag während der Verkaufsveranstaltung etwas beobachtet."

Verblüffung zeichnete sich auf den Gesichtern ihrer Zuhörer ab.

„Jetzt lass dir doch nicht alles aus der Nase ziehen", schimpfte Luise, während sie in ihrer Handtasche wühlte.

Lotte wartete den obligatorischen Nieser ihrer Freundin ab, bevor sie fortfuhr: „Die Frau Lechner hat die Zimmer sauber gemacht, als ihr unten wart. Und ..."

„Was soll denn daran verdächtig sein?", unterbrach sie der Metzger schroff. Luise legte nun ihrerseits eine Hand auf seinen dicken Unterarm.

„Jetzt lass sie doch mal ausreden, Beni!"

Lotte blickte irritiert in das wütende Gesicht des Metzgers.

Was für eine Laus ist dem denn über die Leber gelaufen?

Sie räusperte sich, bevor sie fortfuhr: „Mir ist aufgefallen, dass die Dame deutlich zu lange in deinem Zimmer war, Luise. Als sie mich gesehen hat, hat sie sich auch ganz seltsam verhalten, vor allem, als sie bemerkt hat, dass ich sie beobachte."

„Na, wie soll sie sich denn verhalten, wenn man ihr hinterherspioniert?", entfuhr es dem Metzger.

„Also wirklich, Beni. Jetzt reiß dich zusammen! Die Lotte will mir helfen und du bist unverschämt zu ihr. Entschuldige dich auf der Stelle, Bub!"

Benedikts Gesichtsfarbe wechselte ins Dunkelrote. Nach einem Blick in das entschlossene Gesicht seiner Mutter, quetschte er ein „Tschuldigung" hervor. Dann erhob er sich.

„Gib mir bitte den Schlüssel zu deinem Zimmer. Ich will selbst mal nachsehen."

Ergeben gab Luise ihrem Sohn das Gewünschte und wartete, bis er den Speisesaal verlassen hatte.

„Ich muss mich für meinen Sohnemann entschuldigen. Ich weiß gar nicht, was in ihn gefahren ist!"

„Der Pfeil Amors", entfuhr es Agnes, die sich gleich darauf das Taschentuch auf den Mund presste.

Luise, die den Kommentar geflissentlich überhörte, überlegte laut: „Du hast also diese Frau Lechner in meinem Zimmer gesehen, wo sie sich ungewöhnlich lange aufgehalten hat."

Lotte nickte.

„Und jetzt, beim Abendessen, war sie nicht da ..."

„Gekündigt hat sie laut dem Martinek", erinnerte Gertraud Schmidt an die Aussage des jungen Reiseleiters.

Die vier Seniorinnen sahen sich an.

„Auffällig ist das allemal", meinte Lotte, was ein allseitiges Nicken zur Folge hatte.

„Am besten rufst du diesen Kommissar Griebler an", sagte Agnes.

„Gruber", korrigierte Lotte sanft.

„Ist doch egal, wie der heißt ... Ruf ihn an und erzähl ihm von dem Diebstahl!"

Gertraud Schmidt zückte bereits ihr Handy, doch Lotte winkte ab.

„Ich habe euch doch erzählt, wie ungehalten er beim letzten Mal reagiert hat, als ich ihn", ein Blick auf ihre Armbanduhr, „um eine ähnliche Uhrzeit angerufen habe. Außerdem ist die Frau Lechner verschwunden und kann nicht befragt werden." Sie wandte sich Luise zu. „Ich verspreche dir, dass wir morgen direkt als Erstes die Polizei rufen werden. In der Zwischenzeit versuchen wir, die letzte Nacht in diesem schrecklichen Hotel einigermaßen gut hinter uns zu bringen. Wann war nochmal Abfahrt?"

Agnes zog einen leicht zerknitterten Zettel aus ihrer Handtasche und las laut vor: „Am dritten Tag erwartet Sie ein exquisites Frühstück der Extraklasse ..."

Luise und Gertraud Schmidt schnaubten entrüstet. „Von wegen *Extraklasse*“, ließ die Metzgersfrau verlauten.

„... gefolgt von einer kleinen Abschlussrunde, bei der Sie unser *fantastisches* und *sehr großzügiges* Abschlussgeschenk erhalten werden.“

„Steht da was von einer Uhrzeit?“, fragte Lotte.

„Moment, da steht was im Kleingedruckten.“ Agnes hielt den Zettel eine Armlänge von ihrem Gesicht entfernt. „Hier stehts! Frühstück ab neun Uhr, Abfahrt um halb zwölf.“

„Was? So spät?“ Lotte schüttelte den Kopf. „Passt auf, wir treffen uns um halb neun in meinem Zimmer. Dann rufen wir Hauptkommissar Gruber an.“

Die Seniorinnen nickten. Dann verabschiedeten sie sich voneinander und gingen nach oben. Nur Lotte blieb zurück. Grübelnd saß sie am Tisch.

„Zuerst schleicht der Fantieu abends den Gang entlang. War der nicht auch an Luises Zimmer interessiert? Oder war es Agnes’ Zimmer?“ Sie kratzte sich am Kopf. „Dann kam der Ring von einer der Schwestern weg. Hmmm, wieso eigentlich nur ein Ring und nicht gleich beide?“ Sie hatte ihre Gedanken laut ausgesprochen und sah Käthe dabei an, die wie zur Antwort den Kopf leicht schieflegte.

„Und am nächsten Tag taucht auf einmal die Rammelsbacherin mit einem Rial Laf-Ring auf, den sie mit ihren affigen Handschuhen verstecken wollte.“

Käthe schnaubte laut.

„Aber plötzlich war auch der weg. Dann verhält sich die Frau Lechner auffällig und ist ausgerechnet in Luises Zimmer und *schwupps* fehlt auch deren Schmuckstück und dann sogar die Frau selbst …“

Lotte zog die Stirn kraus und rieb sich mit der Hand das Kinn.

„Also, wenn der Gruber mich morgen wieder abwimmeln will, dann kann der vielleicht was erleben, das sag ich dir.“

Sie erhob sich.

„Jetzt gehen wir noch eine kleine Runde und dann legen wir uns auch hin. Wir müssen morgen schließlich fit sein!“

Die alte Dame ging schnell nach oben, um ihren Mantel und Käthes Leine zu holen. Im Gang war es still. Die anderen Bewohner schienen bereits tief und fest zu schlafen.

Kühle Nachtluft schlug ihr entgegen, als sie die Haustür öffnete. Ihr Atem bildete weiße Wölkchen und kurz bedauerte sie das Ende des Sommers, während sie mit Käthe in den kleinen Waldweg einbog. Weit wollte sie nicht gehen, denn der dichte Wald verschluckte das Mondlicht bereits nach wenigen Metern. Es war stockfinster. Angst verspürte die alte Dame jedoch keine. Wer sollte ihr schon etwas tun wollen? Außerdem war sich Lotte sicher, dass Käthe sie verteidigen würde. Die Hündin mochte zwar recht klein sein, ihr Kiefer war jedoch äußerst stark und Muskelstränge zogen sich gut sichtbar den schmalen Körper entlang. Die alte Dame fühlte sich rundum sicher mit ihrer Begleiterin.

Ein sanftes Ziehen an der Leine, gefolgt von einem leisen *Tapp-tapp-tapp* von Käthes Pfoten und sie trat den kurzen Rückweg an. Sie wollte gerade zwischen dem Gebüsch hindurch heraus auf den Vorplatz treten, als sie plötzlich das Geräusch einer zuschlagenden Tür innehalten ließ. Mit einem Fingerzeig bedeutete sie der Bullydame, sich zu setzen, was diese prompt tat.

Zwei Stimmen ertönten. Lotte lauschte. Es waren Männerstimmen, da war sie sich sicher. Eine tiefe, leicht rauchige Stimme, die sie als die von Manfred Krumm erkannte, und die von Lennard Martinek. Vorsichtig spitzelte sie hinter dem Gebüsch hervor.

„Einfach nur Wahnsinn ...", hörte sie Manfred Krumm schimpfen.

Sie konnte nur Bruchstücke verstehen, da die beiden Männer ums Eck des Hotels gegangen waren. Zwei orangene Lichtpunkte, die in regelmäßigen Abständen aufleuchteten, deuteten an, dass sie rauchten.

„.... nichts dafür, Strebovic!" Martineks Stimme klang unsicher.

Strebovic? Wer ist Strebovic?, fragte Lotte sich gerade, da erklang bereits wieder die Stimme das Älteren. Sie klang wütend: „... nur so dumm sein?"

„Die anderen ... wirklich, das musst du mir glauben ..." Die Stimme des jungen Mannes nahm einen flehenden Tonfall an.

Käthe knurrte leise.

„Schhh!", wisperte Lotte. Das hätte ihr gerade noch gefehlt, dass die beiden Männer sie hier draußen entdeckten. Der großgewachsene Reiseleiter war ihr von Anfang an unsympathisch gewesen. Er wäre sicher nicht erfreut, wenn er wüsste, dass sie hinter dem Busch stand.

Käthe verstummte und Lotte atmete erleichtert auf.

„... alles gut gegangen, oder?“, hörte sie die fragende Stimme von Martinek.

Anstelle einer Antwort ertönte etwas, was wie ein dumpfer Schlag klang.

Lotte hielt erschrocken die Luft an. Was ging hier nur vor sich?

Sie vernahm feste Schritte und sah, wie der große Reiseleiter zurück zum Haus stapfte. Martinek war nirgendwo zu sehen.

Käthe knurrte wieder, diesmal lauter.

Manfred Krumm blieb stehen. Schnell kniete sich die alte Dame neben ihre Hündin und fasste sanft aber entschlossen um deren Schnauze. Der Trick wirkte und die Fellnase wurde augenblicklich still. Am Boden kauernd lauschte Lotte in die Nacht hinein. Als sie schließlich die sich entfernenden schweren Schritte des Reiseleiters vernahm, atmete sie tief aus. Kurz darauf verriet das Quietschen der Eingangstür, dass er im Hotelinneren verschwunden war. Zur Sicherheit verharrte Lotte noch eine Weile in ihrer unbequemen Position. Käthe, die die direkte Nähe ihres Frauchens schätzte, schleckte mit Eifer deren Hände ab. Vom Boden her kroch eine unangenehme Kälte an Lottes Beinen hinauf und so entschloss sie sich nach ein paar Minuten, es zu wagen und ihr Versteck zu verlassen. Mit laut knackenden Knien und einem leisen Ächzen erhob sie sich und spähte um den Busch herum.

Wo war Martinek?

Ihre Augen suchten das Gelände ab, konnten jedoch aufgrund der Dunkelheit nur sehr wenig erkennen. Sie war sich fast sicher, dass da keiner mehr war. Aber eben nur fast ...

Es hilft alles nichts, ich muss es wagen!

Entschlossen straffte sie die Schultern und trat aus dem Wald heraus auf den Vorhof des Hotels. Ein leises Rascheln hinter ihr ließ sie zusammenzucken. Sie warf einen kurzen Blick zurück.

Da ist nichts! Das war bestimmt nur ein Waldbewohner auf seinem nächtlichen Rundgang, rief sich Lotte zur Vernunft.

Unbehelligt erreichte sie die Eingangstür. So leise wie möglich öffnete sie diese und schlüpfte hinein. Die Halle war dunkel, selbst das kleine Licht, das sonst immer brannte, war aus. Der mittlerweile vertraute muffige Geruch der Eingangshalle schlug ihr entgegen. Wenigstens war es warm. Lottes Glieder fühlten sich aufgrund der Kälte steif an, als sie sich vorsichtig die Wand entlang in Richtung Treppe tastete. Ihre Fingerspitzen berührten Spinnweben und feuchte Stellen auf der Tapete, doch sie kämpfte sich tapfer voran.

Endlich, das Treppengeländer!

Ein kleiner Lichtschein, der vermutlich aus dem Bad oben kam, bot ihr ab der Hälfte der langen Treppe etwas Licht und sie huschte weiter in Richtung ihres Zimmers. Die Tür zum Bad stand einen Spalt offen, doch Lotte konnte niemanden erkennen. Endlich erreichte sie ihr Ziel. Erleichtert warf sie die Tür hinter sich zu und lehnte sich heftig atmend dagegen.

Es dauerte eine ganze Weile, bis sie sich wieder gefangen hatte. Mit zittrigen Knien lief sie zu ihrem Bett und ließ sich darauf nieder. Käthe machte einen großen Satz und kuschelte sich an ihr Frauchen. Gedankenverloren streichelte diese über den haarigen Rücken des kleinen Tieres.

„Was für ein Abenteuer …“, murmelte Lotte und schüttelte den Kopf. „Das hätte auch nach hinten losgehen können!“

Sie fühlte sich urplötzlich todmüde. *Zum Glück ist diese vermaledeite Reise morgen zu Ende und ich kann endlich wieder zurück in mein gemütliches kleines Häuschen in Ganzenheim!*

Bevor sie sich hinlegte, angelte sie in ihrer Handtasche nach der Nummer des Hauptkommissars. Mit fahriger Schrift kritzelte sie den Namen *Strebovic* auf die Rückseite und versah ihn mit einem Fragezeichen. Zu müde, um sich auszuziehen, streifte sie anschließend einen Schuh mit dem Fuß ab und entledigte sich des anderen auf die gleiche Art und Weise. Dann hob sie ächzend ihre Beine aufs Bett und wickelte sich in die leicht kratzige Decke ein. Käthes Körper neben ihr spendete Wärme und so schlief sie kurze Zeit später ein.

10

Ein lautes Poltern und ein Schrei ließen Lotte jäh aus dem Schlaf fahren. Sie brauchte einen kurzen Moment, um sich zu orientieren, während Käthe bereits an der Tür war.

Wieder erklang ein Schrei. Entsetzt erkannte Lotte Agnes' Stimme. Hastig streifte sie die Decke ab und eilte strumpfsockig zur Tür, die sie mit Schwung aufriss. Stimmengemurmel auf dem Gang verriet ihr, dass auch andere Hotelgäste den Radau mitbekommen hatten und nach dem Rechten sehen wollten. Gertraud Schmidt, die in ein blaues Nachthemd gekleidet war, zog sich gerade einen gleichfarbigen Bademantel über. Maria Magdalena Rammelsbacher stand in einem sehr knappen Nachtgewand, das aus einer Art Hotpants und einem Trägertop bestand, im Gang und starrte entsetzt auf Agnes' Tür.

Lotte stürmte nach nebenan, da das Zimmer ihrer Freundin direkt neben ihrem eigenen lag. Die Tür war nicht abgeschlossen und sie trat ein.

Dort erblickte sie Agnes, die, in ein bodenlanges weißes Nachthemd gekleidet und mit einer dicken grünlichen Creme im Gesicht, mitten im Raum stand. Zwei weit aufgerissene Augen blickten ihr leer entgegen. Heftig schnaufend schwang sie wild einen Regenschirm über ihrem Kopf, was Lotte kurz zum Zurückweichen veranlasste.

Lotte ging davon aus, dass ihre Freundin einen Schock erlitten hatte. Beschwichtigend breitete sie die Arme aus und sagte sanft: „Ich bins nur. Die Lotte!"

Die rundliche alte Dame starrte sie einen Moment lang an, bevor sie den Schirm endlich sinken ließ, den sich Käthe prompt schnappte und in ein Eck trug.

„Gott sei Dank, dass du da bist, Lotte!" Die Stimme der Freundin klang schwach.

Lotte trat näher und legte ihr besänftigend beide Hände auf die Schultern.

„Ich bin ja da! Beruhige dich erst mal."

Sie führte Agnes ans Bett und drückte sie sanft auf die Matratze.

Dann fragte sie: „Was ist denn passiert? Gehts dir nicht gut? Hast du dich verletzt?"

Mit forschendem Blick betrachtete Lotte ihre Freundin von oben bis unten, konnte zu ihrer Erleichterung jedoch keine Wunde oder Ähnliches erkennen.

Die Angesprochene schüttelte den Kopf. Kleine grünliche Batzen der sich lösenden Creme tropften von ihrem Kinn auf ihren Schoß. Lotte schnappte sich eines der vier akkurat gefalteten und auf dem Nachttisch gestapelten Stofftaschentücher. Sanft wischte sie über Agnes' Gesicht, um das schmierige Zeug zu entfernen.

Die Prozedur dauerte eine ganze Weile, schien aber einen beruhigenden Effekt auf sie zu haben, denn ihre Freundin entspannte sich sichtlich. Der Atem ging leiser und weniger hektisch.

Wie ein Kind ließ sie sich von Lotte das Gesicht sauber wischen, bevor sie antwortete: „Ich wurde überfallen!"

Rote Hektikflecken breiteten sich auf dem Hals der Seniorin aus.

Lotte blickte sie entsetzt an. „Überfallen?“, echote sie.

Agnes setzte gerade zu einer Erklärung an, als plötzlich die Zimmertür mit einem lauten *Rumms* aufflog und an die Wand krachte. Die beiden alten Damen zuckten heftig zusammen.

„Um Himmels willen, Agnes! Was ist denn passiert?“, kreischte Luise und kam ins Zimmer gestürmt.

Lotte musste zwinkern, um zu verstehen, was ihre Augen wahrnahmen. Die Metzgersfrau war in ein ausladendes, über und über mit Rüschen besticktes und bis zum Boden reichendes pinkfarbenes Nachthemd gehüllt. Die Verzierungen an dem Gewand gaben ihr das Aussehen eines gewaltigen, leicht zerzausten Flamingos. Die Haare waren in Lockenwickler gedreht und unter einem ebenfalls pinken Haarnetz versteckt.

Lotte zwinkerte ein weiteres Mal. So einen *Girlie Look* hätte sie der Metzgersfrau gar nicht zugetraut.

Dann antwortete sie: „Agnes ist gerade dabei, zu erzählen, was sich zugetragen hat. Also setz dich hin und sei still.“

Das pinkfarbene Ungetüm setzte sich neben Agnes auf die Bettkante und ergriff deren Hand.

„Erzähl weiter!“, forderte Lotte ihre Freundin sanft auf.

Diese holte tief Luft und sagte: „Ich habe ganz normal in meinem Bett gelegen und geschlafen. Ich mein, es ist ja schließlich mitten in der Nacht.“

Lotte blickte kurz auf ihre Armbanduhr, die zwanzig Minuten vor sechs anzeigte. Mitten in der Nacht war etwas anderes für sie, aber egal.

„Urplötzlich wache ich auf und habe so ein komisches Gefühl."

„Was denn für ein Gefühl?", unterbrach sie Luise aufgeregt.

„Schhh! Jetzt lass sie doch erzählen!", zischte Lotte.

Die Metzgersfrau schaute ein wenig beleidigt, wandte sich dann aber ebenfalls wieder Agnes zu, die fortfuhr: „Ich werde also wach und habe das Gefühl, dass ich nicht alleine in meinem Zimmer bin."

Luise schlug sich vor Entsetzen die Hand vor den Mund, was das haarige Doppelkinn zum Wackeln brachte.

„Zum Glück habe ich ja immer einen Regenschirm in meiner Nähe." Sie deutete auf ein Exemplar neben dem Tisch und suchte mit den Augen den Raum ab, um den zweiten zu finden.

„Pfui, Käthe, lass das!", rief sie aus, als sie die Bullydame entdeckte, die am Boden lag. Den Regenschirm hielt sie zwischen den Pfoten und machte sich gerade daran, ihn in seine Einzelteile zu zerlegen. Agnes' Zwischenruf ließ die Fellnase kurz aufblicken. Sie warf der alten Dame einen unschuldigen Blick aus ihren großen, schwarzen Knopfaugen zu und widmete sich anschließend wieder ihrer Beute.

„Jetzt erzähl weiter!", kam es aufgeregt von Luise.

Agnes seufzte, dann fuhr sie fort: „Ich spüre also, dass da jemand ist, und spähe in den dunklen Raum hinein. Tatsächlich! Da war ein großer Schatten, der sich an meiner Tasche, die auf dem Tisch lag, zu schaffen machte. Und so ein komischer Geruch war im Raum."

„Was für ein Geruch?", hakte Lotte nach.

„Ich weiß nicht genau ... so ein Geruch halt! Irgendwie männlich, wenn ihr wisst, was ich meine?"

„Wie ein Aftershave?" Lotte zog die Augenbraue hoch, als Agnes nickte.

„Das muss es gewesen sein." Dann erzählte sie weiter. „Ihr müsst wissen, ich habe bereits gepackt, damit ich morgen nichts vergesse."

Lotte blickte auf den einen der beiden überdimensionalen Koffer ihrer Freundin, der aufgeklappt auf dem Tisch lag. Sein Inhalt machte den Eindruck, als hätte jemand Dinge achtlos auf die Seite geräumt. Der zweite stand geschlossen unter dem Tisch.

Agnes fuhr fort. „Ich schwinge also ganz leise die Beine aus dem Bett, stehe auf und greife nach dem Regenschirm, als der Schatten urplötzlich vor mir steht. Ich bin vielleicht erschrocken, das kann ich euch sagen!"

Luise wurde kreidebleich, was durch den leuchtend rosa Stoff ihres Nachtgewandes und Haarnetzes noch verstärkt wurde.

„Tja, und da hab ich zugeschlagen", sagte Agnes mit einem leicht triumphierenden Tonfall.

„Du hast was?", rief Luise erschrocken aus.

„Na, eines übergebraten hab ich dem Eindringling! Sich einfach an einer wehrlosen alten Dame vergreifen zu wollen ... Das muss man sich mal vorstellen! Wo kommen wir denn da hin?"

„So ein elendischer Stroselomp!", belegte die entrüstete Metzgersfrau den Eindringling mit einem Schimpfwort.

Lotte, die der Geschichte aufmerksam gelauscht hatte, wurde ungeduldig.

„Was ist denn dann passiert? Du hast ihm eins übergehauen und dann?“

„Nichts dann“, antwortete Luise und zuckte mit den
Schultern. „Bis ich beim Nachttisch war, um das Licht
anzuknipsen, war er schon fort. Ich habe nur noch die
Tür schlagen hören und dann direkt geschrien. Kurz
darauf kamst du ins Zimmer.“ Ihr Kinn zeigte auf Lotte.

Schwere Schritte erklangen im Gang und der großgewachsene Metzger stürmte herein, wieder seinen zu
kurz geratenen Spongebob-Schlafanzug tragend. In der
rechten Hand hielt er seine übergroße Taschenlampe
zum Schlag bereit hoch erhoben in der Luft.

„Ach, auch schon da? Haben wir ausgeschlafen, der
Herr?“, fragte seine Mutter spöttisch.

Benedikt Schirrach blickte fragend von einer zur anderen. „Was ist hier los?“

Kurzerhand zog Luise ihren Sprössling beiseite und
erklärte ihm den Sachverhalt. Kurz darauf stürmte dieser wieder hinaus.

Lottes hochgezogene Augenbraue forderte Luise unmissverständlich auf, zu erklären. „Der Beni sucht den
Gang ab. Vielleicht entdeckt er ja etwas Verdächtiges!“

Die Damen nickten und Agnes murmelte ein „Der
gute Bub!“, was Luise mit einem warmen Lächeln quittierte.

Lotte ging zum Koffer und begutachtete das Chaos.
„Fehlt eigentlich was?“

Bestürzt sprang Agnes vom Bett auf. „Daran habe ich
noch gar nicht gedacht! Ich muss nachschauen.“

Es dauerte eine ganze Weile, bis sämtliche Twinsets, diverse Jacken, kurze und lange beigefarbene Unterwäsche, Handtücher und eine Unmenge an Stofftaschentüchern akkurat gestapelt neben dem Koffer lagen.

„Also, hiervon fehlt schon mal nichts", sagte Agnes mit Blick auf den Wäscheberg.

„Und dein Ring?", fragte Luise leise. „Wo ist der?"

Agnes deutete zitternd auf einen kleinen Reißverschluss ganz unten im Koffer. „Da habe ich ihn versteckt."

Sie wurde blass und fummelte an dem Verschluss herum, ohne ihn zu öffnen. „Der steckt fest!"

„Lass mich mal!" Energisch schob Lotte ihre Freundin zur Seite. Das kleine Metallteil hatte sich im Innenstoff des Koffers verhakt und es gelang ihr nur mit einigem Fingerspitzengefühl und viel Mühe, ihn frei zu bekommen.

„Jetzt wollen wir mal sehen", flüsterte Lotte und zog den Reißverschluss auf.

Sie steckte ihre faltige Hand in die Öffnung. Ein Lächeln breitete sich auf ihrem Gesicht aus, als sie diese wieder hervorzog. Triumphierend hielt sie eine quadratische blaue Schmuckschachtel in die Höhe, auf der in silbernen Buchstaben *Real Love* stand. Sie reichte Agnes die Schachtel, die diese fast andächtig entgegennahm. Sie klappte den Deckel auf.

Der Ring blitzte ihnen entgegen. Agnes gab eine Art freudiges Quietschen von sich, was einen deftigen Nieser zur Folge hatte, was wiederum Luise dazu bemüßigte, ihr kräftig auf den Rücken zu klopfen.

„Na also!", sagte die Metzgersfrau. „Wenigstens *dein* Ring ist noch da."

Agnes tupfte sich ein paar Tränen aus den Augenwinkeln, als sie mit Naseputzen fertig war.

„Ich bin so froh! Wisst ihr, es ist schrecklich, zu wissen, dass jemand hier in meinem Zimmer war und in
meinen Sachen gewühlt hat. Das …“, sie zeigte auf den
Wäscheberg, „… wandert direkt in die Waschmaschine,
wenn wir wieder zu Hause sind.“

Die Anwesenden nickten verständnisvoll.

„Aber wenn mir auch noch etwas gestohlen worden
wäre …“ Ihre Stimme brach ab.

„Das ist ja zum Glück nicht passiert“, sagte Lotte
schnell, um einen weiteren Tränenfluss zu verhindern.

Luise warf ein „Ich weiß genau, wie du dich fühlst!“
hinterher.

Lotte überlegte rasch und fuhr dann fort: „Ich gehe
jetzt raus und sag den Leuten Bescheid, damit die wieder auf ihre Zimmer gehen. Ich schlage vor, dass wir
uns in Kürze unten im Speisesaal treffen, um uns zu be-
ratschlagen, wie es weitergehen soll.“ Sie warf einen
Blick auf die Uhr. „Es ist beinahe sechs Uhr früh. Ich
weiß nicht, wie es euch geht, aber ich bekomme sicher
kein Auge mehr zu.“

Alle nickten, woraufhin Lotte den Raum verließ und
den anderen Gästen Bescheid gab. Diese verschwanden
nach und nach wieder auf ihren Zimmern. Nur Benedikts Tür stand noch einen Spalt offen und Lotte vermeinte, Schritte dahinter zu hören.

Lotte stieß die Tür auf und sagte laut: „Du, Beni, wir
treffen uns jetzt glei…“

Die Worte blieben ihr im Hals stecken, als sie Anna
Lechner erblickte. Diese saß in einen seidenen Bademantel gehüllt am Bettende. In den Händen hielt sie

eine Socke, die sie gerade über den nackten, linken Fuß ziehen wollte. Bei Lottes Anblick sprang die junge Frau blitzschnell auf und wollte an ihr vorbei aus dem Raum huschen. Doch Lotte stellte sich ihr in den Weg.

„Halt! Hiergeblieben!"

Die alte Dame breitete die Arme aus wie eine Verkehrspolizistin und schaffte es tatsächlich, die Frau an der Flucht zu hindern. Mit hängendem Kopf stapfte diese wieder zurück zum Bett und ließ sich darauf plumpsen.

Sie sieht nicht gerade wie eine Verbrecherin aus, dachte Lotte, als sie sah, dass die schmalen Schultern bebten. Ein Schluchzen erklang und Lotte musste an sich halten, die junge Frau nicht in den Arm zu nehmen, um sie zu trösten.

Mit aller Strenge, die sie im Moment aufbringen konnte – also fast keiner – sprach sie die Bedienung an: „Frau Lechner, was machen Sie hier im Zimmer von Benedikt Schirrach?"

Lotte hatte eine Menge Fragen, auf die sie gerne eine Antwort gehabt hätte, doch diese fiel ihr als erste ein.

Die junge Frau blickte langsam auf. Ihr Gesicht war nass von den Tränen und die dunklen Ränder unter ihren Augen, die Lotte schon am ersten Tag ihres Aufenthalts bemerkt hatte, hatten sich noch vertieft. Sie öffnete gerade den Mund, um zu antworten, als die Tür aufgestoßen wurde.

„Anna, sag kein Wort", wies der große Metzger die blonde Frau an. Er platzierte sich zwischen ihr und Lotte, die ihn verblüfft ansah.

„Hör zu, Lotte", sagte Benedikt und hob beide Hände. Sein Tonfall war beinahe flehend. „Die Anna hat nichts, aber auch wirklich gar nichts mit den Vorfällen hier im Hotel zu tun!" Seine großen Hände ergriffen die schmalen der Bedienung, als er neben ihr niederkniete.

„Die Anna ist, wenn überhaupt, auch nur ein Opfer!"

Lotte verstand nur Bahnhof.

„Ein Opfer?", fragte sie verständnislos.

Der Metzger nickte heftig. „Genau!"

Lotte überlegte. „Ich glaube, das wirst du mir und vor allem deiner Mutter näher erklären müssen, Beni. Immerhin ist *deren* Ring verschwunden und die Frau Lechner hier war in *ihrem* Zimmer!"

Die junge Bedienung sprang auf. „Ich war es nicht! Das schwöre ich auf das Leben meines kleinen Sohnes."

Benedikt nahm sie sanft in die Arme, um sie zu trösten. Anna Lechner verschwand beinahe in der riesigen Umarmung. Mit einer Riesenpranke wischte er zärtlich eine lange blonde Haarsträhne aus ihrem Gesicht.

„Schhh … schon gut, Anna. Wir glauben dir ja! Schhh …", wisperte er ihr zu.

Wir? Lotte zog eine Augenbraue hoch. Dann zuckte sie mit den Schultern. Das musste er vor allem mit der Luise klären.

„Hör zu, Beni."

Der Metzger blickte auf, hielt die Bedienung aber weiterhin fest umschlungen.

„Wir treffen uns in einer Viertelstunde unten im Speisesaal. Agnes und Luise werden auch dabei sein. Es wäre schön, wenn du und Frau Lechner ebenfalls kommen würdet."

Benedikt nickte. Seine verstrubbelten braunen Haare wippten im Takt.

„Ich meine es ernst, Beni. *Ich* möchte ungern deiner Mutter von den Vorkommnissen hier erzählen müssen. Das solltest *du* schon schön *selber* tun!"

„Wir kommen."

Die Stimme des Metzgers klang fest, sodass Lotte keinen Zweifel an seiner Absicht hatte, an dem Treffen teilzunehmen.

Sie blickte sich um. Wo war eigentlich Käthe? Sie konnte die kleine Hündin nirgendwo im Zimmer entdecken und lief nach einem Nicken zum Abschied auf den Gang.

„Käthe, bei Fuß!"

Stille.

„Verflixt und zugenäht, wo steckt sie schon wieder?", murmelte Lotte zwischen zusammengekniffenen Lippen, als urplötzlich ein lauter Donnerschlag erklang.

Die alte Frau zuckte zusammen.

Ein tiefes Grollen ertönte abermals.

Na prima, jetzt gewittert es auch noch, dachte Lotte, als sie sich wieder gefasst hatte und den Gang entlangschritt, um ihre Bullydame zu suchen.

Jäh hatte sie eine Idee. Sie drehte um und ging in Richtung von Agnes' Zimmer. Leise klopfte sie an die Holztür.

„Herein", ertönte es von drinnen.

Lotte öffnete die Tür und steckte den Kopf hinein. „Ist die Käthe noch hier bei dir?", fragte sie ihre Freundin.

Agnes, die fertig bekleidet mit einem grasgrünen Twinset vor dem kleinen Spiegel stand und sich die Haare kämmte, schüttelte den Kopf.

„Hier ist sie nicht", antwortete sie und fuhr fort, ihre Frisur in Ordnung zu bringen.

Lotte schloss die Tür und überlegte. Da fiel ihr Blick auf ein kleines Plastikteil am Boden. Sie bückte sich und hob es auf.

Es sieht aus wie eine Art Griff, dachte sie.

Sie drehte und wendete das Ding, bis ihr einfiel, wo sie es schon einmal gesehen hatte.

„Na warte!" Ihre Stimme hatte einen gefährlichen Klang angenommen.

Sie bemerkte ihre eigene offene Zimmertür, die sie offenbar bei ihrem überstürzten Aufbruch nicht geschlossen hatte, und ging darauf zu. Je näher sie kam, desto deutlicher erklangen Geräusche, die entfernt an ein lautes Schmatzen erinnerten.

Mit einem lauten „Aha!" sprang Lotte in ihr Zimmer, wo sie zwei kohlrabenschwarze Knopfaugen von ihrem Bett aus überrascht ansahen.

„Hab ich dich erwischt, du Wutz!"

Käthes Bürzelchen wackelte ob der Ansprache. Sie schien sich keinerlei Schuld bewusst zu sein. Ausgebreitet neben ihr lag Agnes' Regenschirm, fein säuberlich in sämtliche Einzelteile zerlegt. Stolz blickte die Bullydame ihr Frauchen an und wackelte mit ihrem Schwanz.

„Na prima! Jetzt muss ich der Agnes schon wieder einen neuen Regenschirm kaufen!", schimpfte Lotte, was mit erneutem Bürzelchen-Wackeln quittiert wurde.

Sie schüttelte den Kopf und begann, die Teile einzusammeln.

„Ausgerechnet dieser Schirm! Das ist ja quasi ein Beweisstück!", murmelte sie vor sich hin.

Sie nahm sich vor, das nächste Mal gleich ein Dutzend Schirme zu kaufen, wenn diese wieder mal im Angebot waren.

„Jetzt müssen wir aber los! Die anderen warten sicher schon auf uns."

Käthe hüpfte brav vom Bett und folgte ihrem Frauchen in Richtung Speisesaal. Der Geruch nach frischem Kaffee wehte Lotte entgegen.

„Mmmmm, das riecht aber fein", rief sie aus, als sie den Saal betrat.

Luise blickte stolz auf. „Ist nur löslicher Kaffee, aber besser als nichts."

Sie füllte eine der grauen Tassen, die den verblassten Aufdruck *Chalet Jagdgrund* trugen, mit ein paar großzügigen Löffeln des löslichen Kaffees und goss anschließend heißes Wasser aus einer Teekanne auf.

Lotte setzte sich an den Tisch und zog das Heißgetränk zu sich. „Den kann ich jetzt wirklich gut gebrauchen! Danke, meine Liebe!"

Neben ihr rührte Agnes in einem Becher und Luise goss einen kräftigen Schluck Milch in ihren eigenen, während ein Platz noch frei war.

„Wir holen besser noch einen Stuhl", sagte Lotte und stand auf, um ebendies zu tun.

Die Metzgersfrau runzelte die Stirn. „Es ist doch nur der Beni, der noch fehlt! Oder kommt die Frau Schmidt auch dazu?"

Lotte schüttelte den Kopf und schob einen weiteren Stuhl an den Tisch. Sie hoffte, dass der Metzger bald auftauchen würde, denn sie hatte in der Tat wenig Lust, Luise von der Tatsache zu berichten, dass sie Anna Lechner im Zimmer ihres Sprösslings gefunden hatte.

Zu ihrer Erleichterung hörte sie in just diesem Moment Fußstapfen auf der Treppe und setzte sich schnell.

Erwartungsvoll blickten die drei alten Damen zur Tür. Ein lauter Donnerschlag erklang, gefolgt von einem gleißend hellen Blitz, der durch die großen Fenster ein gespenstisches Licht im Saal verbreitete, als Benedikt Schirrach mit Anna Lechner an der Hand den Saal betrat.

Totenstille folgte.

Der Beni weiß, wie man einen gelungenen Auftritt hinlegt, dachte Lotte und betrachtete das schneeweiße Gesicht von Luise. *Na hoffentlich kriegt die jetzt keinen Herzkasper!*

Der Metzger zog galant einen der beiden freien Klappstühle heran und gebot seiner Begleitung, sich zu setzen, was diese zögerlich tat. Dann rückte er seinen Stuhl direkt neben ihren. Besitzergreifend legte er einen dicken Arm um die schmächtigen Schultern der Bedienung und blickte herausfordernd in die Runde.

Die Lippen der Metzgersfrau wurden ganz weiß und waren zu einem schmalen Strich zusammengepresst. Kleine Schweißperlen standen auf der gefurchten Stirn. Die rauen Hände hoben sich jäh und pressten sich auf den gewaltigen Busen, während eine Art *Grmpf* aus ihrem Mund kam.

„Um Himmels willen, die Mama hat einen Herzanfall!", schrie Benedikt aus und sprang auf. „Ruft sofort den Krankenwagen!"

Mit einem Sprung war er um den Tisch herum und riss dabei den Stuhl seiner Mutter um. Ein Kreischen ertönte und dicke Waden in Strumpfhosen sausten in die Luft, als Luise samt Klappstuhl umzustürzen drohte. Benedikt reagierte blitzschnell. Mit gewaltigen Pranken packte er den Stuhl an der Lehne und kippte ihn zurück.

Luise schnappte aufgeregt nach Luft. Die Blässe war hektischen roten Flecken gewichen, die sich auf ihrem Gesicht und Hals ausbreiteten.

Es donnerte wieder, als sie ihren Sprössling ansah, der kalkweiß neben ihr stand. „Du – setzt – dich – jetzt – auf – deine – vier – Buchstaben – sonst – mach – ich – dir – Beine!"

Ein Donnergrollen begleitete den Metzger zurück zu seinem Platz. Ansonsten war es mucksmäuschenstill.

Agnes' Augen huschten erschrocken von Mutter zu Sohn, dann sendete sie einen hilflosen Blick in Richtung Lotte.

Diese räusperte sich, bevor sie sprach: „Jetzt, wo wir hier alle beieinandersitzen, schlage ich vor ..."

„Wusstest du davon?", zischte Luise.

Irritiert betrachtete Lotte die Metzgersfrau, deren Blick eisig war. „Wusste ich *wovon*?"

„Jetzt tu mal nicht so scheinheilig. Wusstest du von", das wackelnde Doppelkinn zeigte in Richtung von Anna Lechner, die in ihrem Stuhl fast verschwand, „der da?"

Lotte holte Luft. Das konnte ja heiter werden!

Mit fester Stimme antwortete sie: „Nein, Luise, bis vor zehn Minuten wusste ich nichts von Benedikts Beziehung zu Frau Lechner."

„Hah, Beziehung, dass ich nicht lache!" Luises Ton triefte vor Spott.

Rumms! Die dicke Hand des Metzgers sauste auf den Tisch hinab. Klirrend hüpften die Löffel aus den Kaffeetassen der Damen.

„Ach du liebes Bisschen“, murmelte Agnes, die nach einem Taschentuch suchte, um den hässlichen braunen Kaffeefleck auf dem weißen Tischtuch zu entfernen, den ihr Löffel dort hinterlassen hatte.

Der Metzger ignorierte sie. Sein Blick, der ohne Zweifel mindestens genauso eisig wie der seiner Mutter war, galt nur dieser. „Jetzt hörst du *mir* mal zu, Mutter!“

Die Angesprochene schob energisch ihr Kinn nach vorne, sagte jedoch nichts.

„Die Anna und ich sind zusammen! Das ist eine *Tatsache*! Sie ist der feinste Mensch, der mir je begegnet ist“, zärtlich legte er seine große Pranke auf die schmale Hand, „und *du* wirst mir das nicht madig reden. Haben wir uns verstanden, *Mutter*?“

Ein Blitz flammte auf und tauchte den Speisesaal abermals in ein gespenstisch weißes Licht. Agnes nieste.

An Luises Gesicht konnte Lotte ablesen, dass diese keinesfalls zum Einlenken bereit war, und so kam sie ihrer Freundin zuvor: „Beni, vielleicht wäre es das Beste, du erzählst erst mal, was es mit dem Verschwinden von Frau Lechner auf sich hat. Ich glaube, das stellt uns alle hier vor das größte Rätsel.“

Luise schnaubte.

Benedikt schickte einen warnenden Blick in Richtung seiner Mutter.

In diesem Moment erklang die leise Stimme der Bedienung, die zu Lottes Erstaunen das Wort ergriff: „Es tut mir so leid, dass Sie sich alle so viele Gedanken machen mussten. Ich wollte niemanden verletzen. Aber ich habe den Ring nicht aus Ihrem Zimmer geklaut, Frau Schirrach. Das müssen Sie mir einfach glauben!"

„So, muss ich das?", entfuhr es der Metzgersfrau.

Benedikt wollte eingreifen, doch nun war es die junge Frau, die *ihre* Hand auf *seinen* Arm legte. „Lass gut sein, Beni. Deine Mutter hat allen Grund, wütend zu sein."

Dann wandte sie sich an Lotte. „Ich war gerade im Zimmer von Frau Schirrach, um sauber zu machen, als mein Handy klingelte. Eigentlich darf ich während der Arbeit nicht telefonieren. Das hat der Herr Krumm sehr deutlich gemacht! Aber es war mein Sohn! Matti ist gerade einmal drei Jahre alt und er vermisst mich so." Leise fügte sie hinzu: „Und ich ihn ... Es war mein Handy, was ich in der Schürze verschwinden ließ, als ich aus dem Zimmer kam."

„Wo ist ihr Sohn denn?", fragte Lotte nach.

„Meine Mutter passt auf ihn auf, wenn ich arbeiten muss. Sie müssen wissen, mein Mann, Mattis Vater, ist vor einem Jahr gestorben und hat mir einen Berg Schulden hinterlassen. Mir bleibt nichts anderes übrig, als diese abzuarbeiten."

Benedikt legte tröstend seinen Arm um ihre Schultern. Aus dem Augenwinkel heraus sah Lotte, dass der Gesichtsausdruck der Metzgersfrau weicher wurde.

„Schulden? Was denn für Schulden?", fragte Agnes nach.

Die junge Frau ließ den Kopf hängen. „Ich nehme an, es waren Spielschulden."

Entsetzt schlug Agnes die Hand vor den Mund.

„Was meinen Sie mit *Ich nehme an*?" bohrte Lotte weiter.

„Nachdem Hendrik, so hieß mein Mann, bei einem Unfall ums Leben kam, stand plötzlich dieser Manfred Krumm vor der Tür. Er hielt mir ein Dokument unter die Nase, das zweifelsfrei die Unterschrift meines Mannes trug. Aus diesem ging hervor, dass er sich 250000 Euro von Krumm geliehen hatte. Und das forderte er von mir zurück." Ihre Stimme war immer leiser geworden.

„Hmmm ...", Lotte rieb sich das Kinn. „Haben Sie das Dokument auf seine Echtheit überprüfen lassen?"

Verblüfft blickte ihr Gegenüber auf.

„Überprüfen? Nein." Sie schüttelte den Kopf. Dann ergänzte sie zögerlich: „Der Herr Krumm hat deutlich gemacht, dass ich froh sein könne, dass er mir die Möglichkeit gibt, das Geld abzuzahlen. Er meinte, Schuldner, die nicht zahlen können, wandern ins Gefängnis und dass mein kleiner Sohn in eine Pflegefamilie gegeben werden würde. Meine Mutter, müssen Sie wissen, hat ein schweres Hüftleiden. Noch geht es und sie kann sich um Matti kümmern, wenn ich weg bin, aber ihre Pflegebedürftigkeit ist absehbar. Ich kümmere mich seit Papas Tod um sie. Ich würde es nie übers Herz bringen, sie in ein Heim zu geben. Sie ist doch meine Mama!"

Es fiel der Frau sichtlich schwer, ihre Geschichte zu erzählen.

„So a vereggda Schebbstiwwel!" Nun war es Luise, die ihre Hand auf den Tisch sausen ließ.

Vier Augenpaare schauten sie erstaunt an. Anna Lechners fragender Blick suchte Benedikts, der nur:

„Das willst du gar nicht wissen, glaube mir", murmelte, seine Mutter aber stolz ansah.

„Diesem Krumm muss das Handwerk gelegt werden!" Die Stimme der Metzgersfrau klang hart. „Eine arme Frau mit kleinem Kind und alter Mutter einfach so ausnehmen ... Wo kommen wir denn da hin?"

Lotte nickte. „Da stimme ich dir definitiv zu, meine Liebe. Das klingt mir alles andere als koscher. Ich werde mit Hauptkommissar Gruber darüber sprechen."

Erschrocken rief die Bedienung aus: „Aber mein Sohn? Ich will meinen Sohn nicht verlieren! Der Krumm hat mir gesagt, dass ich niemandem etwas sagen darf, sonst würden sie ihn mir wegnehmen!" Verzweiflung schwang in ihrer Stimme mit.

„Keine Sorge, Frau Lechner. Ich bin mir sicher, dass ihrem Sohn nichts passieren wird. Und überhaupt ... Wie wollen Sie denn eine Viertelmillion Euro abarbeiten?"

Anna Lechner errötete und senkte den Kopf. „Ich bekomme gutes Geld für die Tätigkeit hier. Ich darf, wie gesagt, nur mit niemandem darüber reden."

„Aha!", rief Agnes aus.

Lotte wartete auf eine ergänzende Aussage ihrer Freundin, doch die kam nicht. So ergriff sie abermals das Wort.

„Es ist schon bezeichnend, dass sie für die Tätigkeit hier eine Art Schweigegeld bekommen. So kann man das doch bezeichnen, oder?"

Ein Nicken antwortete ihr. Dann fügte die Bedienung so leise hinzu, dass Lotte sie kaum hören konnte: „Es tut mir so unendlich leid. Die armen Senioren! Aber was hätte ich denn machen sollen? Mein Matti ..." Sie verstummte.

Luise erhob sich, ging um den Tisch herum und legte ihre schwieligen Hände auf Anna Lechners Schultern. „Ihnen macht niemand einen Vorwurf! Damit das klar ist!"

Die Tischrunde nickte einvernehmlich. Benedikt strahlte seine Mutter an.

„Der Beni hat das Richtige getan, indem er Sie bei sich versteckt hat. Das ist es doch, was er gemacht hat, oder?"

„Ich wusste nicht mehr, was ich tun soll. Es war klar, dass mich das Fräulein Meisner", sie warf einen kurzen Blick in Lottes Richtung, „verdächtigt hat. Und verstehen Sie mich nicht falsch, mir wäre es an Ihrer Stelle genauso gegangen! Aber ich hatte solche Angst, dass Sie wegen mir die Polizei rufen, und davor, wie der Krumm darauf reagiert ... Dass er dafür sorgt, dass man mir den Matti wegnimmt! Deshalb bin ich verschwunden!" Sie warf einen liebevollen Blick auf den großen Metzger. „Und da kam der Beni ums Eck ... Er sah mir sofort an, dass es mir nicht gut ging. Wir gingen auf sein Zimmer und ich habe ihm alles erzählt. Er bot mir an, dass ich bei ihm untertauchen könne, bis alle Gäste weg sind."

„Aber was hätten Sie dann gemacht? Dann wären Sie ja wieder mit den beiden allein gewesen?", fragte Agnes aufgeregt.

„Beni hat versprochen, direkt wieder herzufahren und mich zu holen. Auf dem Weg hätten wir noch Matti und meine Mama abgeholt, damit ihnen nichts passiert. Dann hätte ich mich in Ganzenheim versteckt." Sie seufzte. „Aber der Plan ist einfach nur Wahnsinn.

Ich kann nicht weglaufen und hoffen, dass sich meine Probleme in Luft auflösen, oder?"

Lotte schüttelte den Kopf. „Nein, meine Liebe, das können Sie nicht."

„Mit dem Freundchen werde ich schon fertig", knurrte Beni und ließ eine gewaltige Faust in seine Handfläche sausen.

„Ich habe keinerlei Zweifel daran, dass du mit dem Kerl alleine fertig wirst, Beni", erwiderte Lotte trocken. „Aber wenn Frau Lechner so etwas wie ein normales Leben mit ihrem Sohn und ihrer Mutter führen will, dann müssen wir die Polizei einschalten, damit die sich um die Verbrecher kümmert."

Benedikts Gesicht drückte Zweifel aus. „Aber wenn der Vertrag rechtens ist?"

Lotte schüttelte den Kopf. „Das bezweifle ich sehr. Und selbst wenn … Ich kann mir nicht vorstellen, dass es legal ist, eine Mutter von ihrem Kind zu trennen und mit Drohungen zu einer Arbeit zu zwingen. Da muss es eine bessere Regelung geben!"

Lottes Worte schienen den Metzger zu überzeugen. Er nickte.

Nachdem Luise zu ihrem Platz zurückgekehrt war, saßen die fünf, jeweils in Gedanken verloren, um den runden Tisch. Nur das Brausen des Windes und ein gelegentliches Donnern waren zu hören, gepaart mit einem lauten Schnarchen, das vom Boden neben Lottes Stuhl ertönte.

„Frau Lechner", brach die Metzgersfrau schließlich die Stille.

„Anna. Bitte nennen Sie mich Anna", erklang es schüchtern.

Ein herzliches Lächeln breitete sich im Gesicht der Angesprochenen aus. „Sehr gerne, Anna. Ich bin die Luise!"

Sie prostete der jungen Dame mit ihrem Kaffeebecher zu.

„Ich heiße Lotte."

„Und ich Agnes!"

Die beiden Seniorinnen erhoben ebenfalls ihre Becher.

Anna Lechner lächelte.

Benedikt strahlte von einem Ohr zum anderen. Er flüsterte ihr zu: „Siehst du? Ich hatte dir doch gesagt, die sind in Ordnung."

Die junge Bedienung nickte freudig.

Luise setzte abermals an: „Anna, du *musst* jetzt eine Entscheidung treffen! Wir werden nicht gegen deinen Willen handeln, das steht fest. Aber wir sind der Meinung, dass die Polizei informiert werden muss. Nicht nur über deine Situation, sondern über die ganzen Vorkommnisse hier, allem voran die Diebstähle!" Die alte Dame blickte die Bedienung ernst an.

Benedikt beugte sich zu Anna und flüsterte ihr etwas ins Ohr. Daraufhin straffte diese die Schultern und sagte: „Mit eurer Hilfe will ich es versuchen!"

Ein zufriedenes Lächeln legte sich auf Benedikt Schirrachs Lippen. „So ists recht!", rief er erfreut und drückte seine Freundin fest an sich.

Luise nickte und wandte sich an Lotte. „So, meine Liebe, jetzt bist du dran. Meinst du, du kannst den Gruber nochmal anrufen?"

„Und ob ich das kann!" Lotte wühlte in ihrer Handtasche und zog die Visitenkarte des Hauptkommissars hervor. Sie schielte auf ihre Armbanduhr. „Fast halb sieben ... Ich hoffe, er ist schon auf der Arbeit!"

Sie drehte die Karte in ihrer Hand. Ihr Blick fiel auf die handschriftliche Notiz. „Sag mal, Anna, sagt dir der Name Strebovic etwas?"

Die anderen sahen Lotte erstaunt an. So erzählte diese von ihrer Beobachtung in der letzten Nacht, was Agnes mit einem „Oh, wie gruselig!" quittierte.

„Strebovic, Strebovic", murmelte Anna Lechner vor sich hin. „Ich glaube, ich habe einmal einen Brief mit dem Namen darauf gesehen. Milan Strebovic stand da drauf. Ich weiß noch, dass ich mich gewundert habe, da wir keinen Gast mit diesem Namen hatten."

Lotte kritzelte das Wort *Milan* auf ihre Karte. „Dann wollen wir mal sehen, was der Hauptkommissar dazu zu sagen hat!"

Anna bot Lotte ihr Handy an und half ihr, die lange Nummer auf dem Touchscreen einzugeben. Sie schaltete zusätzlich den Lautsprecher ein, sodass alle mithören konnten. Gebannt starrten sie auf den Apparat, den Lotte in die Mitte des Tisches gelegt hatte.

Es klingelte.

„Polizeikommissariat Ludwigshafen, Sie sprechen mit ..."

„Haaatschi!"

Vier Augenpaare blickten Agnes entrüstet an, die erfolglos versuchte, sich hinter ihrem Taschentuch zu verstecken.

„Äh ... Gesundheit!", kam es aus dem Hörer.

„Danke, junge Dame", erwiderte Lotte.

Stille.

„Sind Sie das, Fräulein Meisner?", fragte die junge Stimme unsicher.

„Sehr wohl, Fräulein Maus. Sie haben ja ein ausgezeichnetes Gedächtnis!"

„Ähm, na ja, schon ... Es ist nur so, dass ich ... Ich habe die strikte Anweisung bekommen, Sie nicht durchzustellen."

Allgemeine Entrüstung machte sich am Tisch breit und Lotte zischte ein „Schhh ..." in die Runde.
Stille.

„Sind Sie noch dran, Fräulein Maus?"

Ein zögerliches „J...ja" erklang, dann schien sie etwas zu flüstern. Eine männliche Stimme antwortete ihr: „Auf keinen Fall!".

„Ist das der Herr Kramer?", fragte Lotte.

„Woher wissen Sie das?", entfuhr es der jungen Beamtin verblüfft.

„Ach, wir haben auch schon miteinander telefoniert."
Erneute Stille.

„Hören Sie, Fräulein Maus? Es ist wirklich dringend. Es geht sozusagen um Leben und Tod!"

Ein zustimmendes Gemurmel rings um den Tisch antwortete ihr, gepaart mit einem lauten „Jawohl!" von Luise.

„Vielleicht ... sollten Sie dann lieber die 110 wählen", schlug die Polizeimeisterin zaghaft vor.

„Papperlapapp! Ich will den Hauptkommissar sprechen und zwar flott!" Lotte warf einen Blick auf ihre Armbanduhr. Viertel vor sieben. „Oder schläft der etwa noch?"

Die junge Frau schien zu überlegen.

„Hallo? Hören Sie mich?", rief Lotte in Richtung des Apparates.

Ein Seufzer. Dann flüstere die Beamtin wieder etwas und Lotte vermeinte ein „Ist es nicht wert" von ihrem männlichen Gesprächspartner zu vernehmen.

Die Tischrunde starrte gebannt auf das Telefon.

Endlich erklang die helle Stimme der Polizistin: „Ich stelle Sie durch."

„Juhuuu!", rief Agnes begeistert und Luise grinste von einem Ohr zum anderen. Anna Lechners Gesicht wurde eine Spur blasser und Benedikt legte ihr beruhigend den Arm um die Schultern.

„Please hold the line." Fahrstuhlmusik erklang.

„Hallo?", fragte Lotte in den Hörer.

„Please hold the line."

Irritiert schüttelte Lotte den Kopf. Mit der Dame hatte sie sich das letzte Mal schon nicht gescheit unterhalten können. Also wartete sie auf den Hauptkommissar.

Ein Klicken in der Leitung, gefolgt von einem „Gruber" ließ die Anwesenden aufhorchen.

„Guten Morgen, Herr Hauptkommissar", sprach Lotte in Richtung Hörer.

Vier weitere Stimmen echoten „Guten Morgen!"

Stille. Mal wieder.

„Mit wem spreche ich?", erklang nach einem Moment die mürrische Stimme des Polizisten.

„Mit Fräulein Meisner", antwortete Lotte.

„Und mit den Schirrachs, also dem Beni und mir, der Luise!", ergänzte die Metzgersfrau wichtig.

„Moment, ich bin auch noch da. Stein, Agnes Stein", rief Agnes hektisch hinterher.

Stille.

Dann murmelte der Beamte grantig: „Hab ich der Maus denn nicht gesagt, dass die Sie nicht durchstellen soll, Herrschaftszeiten?!“

„Das Fräulein Maus hat alles richtig gemacht, Herr Hauptkommissar. Und jetzt hören Sie sich vielleicht erst einmal an, was wir Ihnen zu sagen haben, bevor Sie weiter granteln, verstanden?“

Schweigen.

Lotte holte aus: „Wir sind immer noch in diesem *Chalet Jagdgrund*.“ „Die alte Bruchbude“, rief Luise dazwischen, was Lotte mit einem strengen Blick quittierte. Sie fuhr fort: „Also, Folgendes hat sich zugetragen.“ Lotte nahm ihre Finger zur Hilfe, um die Ereignisse in ihrem korrekten Ablauf aufzuzählen. „Als Erstes wurde der Rial Laf-Ring von der Edda Schneider geklaut. Das ist die jüngere von den zwei Betschwestern, müssen Sie wissen, die ...“

„Lotte, ich glaube, das führt zu weit“, wisperte Agnes und schielte auf das schweigende Handy.

Lotte nickte. „Dann habe ich in der Nacht diesen Halodri, den Roger Fantieu, auf dem Gang rumschleichen sehen. Er ist in einem Zimmer verschwunden, das nicht seins war. Aber es stellte sich heraus, dass der nur ein Techtelmechtel mit dieser aufgedonnerten Maria Magdalena Rammelsbacher hatte. Deren Gesicht hätten Sie mal sehen sollen, als wir alle bei ihr im Zimmer standen.“

Dreifaches Grinsen.

„Aber der Hammer war, als dann am nächsten Tag, beim Ausflug in diese schreckliche Höhle, die Rammelsbacherin ihre Handschuhe ausgezogen hat. Sie müssen wissen, die hatte alle Kekse gehortet, das muss man sich mal vorstellen! Und was trägt die da am Finger?"

„Den Rial Laf-Ring!", entfuhr es Agnes aufgeregt. Rote Hektikflecken zierten ihren Hals.

„Genau", bestätigte Lotte und blickte auf das Handy, das zur Antwort immer noch schwieg.

So fuhr sie fort: „Aber am Abend war dann der Ring von der Rammelsbacherin ebenfalls verschwunden, was schon äußerst seltsam ist. Sie müssen wissen, die hatte nämlich gar keinen Ring gekauft bei dieser depperten Verkaufsshow."

Benedikt, der bemerkte, dass Lotte etwas durcheinander erzählte, hob die Hände, um ihr anzuzeigen, dass sie langsamer sprechen sollte.

Lotte nickte. „Und – dann – ist – in – der – Nacht ...", drosselte sie ihr Tempo.

Ein Schnauben erklang aus dem Telefonapparat, gefolgt von einem Geräusch, das vermuten ließ, dass jemand die flache Hand auf einen Tisch hatte sausen lassen.

Lotte verdrehte kurz die Augen und erzählte wieder schneller: „Tja, in der Nacht dann, wir saßen gerade so gemütlich dabei, weil die Luise", die Metzgersfrau strahlte und rief: „Das bin ich!", „Die Luise hatte ihre tollen Würste und Brot eingepackt ..."

„Aus der Metzgerei Schirrach in Ganzenheim – knackiger sind keine Würste!", unterbrach Luise abermals.

„Schhh, Luise, jetzt lass mich halt erzählen!"

Die Metzgersfrau nickte, wenn auch offenbar ein wenig beleidigt, deutete Lotte dann aber mit einer Handbewegung an fortzufahren.

„Es war ein wirklich schöner Abend, das muss man sagen. Bis dann plötzlich auch der Luise ihr Ring geklaut worden ist!"

„Ha!", rief die Metzgersfrau aus.

Stille.

„Herr Gruber?"

Stille. Ein tiefer Seufzer.

„Wie ich Ihnen gestern schon sagte, Fräulein Meisner, bin ich nicht für Diebstahl zuständig."

„Ich bin ja auch noch nicht fertig!", erwiderte Lotte schnippisch. „Irgendwas ist absolut faul an der ganzen Geschichte hier. Das hatte ich Ihnen ja schon von Anfang an gesagt! Sie hätten nur auf mich hören müssen ..."

„Fräulein Meisner!", donnerte die tiefe Stimme des Beamten.

„Jedenfalls", fuhr die alte Dame fort, ohne mit der Wimper zu zucken, „beuten die hier auch eine junge Frau aus." Kurz erzählte sie in erstaunlich zusammenhängenden Sätzen die Geschichte von Anna Lechner und ergänzte schließlich: „Und überhaupt ist da was krumm bei dem Krumm. Der Martinek hat den nämlich mit dem Namen Strebovic angesprochen und die Frau Lechner hat einen Brief gefunden, auf dem Milan Strebovic stand!"

Stille.

Gebannt starrten die fünf auf das Handy, aus dem plötzlich ein Seufzen erklag. „Hören Sie, Fräulein Meisner?"

Lotte nickte.

„Mir wird das jetzt zu dumm. Ich komme morgen zu Ihnen nach Ganzenheim und dann sprechen wir ein für alle Mal in Ruhe miteinander. Haben Sie mich verstanden?"

Lotte nickte wieder.

„Ob Sie mich verstanden haben?"

„Ich bin ja nicht deppert", kam es zur Antwort.

Sein „Auf Wiederhören" wurde im Chor beantwortet, dann erlosch das Licht auf dem Handydisplay.

„Endlich hat er es kapiert", verkündete Lotte triumphierend und Agnes und Luise nickten freudestrahlend.

„Wir kommen natürlich dazu, wenn der Herr Hauptkommissar deine Aussage aufnimmt", sagte die Metzgersfrau. Geschäftig fügte sie hinzu: „Ich bin schließlich eines der Opfer, da wird ihn meine Aussage bestimmt brennend interessieren!"

Agnes nickte. „Und ich habe den Dieb auf frischer Tat ertappt, sozusagen!" Sie angelte nach ihrem Taschentuch.

„Also, ich weiß nicht", erklang Benedikts Stimme und Anna Lechners Gesichtsausdruck drückte ebenfalls Zweifel aus.

Die Köpfe der Seniorinnen fuhren zu ihnen herum.

„Was weißt du nicht, Beni-Schatz?", fragte seine Mutter.

Der große Metzger blickte in die Runde. „Seid mir nicht böse, aber ich glaube nicht, dass der Gruber die Sache ernst nimmt. Für mich klang das eher so, als ob der nach Ganzenheim kommt, um dir", er zeigte auf Lotte, „zu sagen, dass du ihn nicht mehr belästigen sollst." Schnell fügte er ein „Tschuldigung" hinzu, als er den entsetzten Blick seiner Mutter bemerkte. „Und überhaupt, er hat gar nichts dazu gesagt, was mit Anna ist und wie es weitergehen soll."

Die Augen der jungen Frau wurden feucht.

„Ich werde sie jetzt auf jeden Fall wieder auf mein Zimmer bringen und dort verstecken, bevor der Krumm und der Martinek hier auftauchen und sie finden."

Er erhob sich und griff nach Annas Hand, die dankbar seine ergriff.

„Ich danke Ihnen, Lotte", flüsterte die blasse Frau, was die Angesprochene mit einem freundlichen Lächeln quittierte, und ging gemeinsam mit Benedikt zur Tür, wo dieser zunächst in die Eingangshalle spitzelte, bevor er weiterging.

Die drei Seniorinnen blieben allein am Tisch zurück. Das Rauschen des Windes hatte etwas nachgelassen, doch es schien mittlerweile zu regnen, wie ein Prasselgeräusch verriet.

„Na prima", murmelte Agnes enttäuscht.

„Wie, prima?" Lotte schüttelte den Kopf. „Ich glaube durchaus, dass der Gruber meinen Anruf ernst nimmt. Warum sollte er das auch nicht tun? Immerhin habe ich ihm bei der Aufklärung der Ostermorde", Agnes murmelte ein „Gott sei ihren Seelen gnädig", „auch geholfen."

Luise nickte. „Das sehe ich auch so. Der Beni ist halt einfach nur übervorsichtig. Wegen der Anna. Das verstehe ich schon. Vielleicht ist es besser, wenn sie erst mal aus der Schusslinie verschwindet, bis der Gruber sich die Halunken vornehmen kann."

Lotte nickte. Plötzlich erklangen Schritte und die Blicke der Damen gingen zur Tür.

„Soso, haben sich einfach mal selbst versorgt, die Damen", sagte Manfred Krumm, als er gemeinsam mit Lennard Martinek den Speisesaal betrat. Er blickte auf die Kaffeetassen. „Wer hat Ihnen eigentlich erlaubt, hier herumzuschleichen und sich selbst zu bedienen?" Seine leicht rauchige Stimme hatte einen giftigen Tonfall angenommen.

Luise erhob sich und stemmte die Fäuste in ihre üppigen Hüften. „Jetzt halten Sie mal die Füße still, junger Mann! Wir sind schließlich Ihre Gäste und die Gewinner des Hauptpreises! Wo wir gerade davon sprechen: Sie haben uns eine Luxusreise versprochen! Von Luxus kann hier", mit einem Finger machte sie einen Kreis in der Luft, „wohl überhaupt nicht die Rede sein. Also wäre ich an Ihrer Stelle mal lieber ganz still!"

Luises Blick wich Krumms Starren keinen Millimeter aus. Auch der Größenunterschied – er überragte sie um mindestens zwei Kopf – schüchterte die Metzgersfrau nicht ein. Manfred Krumm gab ein Schnauben von sich, drehte sich auf dem Absatz um und verschwand im Gang.

Luise atmete tief aus.

„Das hast du ganz hervorragend gemacht, meine Liebe!" Bewunderung klang in Lottes Stimme mit. So viel Schneid hatte sie ihrer Freundin gar nicht zugetraut.

Agnes tupfte sich die Schweißtropfen von der Stirn. Die Aufregung war ihr ins Gesicht geschrieben.

„Habt ihr übrigens den Martinek gesehen? Wie der aussah?", erkundigte sich Lotte bei ihren Freundinnen.

Verblüffte Blicke wandten sich ihr zu.

„Wieso ausgesehen?", fragte Luise.

„Also ich hab nur auf diesen schrecklichen Krumm geachtet“, ergänzte Agnes.

Triumphierend erklärte Lotte: „Na, ein dickes blaues Auge hatte der Arme!“

Luise und Agnes sahen sich an. Ihre Gesichter verrieten, dass sie keine Ahnung hatten, worauf Lotte hinauswollte.

Diese seufzte. „Überlegt doch mal! Wer hat gestern eins von Agnes übergebraten bekommen? Hm?“

Die Gesichter hellten auf.

„Der Dieb!“, rief Agnes aus.

„So siehts aus. Und wie es aussieht, hast du ihm ein ganz schönes Veilchen verpasst, meine Liebe!“

Agnes strahlte.

„Aber Moment mal ...“, Luise blickte nachdenklich drein. „Lotte, hattest du nicht erzählt, dass du gestern Nacht, bei dem Gespräch zwischen dem Krumm und dem Martinek, einen Schlag gehört hast?“

Lotte nickte und rieb sich das Kinn. „Stimmt. Dass ich daran nicht gedacht habe!“, schalt sie sich selbst.

Die drei verstummten.

„Was machen wir denn jetzt?“, jammerte Agnes in die Stille hinein.

Lotte überlegte, dann blickte sie auf die Uhr. Halb acht zeigten die filigranen goldenen Zeiger an.

„Lasst uns auf mein Zimmer gehen und gemeinsam überlegen, wie wir den Dieb vielleicht doch noch stellen können! Es wäre doch gelacht, wenn uns dreien keine Lösung einfiele!“ Eine feucht-warme Schnauze stupste sie an. „Uns vieren,“ fügte sie lachend hinzu, worauf die anderen herzlich einstimmten. So gingen die Damen fröhlich kichernd gemeinsam nach oben.

11

Pünktlich zum Frühstück um neun Uhr begab sich das Trio, gefolgt von der kleinen Fellnase, wieder nach unten in den Speisesaal. Sie erwarteten keine richtige Morgenmahlzeit, immerhin arbeitete Anna nicht mehr in der Küche und sie hatten gesehen, was die Reiseleiter am Vortag aufgetischt hatten. Dass sie diese Dreistigkeit noch überbieten konnten, überraschte die Seniorinnen dann aber doch. Auf dem ehemaligen Verkaufstisch in der Mitte der Tanzfläche standen eine einsame Packung Cornflakes und ein Tetrapack H-Milch, ergänzt wurde das Ensemble von ein paar Schüsseln und Löffeln.

„Frühstück der Extraklasse – hah!", murmelte Luise und setzte sich an ihren Tisch.

Zum Glück hatten die drei längst auf Lottes Zimmer gefrühstückt – Luises letzte Würste und der Rest des Brotes hatten dran glauben müssen –, sodass sie keinen Hunger verspürten. Sie bedienten sich lediglich am Kaffee, der in einer Kanne auf jedem Esstisch stand.

„Puh, was für ein wässriges Zeug", stöhnte Agnes, nachdem sie einen Schluck genommen hatte.

„Widerlich", ergänzte Luise, die die Tasse weit von sich schob.

Lotte beobachtete unterdessen das Geschehen um sie herum. Nach und nach trotteten die anderen Reisegäste in den Speisesaal und setzten sich an ihre Tische. Roger Fantieu balancierte zwei randvolle Schüsseln mit Frühstücksflocken zurück an seinen Tisch und stellte einen vor Maria Magdalena Rammelsbacher ab, die ihm dankend zunickte. Gertraud Schmidt schlürfte gerade Milch von ihrem Löffel und ignorierte die entsetzten Blicke ihrer Tischnachbarn. Hedwig und Edda Schneider hielten sich mit gesenkten Köpfen an den Händen und murmelten etwas vor sich hin.

Offenbar haben die das gemeinsame Tischgebet aufgegeben, dachte Lotte erleichtert.

Nagi Tanka saß im Schneidersitz auf seinem Klappstuhl neben den beiden und hielt mit verklärtem Blick einen Kaffeebecher in seinen Händen.

Wahrscheinlich war der schon wieder beim Waldbaden, so entrückt wie der dreinschaut.

Gertraud Schmidt, die Lottes Gesichtsausdruck bemerkt hatte, lächelte ihr verschwörerisch zu. Vermutlich hatte sie gerade das Gleiche gedacht.

Lotte wartete eine Weile, bis sich auch Benedikt zu ihnen gesellt hatte. Dann erhob sie sich von ihrem Platz und ging in Richtung Tanzfläche. Die Bullydame folgte gehorsam an der Seite ihres Frauchens. Gebannt beobachteten Luise und Agnes das Geschehen. Die alte Dame stellte sich neben den Tisch mit dem mickrigen Frühstücksangebot, wo Käthe auf einen Fingerzeig hin prompt brav Platz machte, und klopfte mit einem Löffel an eine der Porzellanschüsseln.

Bing, bing, bing.

Das Gemurmel der Anwesenden verstummte und alle Augenpaare richteten sich erstaunt auf Lotte.

Diese blickte sich in aller Seelenruhe im Raum um, bevor sie anfing zu sprechen. „Meine werten Damen und Herren, wir haben jetzt drei Tage und zwei Nächte gemeinsam in dieser schrecklichen Bruchbude verbracht."

Gertraud Schmidt und Maria Magdalena Rammelsbacher nickten, Fantieu starrte sie mit einer hochgezogenen Augenbraue an und Nagi Tanka schien zu schlafen, zumindest hielt er die Augen geschlossen.

„Es ist an der Zeit", fuhr Lotte fort, „dass wir uns Gedanken darüber machen, wer die Ringe gestohlen hat, denn eines ist glasklar."

Sie verstummte. Ihr durchdringender Blick huschte von einem zum anderen.

„Einer hier", sie zeigte von Person zu Person, „hat die Rial Laf-Ringe, die verschwunden sind, geklaut!"

Ein erschrockenes „Ohhh" antwortete ihr, ebenso wie ein Nieser, den jemand zu unterdrücken versuchte.

Fantieu erhob sich. „Wieso soll das glasklar sein? Jederzeit hätte jemand von außen in das Hotel eindringen und die Diebstähle begehen können!"

Maria Magdalena Rammelsbacher nickte.

„Und wer sind Sie überhaupt, dass Sie uns hier alle beschuldigen?", fuhr er fort und suchte nun seinerseits die Zustimmung der Zuhörer.

Käthe knurrte leise.

„Herr Fantieu, Sie haben recht. Ich bin nur eine alte Frau und keine Polizistin. Aber ich bin auch eine Frau, die durchaus in der Lage ist, zu denken, auch wenn *Sie* das vielleicht nicht glauben wollen." Lottes eisiger Blick traf Fantieu und in Folge eine stark errötende Maria Magdalena Rammelsbacher. „Wie groß schätzen Sie denn die Möglichkeit ein, dass irgendein Dieb hier raus in diese Einöde kommt und die Diebstähle begeht?"

Luise und Agnes nickten heftig.

Lotte fuhr fort. „Dazu müsste ja überhaupt erst mal jemand wissen, dass es hier in dieser Bruchbude etwas zu holen gibt. Und auch in diesem Fall, meine werten Damen und Herren", sie wandte sich wieder allen zu, „müsste der Informant in unseren Reihen zu finden sein."

„So ist es", rief Gertraud Schmidt laut aus und auch die Betschwestern nickten mittlerweile eifrig.

Fantieu setzte sich mit einem Schnauben wieder auf seinen Platz.

Stumm und mit argwöhnischen Blicken schauten sich die Anwesenden um.

Eine sanfte Stimme erklang: „Der große Geist will nicht, dass die Menschen untereinander uneins sind." Nagi Tanka blieb im Schneidersitz sitzen, nur seine Augen hatten sich geöffnet. „Konsumgüter sind es nicht wert, dass wir miteinander in Zwist geraten. Sie sind schließlich nur Mittel zum Zweck."

Ein entsetztes „Hat der sie noch alle?" erklang von Maria Magdalena Rammelsbacher, was der Alt-Hippie geflissentlich ignorierte.

„Wenn der jetzt noch seine dämliche Trommel auspackt, hau ich dem eins drüber", zischte Luise deutlich vernehmbar.

Doch Nagi Tanka schien seine Rede bereits beendet zu haben, denn seine Augen schlossen sich wieder.

„Wer hat denn nun meinen Ring geklaut?", fragte Edda Schneider laut.

Ein heftiges Kopfschütteln und „Ich nicht"-Ausrufe antworteten ihr.

„Und was ist mit mir? Ich wurde schließlich auch bestohlen!", empörte sich Maria Magdalena Rammelsbacher.

Dies veranlasste Luise dazu, aufzustehen und mit dem Finger auf ihren gewaltigen Busen zu zeigen: „Ich bin auch ein Opfer! Dass das mal nicht vergessen wird!"

Aufgeregtes Stimmengemurmel erklang.

Lotte erhob beide Hände, was augenblicklich für Ruhe sorgte.

„Lasst uns die Geschehnisse in Ruhe durchgehen. Das erste Opfer war Edda Schneider, deren Ring in der ersten Nacht gestohlen wurde." Die Schwestern bekreuzigten sich und nickten.

„Was seltsam an der Sache ist, ist, dass nicht gleich beide Ringe der Schneiders verschwunden sind, sondern nur einer", fuhr Lotte fort. „Dann traf es Frau Rammelsbacher." Sie zeigte auf die goldbehangene Frau, die errötete, aber nickte. „Hieran stört mich, dass sie keiner dabei gesehen hat, wie sie den Ring gekauft hat!"

Ein empörter Ausruf von Fantieu erklang, dem aber direkt verschiedene „Schhh" antworteten.

„Und schlussendlich", Lotte deutete auf den Tisch, an dem ihre Freundinnen saßen, „wurde der Ring von Luise Schirrach gestohlen und es gab einen Diebstahlversuch bei Agnes Stein!"

Die Gäste starrten in deren Richtung, dann wieder zurück zu Lotte.

„Was ist hier los?", donnerte plötzlich die rauchige Stimme von Manfred Krumm. Mit großen Schritten durchquerte er den Raum und blieb mit erzürntem Gesichtsausdruck vor Lotte stehen.

Käthe erhob sich und stellte sich knurrend zwischen den Reiseleiter und ihr Frauchen.

„Wir klären hier gerade, wer für die Diebstähle verantwortlich ist. Das ist hier los!" Lottes Stimme klang fest.

Der Reiseleiter wandte sich um und blickte die anderen Gäste an. „Das Frühstück ist hiermit beendet! Wenn ich Sie jetzt bitten dürfte, auf Ihre Zimmer zu gehen?"

Er warf einen triumphierenden Blick zurück über seine Schulter, als ein Stühlerücken erklang und Hedwig Schneider sich anschickte aufzustehen.

„Halt!", klang plötzlich eine weitere Stimme in den Raum.

Alle Blicke wandten sich Edda Schneider zu.

„Keiner verlässt den Raum, bis geklärt wurde, wer der Dieb ist!" Sie zog am Ärmel ihrer älteren Schwester. „Setzt dich wieder hin, Hedwig!", zischte sie, was diese unverzüglich tat.

Lotte blickte zu Agnes und Luise, dann holte sie Luft und sagte laut: „Vielleicht hat Herr Krumm recht und es ist besser, wir lassen es hierbei bewenden. Die Herren Reiseleiter werden bestimmt die Polizei informiert haben, die sich dann um alles Weitere kümmern."

Enttäuschte Ausrufe erklangen rings um sie herum und Überraschung breitete sich auf dem Gesicht des großen Reiseleiters aus.

Lotte hob beschwichtigend die Hände und fuhr fort: „Gehen Sie ruhig auf Ihre Zimmer und warten dort auf die Abreise. Meine Freundinnen und ich", sie zeigte wieder auf Luise und Agnes, „werden das Beste daraus machen und uns noch einmal die Füße in diesem herrlichen Wald vertreten. Immerhin ist das das *einzig* Schöne, was diese Reise zu bieten hatte." Ein Seitenblick auf Krumm, der sie verärgert ansah.

Dann lief Lotte zurück zu ihrem Tisch und sagte, während sich die anderen Gäste bereits anschickten, den Saal zu verlassen, laut: „Agnes, hast du deinen Ring sicher in dem Geheimfach unten in dem blauen Koffer versteckt?"

Entsetzt blickte ihre Freundin sie an. „Lotte!", zischte sie, erntete von der Angesprochenen jedoch nur eine hochgezogene Augenbraue und ein ungerührtes „Was denn?"

Kurze Zeit später waren sie wieder allein.

„Jetzt muss es schnell gehen!", sagte Lotte, wandte sich zur Tür und bedeutete Käthe, ihr zu folgen.

„Bist du dir ganz sicher, dass dein Plan aufgeht?" Agnes' Stimme klang ängstlich. Vorhin auf dem Zimmer darüber zu sprechen war eine Sache gewesen, es durchzuziehen eine ganz andere.

Lotte zuckte mit den Schultern. „Keine Ahnung, ehrlich gesagt." Dann grinste sie. „Aber einen Versuch ist es allemal wert."

Dann verschwand sie mit ihrer Bullydame nach draußen.

Kurze Zeit später kam Lotte zurück. Im Arm hielt sie Luises und Agnes' Mäntel und war bereits selbst entsprechend gekleidet, den breitkrempigen roten Hut fest auf ihrem Kopf sitzend.

„Kommt, lasst uns spazieren gehen!", rief sie fröhlich.

Luise schielte zum Fenster. „Was ist mit dem Sturm?", fragte sie ungehalten.

„Es hat aufgehört zu regnen. Das letzte Donnern ist auch schon eine Zeitlang her. Also hab dich nicht so!"

Die beiden Seniorinnen erhoben sich und zogen ihre Mäntel über. Dann begab sich das Trio in den Vorraum, wo ihnen Manfred Krumm spöttisch entgegensah. Er lehnte an dem langen Holztresen und hatte die Arme verschränkt.

„Einen angenehmen Spaziergang wünsche ich", sagte er höhnisch.

„Danke, Herr Strebovic", antwortete Lotte in einem ähnlichen Tonfall und die drei stapften, den überraschten Mann ignorierend, an diesem vorbei zur Tür. Kaum standen sie draußen, wehte ihnen ein heftiger Wind entgegen. Die Tannen bogen sich knarrend zur Seite, eine einsame Plastiktüte schwebte durch die Luft.

„Bist du dir sicher, dass das so eine gute Idee ist?", fragte die Metzgersfrau.

Lotte nickte. „Wir haben das besprochen und das ziehen wir jetzt auch durch!"

„Vielleicht hättest du dem Krumm nicht verraten sollen, dass du seinen richtigen Namen kennst. Der hat ganz schön böse ausgesehen", sagte Agnes zweifelnd.

„Und wenn schon! Der soll sich ruhig ein paar Gedanken machen. Wie heißt es so schön: Vorfreude ist die schönste Freude! Auch wenn das in seinem Fall wohl Vorfreude auf das Gefängnis bedeutet." Lotte lachte.

Die drei lehnten sich gegen den Wind und stapften zum Waldrand, dann verschwanden sie zwischen den Bäumen.

„Bist du sicher, dass uns jetzt keiner mehr sehen kann?“, wisperte Agnes verschwörerisch.

Lotte nickte. Sie spähte an den Büschen vorbei zum Hotelvorplatz, dann wandte sie sich an ihre Gefährtinnen: „Wir machen, was wir besprochen haben. Erst warten wir eine Weile, falls uns jemand beobachtet hat, bis der- oder diejenige sicher ist, dass wir wirklich spazieren gegangen sind. Dann schleichen wir zurück zur Hauswand, schnappen uns die Leiter, die da hinten liegt“, sie deutete auf den rechten Flügel des Hotels, „und ich klettere hinauf. Ich habe dein Fenster, Agnes, wie besprochen unverschlossen gelassen, sodass ich zur Not hineinklettern kann. Alles klar?“

Luise und Agnes nickten aufgeregt.

„Vielleicht hätte ja doch besser der Beni das mit dem Klettern übernehmen sollen“, meinte plötzlich die Metzgersfrau. „Ich meine, du bist ja schließlich auch nicht mehr die Jüngste!“

„Papperlapapp! Der Beni muss die Anna beschützen, das hatten wir doch besprochen!“

Ein lautes Knacken ertönte und Lotte konnte die entsetzte Agnes gerade noch auf die Seite ziehen, als ein Ast mit dem Durchmesser von Benedikts Oberschenkel nach unten fiel.

„Vorsicht! Bei Wind ist es im Wald recht gefährlich!“

Agnes war kreidebleich geworden und drängte sich dicht an Lotte. Diese sah auf die Uhr.

„Es ist soweit. Es kann losgehen!“

Geduckt liefen die alten Damen los. Sie hielten sich, so gut es ging, in der Deckung des Waldrandes, als sie zu dem Hausflügel trabten, wo die Leiter lag. Dort angekommen betrachtete das Trio die Holzleiter kritisch.

„Das Ding sieht ganz schön morsch aus." Luise blickte Lotte zweifelnd an.

„Jetzt helft mir schon, sie unter Agnes' Zimmer zu tragen", herrschte Lotte ihre Freundinnen an. Auch sie hatte beim Anblick der betagten Leiter ein mulmiges Gefühl bekommen, doch sie waren zu weit gekommen, als dass sie jetzt noch aufgeben konnten.

„Aua", rief Agnes und steckte ihren Zeigefinger in den Mund, um daran zu saugen.

„Ein Spälter", fügte sie nuschelnd hinzu, als sie die fragenden Blicke bemerkte.

An die Hauswand gedrückt schleppten die Seniorinnen die lange Leiter ums Eck, bis sie schließlich unter Agnes' Zimmer ankamen. Dann richteten sie sie mühsam auf.

Mit einem lauten Klappergeräusch, das die Damen zusammenzucken ließ, knallte das Holz an die Hauswand. Ein paar lose Putzbrocken rieselten nach unten. Panisch kramte Agnes nach ihrem Taschentuch. Luise und Lotte starrten sie mit großen Augen an und hielten die Luft an. Sie kannten Agnes' gewaltige Nieser, deren Lautstärke sie mit Sicherheit verraten würde. Mit aller Macht versuchte die alte Frau, das Geräusch zu unterdrücken, bis schließlich lediglich ein leises „Hatschu" erklang.

Die anderen ließen zischend die Luft entweichen.

Lotte schüttelte den Kopf und Agnes hob entschuldigend die Hände.

„Du gehst jetzt, wie besprochen", flüsterte Lotte Luise zu, die daraufhin nickte und ums Eck verschwand.

Dann machte sie sich an den Aufstieg. Vorsichtig setzte sie einen Fuß auf die Leiter. Es knarzte vernehmlich, als sie den anderen Fuß vom Boden hob und die Sprosse mit ihrem ganzen Gewicht belastete. Sie wartete kurz ab. Die Leiter hielt. Einen Fuß nach dem anderen kraxelte sie über das morsche Holz nach oben, bis eine der Sprossen urplötzlich durchbrach.

Agnes hielt die Luft an, als ein in Strumpfhosen bekleidetes Bein haltlos durch die Luft schwang.

Mit Mühe gelang es Lotte, das kaputte Holzstück zu übersteigen. Endlich kam sie unter dem Fenstersims von Agnes' Zimmer an. Sie atmete tief durch und warf einen Blick nach unten, was sie augenblicklich schwindelig werden ließ. Sie verstärkte ihren Griff. Dann stieg sie eine weitere Sprosse hinauf und spähte über die Fensterbank.

Das dämmrige Licht im Zimmer ließ sie kaum etwas erkennen. Während sie versuchte, ihre Augen an die Dunkelheit des Raumes zu gewöhnen, lauschte sie angestrengt. Ein leises Schnarchgeräusch erklang vom Bett her und Lotte schmunzelte.

So weit, so gut. Alles lief nach Plan.

Ein Wassertropfen landete plötzlich auf Lottes Kopf und die Seniorin sah nach oben. *Na prima, jetzt fängt es wieder an zu regnen*, dachte sie, als immer mehr Tropfen herabprasselten. Es dauerte nicht lange und ihre Kleidung war völlig durchnässt. Das Einzige, was nicht nass war, waren ihre Haare, die wurden schließlich von dem roten Breitkremphut bedeckt, was Lotte wieder einmal vom Nutzen dieser Kopfbedeckung überzeugte.

Sie versuchte, eine einigermaßen bequeme Haltung einzunehmen, was sechs Meter in der Höhe und bei pfeifendem Wind und peitschendem Regen keine einfache Aufgabe war. Ihre Hände wurden langsam kalt und sie fragte sich, wie lange sie es hier oben aushalten konnte. Das Aufflammen einer Taschenlampe ließ Lotte aufmerken. Angestrengt spähte sie in den Raum hinein, wo das Schnarchen abrupt aufgehört hatte. Der Lichtkegel huschte herum und verharrte auf dem Bett.

„Feines Hundilein", wisperte eine Stimme, die sie über das Tosen des Windes kaum hören konnte. Sie sah, dass beide Ohren von Käthe in die Höhe standen, die Bullydame aber auf ihrem Platz blieb.

Sie kennt die Person, schoss es Lotte durch den Kopf. *Sonst wäre sie schon längst am Boden und würde bellen.*

Der Lichtkegel wanderte weiter über die Bettkante in Richtung Boden und verharrte dann bei den beiden Koffern, die fein säuberlich aufgereiht an der Wand auf ihre Abholung warteten.

Der Regen nahm zu und Lotte hatte Mühe, überhaupt noch irgendetwas zu erkennen. Sie hörte ein schleifendes Geräusch, als ein Koffer wegbewegt wurde, und ein *Klink* als die Schnappverschlüsse aufschnappten.

Lotte spähte nach unten und versuchte, Agnes auszumachen. Mit dem vereinbarten Daumen-hoch-Signal zeigte sie an, dass der Diebstahl in vollem Gange war. Sie hoffte, dass ihre Freundin sie trotz des herabströmenden Regens sehen konnte. Erleichtert vernahm sie direkt darauf schmatzende Fußstapfen, die sich entfernten.

Sehr gut, sie ruft die Polizei, dachte Lotte.

Die alte Dame wollte sich gerade an den Abstieg machen, als der Lichtkegel abermals aufflammte und ihr direkt ins Gesicht leuchtete. Ein erschrockenes „Huch" erklang aus dem Inneren des Zimmers, dann erlosch das Licht augenblicklich.

Lotte reagierte sofort. Sie stieß das nur angelehnte Fenster auf und stemmte gerade ein Knie auf den Fensterrand, als urplötzlich ihr anderes Bein in der Luft schwebte. Ihre Hände suchten verzweifelt nach Halt, was der vom Regen glitschige Fensterrahmen erschwerte.

Für Lotte spielte sich alles wie in Zeitlupe ab. Sie spürte die Regentropfen, die ihre Wangen hinabrollten, den Wind, der an ihrem Mantel zerrte und sie hinunterreißen wollte, und sie vermeinte, ein höhnisches Lachen zu vernehmen, das von unten kam.

Jetzt ist es vorbei, ging es ihr durch den Kopf, als ihre Hände ins Leere griffen. Sie empfand eine jähe Leichtigkeit und Wärme in sich, die sie überrascht zur Kenntnis nahm.

Urplötzlich spürte sie zwei kräftige Hände, die nach ihren griffen, und *schwupps* landete sie mit einem lauten Klatschen direkt in Agnes' Zimmer. Sie schien auf etwas Weichem gelandet zu sein, denn sie hatte sich nicht wehgetan. Ihre Augen tränten und so konnte sie nicht erkennen, auf was sie lag. Ihre Hände tasteten suchend umher, als sie schließlich etwas Haariges spürte.

Lieber Gott, lass das nicht meine Käthe sein!

Ein leises „Aua" erklang, als sie verzweifelt mit ihrer Hand weitersuchte und plötzlich einen langen Schopf umklammerte. Mit ihrer offenen Hand wischte sie sich über die Augen und blickte in das Gesicht von Nagi Tanka, alias Georg Griebelmeier.

Mit einem lauten *Rumms* flog die Tür auf und Luise erschien im Zimmer.

„Was zur Hölle?", rief sie aus, als sie Lotte entdeckte, die komplett durchnässt auf dem Möchtegern-Indianer lag und dessen Zopf fest umklammert hielt. Von dem breitkrempigen Hut tropfte Wasser in das Gesicht des unter ihr Liegenden.

Lotte ließ los und versuchte, sich aufzurappeln, was sich allerdings gar nicht so einfach gestaltete, denn ihre Glieder waren völlig steif vom Ausharren in dem kalten Wetter. Käthe schien ihrem Frauchen helfen zu wollen, denn sie schleckte unaufhörlich an ihrer Hand.

„Aus, Käthe", sagte Lotte schwach.

Mit Luises Hilfe gelang es der alten Dame, sich aufzurichten.

Gemeinsam blickten die beiden schweigend auf den immer noch am Boden liegenden Georg Griebelmeier hinab, bei dem Käthe sich nun ebenfalls eifrig bemühte, ihm das nasse Gesicht trocken zu schlecken.

Als er Anstalten machte, sich zu erheben, zischte Luise: „Sie bleiben schön liegen, bis ich den Beni geholt habe, Freundchen!" Dann stapfte sie hinaus in den Gang.

Lotte blickte in das Gesicht des Althippies. Er schien keine Angst zu haben, sondern betrachtete sie mit ehrlichem Interesse.

„Geht es Ihnen gut, Fräulein Meisner?", fragte er und stützte sich auf seine Ellbogen, um sie besser ansehen zu können.

Lotte nickte langsam. Dann sagte sie: „Danke, dass Sie mich gerettet haben, Herr Griebelmeier.“

„Nagi Tanka“, korrigierte sie dieser sanft.

„Wie auch immer. Ohne Sie wäre das“, sie zeigte mit dem Kinn in Richtung Fenster, „übel ausgegangen.“

Griebelmeier nickte.

„Was haben Sie sich nur dabei gedacht?“, fragte Lotte und blickte auf Agnes’ Koffer.

Ein Schulterzucken antwortete ihr zuerst. „Von irgendwas muss man schließlich leben.“

„Waren nicht ausgerechnet Sie derjenige, der was von *Konsumgüter sind die Geiseln der Menschheit* erzählt hat, Herr Nagi Tanka?“

Lotte schüttelte den Kopf. Es wollte ihr nicht einleuchten, dass ausgerechnet er der Dieb war. Sie hatte mit allem gerechnet, aber nicht mit ihm. Dennoch war sie froh, dass ihre Falle zugeschnappt war.

„Ich befreie mich von den Geiseln des sinnlosen Konsums“, erklärte der Mann in ruhigem Tonfall. „Leider ist es mir nicht möglich, mich von der Geisel der zu zahlenden Hausraten und des Stroms etc. zu befreien, sonst hätte ich das“, sein Kinn zeigte in die Richtung des Koffers, „gar nicht nötig. Ich bin autarker Selbstversorger, müssen Sie wissen“, fügte er stolz hinzu.

Lotte schüttelte abermals den Kopf. „Ganz so autark, wie Sie glauben, sind Sie wohl doch nicht.“

„Ich hole mir nur etwas von Leuten, die es sich leisten können und denen es nicht wehtut.“

Lotte war empört.

„Was ist denn mit Edda Schneider? Hm? Die war völlig außer sich, als ihr Ring weg war. Immerhin hatte er für sie eine symbolische Bedeutung.“

Nagi Tanka hob beide Hände und schüttelte vehement das schüttere Haupthaar.

In dem Moment betrat Luise, gefolgt von ihrem Sohnemann, das Zimmer, doch Lotte bedeutete ihnen, still zu sein.

„Ich schwöre Ihnen, Fräulein Meisner", fuhr Griebelmeier fort, „den Ring von Frau Schneider habe ich nicht geklaut!"

Mit hochgezogenen Augenbrauen hörte Lotte zu. Es fiel ihr schwer, den Worten Glauben zu schenken. Andererseits hatte er sie vor dem sicheren Tod bewahrt. Wieso sollte er sie anlügen, wenn er die anderen Diebstähle doch zugab?

Benedikt stand mit verschränkten Armen über dem Mann, der sich langsam aufrichtete und sich in einen Schneidersitz setzte. Die Miene des Metzgers signalisierte ihm, sich nicht weiter zu bewegen, was er offenbar aber auch gar nicht vorhatte. Hinter ihm drückten sich Roger Fantieu und Maria Magdalena Rammelsbacher in das Zimmer, die den Radau gehört haben mussten, und verfolgten das Geschehen mit offenen Mündern.

„Ich sage die Wahrheit, das müssen Sie mir einfach glauben!" In einem leiseren Tonfall fügte er hinzu: „Ich gebe ja zu, dass ich die Ringe von Ihnen, Frau Rammelsbacher, und Ihnen, Frau Schirrach, genommen habe. Aber sind Sie doch einmal ehrlich." Er wandte sich an die vor Erregung zitternde Frau Rammelsbacher. „Sie haben so viel Schmuck und sind offensichtlich reich, da macht Ihnen das Fehlen von einem kleinen Ring doch mit Sicherheit nichts aus!"

Empört schnaubte diese laut aus. Dann stakste sie auf ihren Stöckelschuhen nach vorne. „Von wegen, es macht mir nichts aus! Haben Sie irgendeine Ahnung, was ich alles machen musste, um mir dieses Schmuckstück leisten zu können? Das Silberbesteck meiner verstorbenen Mutter habe ich verkauft, um überhaupt mitfahren zu können auf diese schreckliche Reise!"

Luise entfuhr ein „Huch" und sie schlug sich die Hand vor den Mund. Roger Fantieu zog seine fein geschwungenen Augenbrauen nach oben. Sein Gesicht drückte Verwunderung aus.

„Aber was ist denn mit ihrem ganzen Schmuck?" Nagi Tanka deutete auf die protzige Goldkette, die sie um den Hals trug.

Maria Magdalena Rammelsbacher lachte laut auf. „Das Zeug da?" Sie deutete auf ihre Ohrringe, Halskette, sowie die diversen Armbänder, die ein Klingelgeräusch von sich gaben, als sie aneinanderschlugen. „Alles Fake! Keine zehn Euro ist das Ganze wert!"

Fantieu wurde kreidebleich. Sie fuhr fort: „Ich bin keinesfalls reich, Herr ..."

„Nagi Tanka", offerierte der hilfsbereit, als ein ersticktes Geräusch erklang.

Alle Augen richteten sich auf Roger Fantieu.

„Aber, aber", stotterte dieser.

„Es tut mir leid, mein Lieber", wandte sich Frau Rammelsbacher an ihn. „Ich weiß, du dachtest, ich wäre genauso reich wie du, dabei bin ich nur eine arme Verkäuferin in einem Supermarkt."

Fantieu blieb der Mund offen stehen.

„Aber du liebst mich doch trotzdem, nicht wahr Hasilein?", schnurrte sie und ging auf ihn zu.

Der adrett gekleidete Mann schüttelte grob ihre Hand ab. „Von wegen Liebe!", schnaubte er. „Ich habe ebenfalls keinen Cent zu viel oder warum glaubst du, gebe ich mich mit einem alten, hässlichen Weib wie dir ab?"

Maria Magdalena Rammelsbacher wankte. Jegliches Blut schien aus ihrem Gesicht gewichen zu sein, als sie Fantieu ungläubig anstarrte. Schnell hakte Luise sie bei sich unter.

Die Metzgersfrau fauchte in Fantieus Richtung: „Sie elender, vermaledeiter …"

„Ach, halten Sie doch die Klappe, Sie fette, alte Schachtel!"

Rumms! Benedikts Pranke sauste auf den Mittsechziger nieder, was diesen in die Knie zwang.

„Wagen Sie es nicht!" Die Stimme des Metzgers klang eisig.

Wäre die Situation nicht so ernst gewesen, Lotte hätte beinahe laut gelacht. Es sah zu komisch aus, wie der Lebemann vor Luise und Frau Rammelsbacher auf den Knien lag und der Metzger wie der Zorn Gottes über ihm emporragte.

„Hätte ich diese beschissene Reise bloß nie gemacht!" Fantieu sah offensichtlich noch keinen Anlass dafür, besser still zu sein. „Da hofft man auf gute Beute und dann steigen erst diese uralten Vetteln in Ganzenheim zu", er deutete auf Lotte und Luise, „dann hofiert man eine andere alte Schachtel und dann kommt dieses dumme Weib daher und sagt, sie habe gar kein Geld!" Anklagend sah er Maria Magdalena Rammelsbacher an. „Etwas vorgemacht hast du mir! Dass du in Geld schwimmen würdest, hast du mir gesagt!"

Das Gesicht der Angesprochenen wurde rot. „Und du? Von deinem Landhaus in der Provence hast du mir erzählt. Und deinem schicken Sportwagen. Was ist damit?"

Ungerührt zuckte Fantieu mit den Schultern. „Eine kleine Notlüge", erwiderte er dreist.

Frau Rammelsbacher schnappte nach Luft. „Das ist ja wohl die Höhe! Selbst lügen, dass sich die Balken biegen, und dann die Frechheit besitzen, mir einen Vorwurf zu machen! Roger Fantieu – ein Witz ist das! Dass ich nicht lache!"

Luise versuchte, die Frau an ihrem Arm zu beruhigen.

Fantieu lachte laut auf. Seine Stimme nahm einen leicht irren Klang an. „Der Witz ist ganz bei dir, meine Liebe! Ich heiße nämlich gar nicht Roger Fantieu, wenn du es genau wissen willst. Sondern Hartmut Obergreiner. Aber du glaubst auch wirklich alles, was man dir erzählt, du dumme Gans!"

Ein Raunen ging durch die Menge. Selbst der Möchtegern-Indianer ließ ein „Na sowas" von sich hören und schien seine eigene missliche Lage bereits vergessen zu haben.

Herr Fantieu oder besser gesagt Herr Obergreiner lachte erneut auf. Lotte bedeutete Benedikt, den Mann aus dem Zimmer zu bringen. Immerhin gab es hier drinnen noch etwas Wichtiges zu klären.

Der Metzger packte den irre kichernden Mann am Kragen und beförderte ihn hinaus. Kurze Zeit später kam er zurück und erklärte auf Lottes fragenden Blick hin: „Ich hab ihn in Mamas Zimmer gesperrt." Feierlich hielt er den Schlüssel in die Höhe.

„Sehr gut gemacht, Bub", schwärmte seine Mutter und klopfte ihm auf die breiten Schultern. Er grinste.

Lotte wandte sich an Maria Magdalena Rammelsbacher, die mittlerweile blass auf dem Bettrand Platz genommen hatte. Eine Frage beschäftigte sie doch sehr, vor allem, da Nagi Tanka leugnete, auch Edda Schneiders Ring gestohlen zu haben.

„Wie sind Sie denn dann zu dem Ring gekommen, wenn Sie kein Geld haben?"

Die Angesprochene schluchzte. „Ich bin nach der Verkaufsveranstaltung zu dem Krumm gegangen und habe ihn gefragt, ob ich den Ring vielleicht abstottern könnte. Er war doch so schön und Roger lag mir in den Ohren, dass ich ihn unbedingt bräuchte …" Ihre Stimme brach ab und sie sank in sich zusammen. Dann wisperte sie: „Der Krumm hat mir zugestanden, ihn in zwölf Raten zu je 50 Euro abzuzahlen."

Lotte überschlug das rasch im Kopf. „Aber das wären ja 600 Euro für einen Ring, der nur 399 Euro kosten sollte!"

Maria Magdalena Rammelsbacher zuckte mit den Schultern.

„Er hat gesagt, dass ich nur so einen Real Love-Ring bekommen könnte."

Lotte schüttelte den Kopf. Sie würde nie verstehen, wieso manche Leute Kredite für Dinge aufnahmen, die nicht lebensnotwendig waren. Nach einem Blick auf die völlig fertige Frau ließ sie das Thema aber fallen.

„Jetzt zurück zu Ihnen, Herr Griebelmeiner."

Der sich immer noch im Schneidersitz befindliche Mann blickte ruhig auf.

„Sie geben also zu, dass Sie die Ringe von Frau Rammelsbacher und Frau Schirrach gestohlen haben.“

Ein Nicken.

„Waren Sie es auch, der versucht hat, bei Agnes Stein einzubrechen?“

Ein weiteres Nicken.

„Ich dachte, Agnes hätte den Dieb mit dem Schirm erwischt?“

Grieblmeier grinste schief, zog sein Shirt ein wenig auf die Seite und entblößte einen dicken blauen Fleck auf seiner Schulter. „Das hat sie auch!“

Lotte nickte. Sie blickte sich um. Wo war Agnes überhaupt? Egal, sie würde schon noch auftauchen.

„Und Sie bleiben dabei, dass Sie mit dem Diebstahl bei Frau Schneider nichts zu tun haben?“

„Wenn ich es Ihnen doch sage.“

Von Luise kam ein „Wer’s glaubt“ und ihr Sohn schnaubte verächtlich.

„Dann denke ich, dass es jetzt an der Zeit ist, die Polizei ihre Arbeit machen zu lassen.“ Lotte erhob sich.

„Wenn ich noch eine Frage stellen dürfte“, kam es von dem Möchtegern-Indianer.

„Ich habe das Geheimfach geöffnet, aber der Ring war nicht darin. Wo haben Sie ihn denn versteckt?“

Ein breites Grinsen zog sich über Lottes Gesicht. Zärtlich blickte sie in Käthes Richtung, die schnarchend auf dem Bett lag. Etwas Blaues blitzte an ihrem Halsband auf.

„An einem Ort, wo Sie ihn nie gefunden hätten!“, antwortete Lotte lachend.

12

Nachdem sie Georg Griebelmeier in Agnes' Zimmer eingesperrt hatten, bewegte sich die ganze Gruppe nach unten. Der Vorraum war leer und so steuerte Lotte den Speisesaal an.

„Agnes? Wo bist du denn?"

Luise rief ebenfalls den Namen der Freundin, doch eine Antwort blieb aus.

„Seltsam, sie wollte doch die Polizei rufen", murmelte Lotte vor sich hin, als plötzlich die Tür aufflog.

„Hat hier jemand *Polizei* gesagt?", erklang eine tiefe Stimme.

Entgeistert starrte Lotte den Hauptkommissar an. Zerzauste braune Haare zeigten, dass der Wind noch nicht nachgelassen hatte, sein Trenchcoat war fleckig, was vielleicht vom Regen herrührte.

„Dass ich Sie einmal sprachlos erleben darf, Fräulein Meisner!" Ein Lächeln breitete sich auf seinem Gesicht aus. Lotte bemerkte zum ersten Mal die Lachfalten, die sich in seinen Augenwinkeln zeigten.

Die alte Dame straffte die Schultern. „Herr Hauptkommissar, schön, dass Sie es endlich auch einrichten konnten!"

„Was heißt da *endlich*? Wir", er deutete auf zwei uniformierte Polizisten hinter sich, „sind immerhin direkt nach ihrem Anruf losgefahren!"

Lotte zog irritiert die Augenbrauen nach oben.

„Nach meinem Anruf? Sie meinen doch sicher nach dem Anruf von Frau Agnes Stein?“

Der Beamte schüttelte perplex den Kopf.

„Nein, keineswegs! Sie haben mich doch heute früh angerufen, oder etwa nicht?“ Halb murmelnd fügte er ein „und gestern und vorgestern“ hinzu, was Lotte geflissentlich überhörte.

„Ja, schon“, erwiderte sie. „Aber Sie hatten mit keiner Silbe angedeutet, dass Sie herkommen werden. Wollten Sie mich nicht in Ganzenheim aufsuchen?“

Der Hauptkommissar nickte. Um seine Füße herum hatte sich eine kleine Pfütze gebildet, die Käthe interessiert ansteuerte.

„Oh nein, nehmen Sie das Vieh weg!“ Der große Polizist wich einen Schritt zurück.

„Käthe, aus!“, rief Lotte scharf und die Bullydame trabte zurück an ihre Seite.

Der Beamte entspannte sich.

„Wie gesagt, ich wollte Sie zunächst *tatsächlich* in Ganzenheim aufsuchen.“ Dann fügte er streng hinzu: „Um Ihnen mal gehörig die Meinung zu sagen und Ihnen zu erklären, was bei Missbrauch von Notrufeinrichtungen auf Sie zukommen kann.“

Benedikt entwich ein „Wusste ich es doch!“, was ihm einen bösen Blick von Lotte eintrug.

„Was heißt hier *Missbrauch*? Ich habe Sie über die kriminellen Machenschaften hier aufgeklärt. Das ist ja wohl kaum Missbrauch!“

Gruber grummelte kurz vor sich hin. „Im Grunde haben Sie recht, Fräulein Meisner.“

„Hah!“, rief Lotte in Benis Richtung, der daraufhin mit den Schultern zuckte.

„Allerdings“, fuhr der Beamte in strengem Tonfall fort, „verbitte ich mir künftig Anrufe zu Hause sowie Anrufe nach Mitternacht! Haben wir uns verstanden?“

Lotte winkte ab. „Ja, ja, aber Sie wissen schon, dass Verbrechen keine Uhrzeit kennen?“

Der Polizeibeamte seufzte.

„Was tun Sie jetzt eigentlich hier?“, fragte Lotte noch einmal. „Ich habe das Verbrechen bereits aufgeklärt.“

Gruber schaute sie irritiert an.

Lotte fuhr fort: „Der Fantieu, also eigentlich heißt er Obergreiner, ist oben in Luises Zimmer, Raum 112, eingesperrt. Gegen den sollten Sie ermitteln. Wenn ich es mir recht überlege, ist das bestimmt so eine Art Heiratsschwindler.“

Maria Magdalena Rammelsbacher gab einen erstickten Ton von sich.

Mit einer Kopfbewegung gab Gruber einem der beiden Polizisten den Hinweis, nach oben zu gehen und Roger Fantieus Personalien aufzunehmen.

Er wollte gerade ansetzten, etwas zu sagen, als Lotte ihn unterbrach. „Moment! Das ist noch nicht alles! Im Zimmer von der Agnes finden Sie einen Herrn namens Nagi Tanka“, ein perplexer Blick des Hauptkommissars, „besser bekannt als Georg Griebelmeier. Das ist der Juwelendieb, der bereits gestanden hat, die Ringe von Frau Rammelsbacher und Frau Schirrach gestohlen zu haben.“

Zufrieden blickte Lotte den großen Mann an.

„Sie wollen mir sagen, dass Sie einen Heiratsschwindler und einen Juwelendieb eigenhändig dingfest gemacht haben?“

Lotte zeigte auf die älteren Damen sowie den jungen Metzger, die um sie herumstanden.

„*Wir* haben sie dingfest gemacht! Quasi eine Art Gemeinschaftsarbeit", sagte sie stolz.

Die Reisegruppe strahlte. Ein vereinzeltes gegenseitiges Schulterklopfen war zu sehen.

Nachdenklich betrachtete der Hauptkommissar die kleine alte Dame vor ihm.

„Sie sind mir vielleicht eine, Fräulein Meisner." Dann breitete sich ein Lächeln auf seinem Gesicht aus. Er gab dem zweiten Polizisten die Aufgabe, Georg Griebelmeier festzunehmen.

Jetzt war es wieder Lotte, die laut überlegte: „Aber wenn Sie nicht wegen Agnes' Anruf gekommen sind, warum sind Sie denn dann hier?"

Gruber grinste. „Zunächst hatte ich ja tatsächlich gedacht, dass Sie irgendwie fantasieren, als Sie und Ihre Freunde mir Ihre abenteuerliche Geschichte heute früh präsentierten. Aber da war eine Sache, die mich hat aufhorchen lassen."

„Und die wäre?" Lotte hielt nichts von theatralischen Gesprächspausen.

„Sie erwähnten den Namen Milan Strebovic." Triumphierend blickte er die zwei Kopf kleinere Dame an.

„Und?", frage diese prompt.

„Nichts und … Außer, dass Milan Strebovic der international gesuchte Kopf einer europaweit agierenden Betrügerbande ist!"

Lotte blieb der Mund offen stehen.

„Interpol ist schon seit Längerem an ihm dran, aber bis jetzt konnte ihn keiner erwischen."

Die Umstehenden murmelten erschrocken.

„Was hat der Strebovic denn gemacht?", fragte Luise neugierig. Ihre Wangen glühten. Sie konnte es kaum erwarten, zurück nach Ganzenheim zu kommen und den Leuten zu erzählen, dass sie nicht nur Opfer eines Diebstahls geworden war, sondern quasi eigenhändig einen internationalen Gangsterboss zur Strecke gebracht hatte.

„Ihm wird ein groß angelegter Juwelendiebstahl zur Last gelegt." Er kramte in der Brusttasche seines

Jacketts und fischte ein Bild heraus. „Diesen Ring im Wert von einer halben Million Euro hat er aus einem Museum in Amsterdam gestohlen. Er gehörte der Königsfamilie."

Den Umstehenden blieb die Luft weg.

„Das ist ja der Rial Laf-Ring", entfuhr es Lotte entgeistert.

„Der was?", erwiderte der Hauptkommissar perplex.

„Der Rial Laf-Ring! Das Schmuckstück, das die hier verkauft haben." Lotte zeigte auf Käthe, an deren Halsband der schmale Ring befestigt war.

Der Hauptkommissar riss die Augen auf. „Das kann ja wohl nicht wahr sein! Machen Sie augenblicklich den Ring da ab und geben Sie ihn mir."

Lotte kniete sich nieder, entfernte das Schmuckstück und reichte es dem Beamten.

Ehrfürchtig starrte dieser den blauen Juwel an.

Plötzlich plumpsten ein zweiter und ein dritter Ring in die offene Handfläche des Polizisten, was ihn nach Luft japsen ließ.

„Die hat mir der Griebelmeier vorhin gegeben." Benedikt zuckte die Schultern. „Das Diebesgut sozusagen."

Der Hauptkommissar kratzte sich mit seiner freien Hand am Kopf. Dann packte er die Schmuckstücke sorgfältig in eine durchsichtige Plastikhülle und steckte sie ein.

„Keine Sorge, meine Damen. Wenn sich alles geklärt hat, bekommen Sie Ihr Eigentum wieder!“, sprach er beruhigend auf die wispernden Frauen ein.

„Das will ich aber mal hoffen“, ließ Luise vernehmen.

„Haben Sie den Manfred Krumm“, ein fragender Blick des Hauptkommissars, „also den Strebovic, bereits festgenommen?“, fragte Lotte.

Gruber nickte zur Tür hin, wo gerade zwei weitere Beamte erschienen, die einen grimmig dreinblickenden Reiseleiter an beiden Armen festhielten. Auf einen Wink ihres Chefs hin führten sie ihn hinein.

„Sie dumme alte Schachtel! Ohne Sie wäre alles glatt gegangen!“, wetterte Krumm los, als er Lotte erblickte.

Der Hauptkommissar baute sich vor ihm auf. „Na, na, wer wird denn so ein schlechter Verlierer sein, Strebovic?“

Der Angesprochene spuckte förmlich vor sich aus. „Wäre die Alte nur abgestürzt ...“

Lotte erschrak.

„Wie meinen Sie das, Sie alter Widerling?“, fuhr sie ihn an.

Dieser lachte lauthals auf. „So eine Leiter fällt schließlich nicht von alleine um.“

Lotte wurde blass. Dann war das gar kein Unfall gewesen und der Wind hatte die Leiter nicht umgeworfen.

Krumm lachte weiter, als ihn die Beamten nach draußen zerrten. Ihr wurde heiß und kalt. „Wo ist Agnes?“, fragte sie in den Raum hinein. Wenn die Polizei nicht wegen deren Anruf gekommen war und Manfred Krumm draußen herumgeschlichen war, befürchtete sie das Schlimmste.

Sie wollte gerade losstürmen, als Gruber sie festhielt. „Halt, hiergeblieben. Wir finden Ihre Freundin schon, keine Sorge!" Er zog ein Walkie-Talkie aus seiner Tasche.

„An alle Einheiten, Fahndung nach einer gewissen ...", er blickte Lotte fragend an, die mit zitternder Stimme Antwort gab: „Stein, Agnes Stein. Ende siebzig und vermutlich noch irgendwo draußen."

„Verstanden", ertönte eine blecherne Stimme aus dem kleinen Kasten.

Gruber führte die alte Dame an einen Tisch und half ihr Platz zu nehmen. Luise eilte in die Küche, um einen Krug Wasser sowie Gläser zu holen. Die übrigen Gäste ließen sich ebenfalls auf ihre Sitzplätze sinken.

Es schien eine Ewigkeit zu dauern, bis Lotte ein blechernes „Wir haben sie gefunden" aus dem kleinen Kasten vernahm. Laut ausatmend starrte sie gebannt auf das Gerät.

„Zielperson unverletzt. Bei Zielperson wurden zwei männliche Personen gefunden. Beide wurden festgenommen. Sie befinden sich auf dem Weg zu Ihnen, Herr Hauptkommissar."

Lotte fiel ein Stein vom Herzen. Als sich wenig später die Tür öffnete und eine völlig verdattert wirkende Agnes in den Speisesaal geführt wurde, fiel ihr Lotte um den Hals.

„Gott sei Dank, Agnes! Ich habe mir solche Sorgen um dich gemacht!“

„Sorgen? Warum Sorgen?“ Perplex blickte Agnes Lotte an. „Ich weiß gar nicht, was los ist! Ich bin losgelaufen, um die Polizei zu rufen, da bin ich in Herrn Martinek reingelaufen, der mir versicherte, dass die Polizei bereits unterwegs sei. Er hat mich zu einem Zelt im Wald geführt, wo der Busfahrer schon wartete. Er meinte, dass ich die Operation sonst gefährden würde oder so ähnlich.“ Sie zuckte mit den Schultern.

Zwei Polizisten zogen Lennard Martinek und den tätowierten Busfahrer, der sich heftig wehrte, in den Raum.

Einer der Beamten erklärte: „Dieser hier“, er deutete auf Martinek, „hat bereits gestanden. Sie wollten die alte Dame als Geisel nehmen, falls etwas schieflaufen sollte. Der Strebovic hätte das angeordnet.“

Lotte, die kreidebleich geworden war, umarmte ihre Freundin noch einmal. Dann setzten sich die Damen an den Tisch und die Beamten führten die beiden Männer ab.

Agnes schluckte kräftig. Man konnte ihr ansehen, dass sie diese Neuigkeit durchaus mitgenommen hatte. Dann wühlte sie in ihrer Handtasche. Ein leichtes Grinsen breitete sich auf ihrem Gesicht aus, als sie die halb leere Sherryflasche hervorzog.

„Ich glaube, den haben wir uns jetzt verdient.“

Epilog

Ein kalter Wind zerrte an Lottes Mantel, als sie die Haustür hinter sich schloss. Sie war froh, den wärmenden Wollhut für ihren Einkaufstrip hoch ins Dorf gewählt zu haben.

Wenigstens regnet es heute nicht schon wieder, ging es ihr durch den Kopf, während sie, mit einer Hand den roten Trolley mit den weißen Punkten hinter sich herziehend, den Feldweg entlangspazierte. Käthe, der die Kälte wie üblich nichts auszumachen schien, huschte zwischen den kahlen Weinreben umher.

Am Ende des Weges kam das Haus ihrer verstorbenen Freundin Magda in Sicht. Zufrieden sah sie, dass der Vorgarten ordentlich für den Winter zurechtgemacht worden war und dass von dem Gestrüpp, das sich nach Magdas Tod ausgebreitet hatte, nichts mehr zu sehen war. Drei Paar Gummistiefel, ein riesiges, ein schmales und ein Paar Kinderstiefel, standen akkurat nebeneinander aufgestellt neben der Haustür. Rauch stieg aus dem Kamin auf und Lotte entdeckte ein Licht in der Küche des kleinen Hauses. Sie winkte, als sie die alte Frau bemerkte, die ihr hinter der Scheibe freundlich zulächelte.

„Komm, Käthe, es ist schon fast acht. Die Metzgerei macht gleich auf!"

Wie ein Irrwisch schoss die kleine Bullydame an ihr vorbei und erklomm die Treppe hoch zum Dorfplatz, immer zwei Stufen auf einmal nehmend. Lotte hatte deutlich mehr Mühe und so dauerte es eine Weile, bis auch sie oben angekommen war. Als sie die letzte Stufe bewältigt hatte, erklang der durchdringende Gongschlag der Marienkirche, die direkt vor ihr aufragte. Käthe, die genüsslich das Wasser schleckte, das am Brunnenrand überschwappte, ließ sich davon nicht stören. Erst der Pfiff ihres Frauchens bedeutete ihr zu kommen.

Lotte wandte sich der Metzgereich Schirrach zu, wo sich gerade die automatischen Türen öffneten und eine junge Frau die Tafel mit den heutigen Spezialitäten auf den Gehweg stellte. Sie trug eine lange weiße Schürze, das blonde Haar war fest zu einem Dutt zusammengesteckt.

„Guten Morgen, Anna", sagte die alte Dame freundlich.

„Guten Morgen, Lotte", strahlte diese zurück.

Wie jedes Mal, wenn Lotte sie sah, fragte sie sich, wie eine derartige Verwandlung möglich sein konnte. Sie hatte Anna Lechner als eine blasse, magere Frau mit dunklen Schatten unter den Augen in Erinnerung. Heute jedoch stand eine strahlende, vor Gesundheit strotzende Blondine vor ihr, deren makellose Haut eine rosige Farbe hatte und bei der von Augenringen keine Rede sein konnte.

„Machst heute wohl wieder deinen Wocheneinkauf, oder?", fragte die Verkäuferin freundlich. „Ich kann dir unsere Wiener empfehlen. Der Beni macht Würste wie kein anderer", strahlte sie.

Lotte nickte: „Das klingt gut. Da wird mein Käthchen sicher auch nichts dagegen haben."

Ein heftiges Bürzelchen-Wackeln antwortete ihr.

Lotte betrat den Laden und ein lautes *Dingdong* erklang, wovon sie wie immer erschrak.

„Diese neumodische Klingel!", schimpfte sie und wuchtete ihren Trolley neben sich.

Anna zuckte mit den Schultern. „Die Luise wollte das unbedingt so. Ich weiß auch nicht, wozu wir das brauchen. Immerhin ist immer einer von uns vorne."

Just in dem Moment flog die Schwingtür auf, die den Verkaufsraum von der Metzgerei trennte, und die alte Metzgersfrau trat heraus.

„Habe ich doch richtig gehört!" Mit schnellen Schritten watschelte sie hinter dem Tresen hervor und umarmte Lotte innig.

Diese schmunzelte. Seit ihrem gemeinsamen Abenteuer im *Chalet Jagdgrund* fühlte sich Luise Lotte offenbar noch näher als vorher, was sie gerne durch Umarmungen bekundete.

„Guten Morgen, Luise."

„Den wünsch ich dir auch, meine Liebe." Die Metzgersfrau blickte sich um. „Da ist ja auch der arme magere Schatz. Na, warte mal ab, was die Luise Feines für dich hat!"

Sie stapfte um den Tresen herum und schnitt ein extra dickes Stück Fleischwurst ab. Käthe wartete brav, wenn auch heftig hinternwackelnd, am Ende der Theke. Sie wusste, dass es Ärger gäbe, wenn sie nach hinten käme. Laut schmatzend machte sie sich über ihre Beute her, während Lotte nach ihrem Einkaufszettel kramte.

„Hier, Anna", sagte sie und überreichte ihn der jungen Frau, als sie ihn endlich gefunden hatte. Die machte sich direkt daran, das Gewünschte zusammenzusuchen und in Lottes Trolley zu verstauen.

Lotte schaute sich um. „Wo ist denn der Matti heute?“

„Der liebe Schatz ist doch seit letzter Woche im Kindergarten“, antwortete Luise an Annas Stelle. „Es gefällt ihm richtig gut. Und stell dir vor, er hat sogar schon Freunde gefunden.“ Luises Wangen leuchteten.

Lotte freute sich aufrichtig über die Nachricht. Der dreijährige Matti hatte die letzten Wochen mit in der Metzgerei verbracht, während Luise Anna eingearbeitet hatte. Der kleine rote Tisch mit den dicken Wachsmalstiften und dem passenden Stuhl stand noch im Eck.

Luise, die Lottes Blick gefolgt war, erklärte: „Wir haben beschlossen, den Maltisch stehen zu lassen. Du kannst dir gar nicht vorstellen, wie toll unsere Kundinnen das finden. Endlich können sie in Ruhe einkaufen, während ihre Kinder malen.“ Sie deutete auf die vormals leere Wand neben dem Verkaufsregal, die mittlerweile einige Bilder zierten. „Die Herzchen geben sich so eine Mühe. Wir überlegen jetzt sogar, ein kleines Bücherregal aufzustellen, mit Kinderbüchern drin.“

Lotte nickte. „Ja, Kinder lieben es, in Büchern zu schmökern. Ich freue mich schon, wenn ich nächste Woche wieder in den Kindergarten gehe, um vorzulesen. Ich habe eine schöne Geschichte als Vorbereitung für das Martinsfest ausgesucht. Da sehe ich den Matti dann bestimmt!“

„Das Martinsfest wird großartig werden. Der Beni hilft, das große Feuer aufzubauen. Und wir verkaufen dieses Jahr Würste dort. Der Erlös kommt natürlich dem Kindergarten zugute“, erzählte Luise stolz.

Lotte war baff. Die Metzgersfrau war nicht gerade für ihre Freigiebigkeit bekannt. Der neue Familienzuwachs schien ihr gutzutun.

„Ach, Anna", wandte sich Lotte nun an die junge Frau, die gerade einen in Papier eingeschlagenen Laib Brot verstaute, „ich habe übrigens gerade deine Mutter am Fenster gesehen. Wie geht es ihr denn?"

Die junge Frau richtete sich auf. „Viel besser! Danke der Nachfrage! Dr. Lohe hat uns einen Spezialisten empfohlen und der hat Mama eine Physiotherapie verschrieben. Seitdem kann sie sich wieder viel besser bewegen."

Diese Nachricht freute Lotte. Sie mochte Annas Mutter Lisbeth. Obwohl diese erst seit ein paar Wochen in Ganzenheim wohnte, war sie bereits dem Kirchenchor beigetreten und hatte erste Kontakte geknüpft.

„Richte ihr bitte ganz herzliche Grüße aus. Ich sehe sie ja morgen bei der Chorprobe!"

Anna nickte.

„Vermaledeites Mistvieh!", ertönte ein dunkler Bass und die Schwingtür flog abermals auf. Der Metzger erschien, in seiner großen Pranke hielt er eine schuldig dreinschauende Käthe am Kragen, deren Nase mit Mehl bestäubt war.

„Lotte, du weißt, dass ich deine Käthe mag, aber hinten in der Metzgerei hat sie einfach nichts verloren."

Die alte Frau nahm ihm das weißbestäubte Bündel ab, setzte es auf den Boden und schaute sie streng an. „Käthe, pfui. Wie oft muss ich dir noch sagen, dass du da hinten nichts verloren hast?" Dann wandte sie sich dem Metzger zu. „Tut mir leid, Beni. Ich weiß auch nicht, wie die mir schon wieder entwischen konnte."

Luise lachte laut auf. „Ist ja nichts passiert. Sie wird halt Hunger haben, der arme magere Schatz!" Eine weitere Scheibe Fleischwurst flog durch die Luft und wurde schmatzend in Empfang genommen.

„Du, Beni, es ist wirklich toll, wie ihr den Vorgarten wieder hergerichtet habt. Das würde die Magda bestimmt sehr freuen!"

Luise murmelte ein „Gott sei Ihrer Seele gnädig" und Benedikt antworte stolz: „Das war vor allem meine Anna." Er legte einen Arm um deren Schultern. „Die hat den grünen Daumen in der Familie und nicht ich!"

Die junge Frau strahlte. „Es macht mir so viel Freude, diesen großartigen Garten zu pflegen. Und der Matti sitzt den halben Tag lang im Apfelbaum. Der Beni will ihm im Frühjahr sogar ein richtiges Baumhaus bauen." Sie richtete einen liebevollen Blick auf den großen Metzger, dessen Wangen sich leicht röteten.

„Genug geturtelt", lachte Luise. „Ist Lottes Einkauf fertig, Anna?"

Die junge Frau nickte und reichte Lotte die Rechnung, die diese sogleich beglich.

„Also, mich würde ja schon interessieren, wie ihr den alten Grantler Meier dazu gebracht habt, euch das Haus zu vermieten?", fragte Lotte noch, als sie eigentlich schon im Begriff gewesen war zu gehen, und blieb kurz vor der Automatiktür stehen.

Beni schmunzelte. „Meine Mama kann sehr überzeugend sein."

Lotte stimmte in das allgemeine Gelächter ein, winkte zum Abschied und verließ mit Käthe im Schlepptau die Metzgerei.

Nachdem sie ihre Einkäufe zu Hause verstaut hatte und nach einem ausgiebigen Spaziergang über die Weinfelder, gefolgt von einem gemeinsamen Mittagsschlaf mit Käthe, schürte Lotte am späten Nachmittag den Ofen an. Kurze Zeit später breitete sich eine angenehme Wärme in der Stube aus. Dann ging sie zurück in ihre kleine Küche und setzte Teewasser auf. Plötzlich richtete Käthe, die sich eben noch im Tiefschlaf befunden hatte, ihr Ohr auf. In Nullkommanichts war die kleine Bullydame an der Haustür.

„Lotte, bist du da?", erklang Agnes' Stimme, gefolgt von dem Klopfen eines Schirmes an der Tür.

„Moment! Ich setze gerade Wasser auf!" Sie stellte den Ofen an und eilte hinaus in den Flur.

Der kalte Wind wehte ein paar nasse Blätter in den Hausflur, sehr zur Freude der kleinen Hündin, die eines nach dem anderen einsammelte und in ihren Korb trug. Agnes schälte sich aus ihrem langen Mantel, den Lotte auf einem Kleiderbügel an die Garderobe hängte. Sie öffnete die Tür zur Stube einen Spalt.

„Damit dein Mantel trocknet", erklärte sie, denn Agnes' Blick hatte ihr gleich verraten, dass diese viel lieber in Lottes kleiner Wohnküche sitzen würde. Die beiden Damen hatten es sich vor langer Zeit angewöhnt, es sich auf der Eckbank in der Küche gemütlich zu machen statt auf dem Sofa in der Stube.

Agnes watschelte an Lotte vorbei und quetschte sich in die Eckbank. Nachdem sie sich ein Stofftaschentuch aus der Handtasche geangelt und sich ausführlich die Nase geputzt hatte, blickte sie ihre Freundin erwartungsvoll an.

Lotte grinste, ging zu dem kleinen Holzschrank und zog neben zwei dickbauchigen Teetassen eine neue Flasche Sherry hervor, die sie auf den Tisch stellte. Kurze Zeit später befand sich der Kräutertee in der geblümten Keramikkanne daneben und die beiden Damen bedienten sich.

„Magst du was zum Knabbern?", fragte Lotte ihre Freundin, griff aber bereits zeitgleich nach der Packung auf der Anrichte. Sie kannte Agnes und deren Vorliebe für Knabbergebäck und hatte immer einen kleinen Vorrat zu Hause. Prompt antwortete ihr ein Nicken.

Lotte genoss die wohlige Wärme, die sich in ihrem Bauch ausbreitete, als sie den ersten Schluck ihres Tee-Sherry-Gemischs nahm. Ihrer Besucherin schien es ähnlich zu gehen, denn ein lautes „Ahhh, das tut gut!" ertönte. Die Damen genossen ihr Getränk in Stille.

„Du, Lotte?", fragte Agnes schließlich.

„Ja?"

„Hast du schon gehört, dass der Matti jetzt im Kindergarten ist?"

Lotte nickte. „Ich war heute früh oben in der Metzgerei, da hat mir die Luise davon erzählt."

Agnes erwiderte: „Er wird mir fehlen, der kleine Racker! Es war schön, dem Bub beim Malen zuzusehen, wenn ich einkaufen war, aber er ist ja nicht aus der Welt!"

„Wenn du willst, kannst du gerne mitkommen, wenn ich das nächste Mal im Kindergarten vorlese. Du weißt doch, dass die sich immer über freiwillige Lesepaten freuen. Dann kannst du den Matti sehen."

Agnes überlegte. „Warum eigentlich nicht?“, sagte sie schließlich und hob ihre Tasse. „Darauf stoßen wir an! Agnes und Lotte, die Lesepatinnen!“

Klirr.

„Es wird dir bestimmt Spaß machen. Ich mache das schon seit Jahren und finde es herrlich, wie die Kleinen sich immer freuen.“

Beide nippten an ihrem Getränk.

„Sag mal, Lotte, hast du von dem Griebler schon was gehört?“

„Du meinst den Gruber, Agnes.“

„Ist doch egal, wie der heißt! Hat der nicht versprochen, dass er sich noch einmal bei dir meldet? Du weißt schon, wegen der ganzen Gangsterbande da auf der Gewinnfahrt!“

Lotte schmunzelte. Sowohl Agnes als auch Luise hatten im ganzen Dorf von ihren Abenteuern erzählt. Die Erzählungen waren im Laufe der Zeit mit immer mehr Details ausgeschmückt worden.

„Der Hauptkommissar war gestern hier.“

„Hier? Bei dir?“

„Ja, er wollte mir persönlich berichten, was seit unserem“, sie malte zwei Anführungszeichen in die Luft, „*Ausflug* alles passiert ist. Und …“, eine kunstvolle Pause, „er wollte mir danken.“ Nicht zu wenig Stolz klang in der Stimme der alten Frau mit.

„Dir danken?“

„Er meinte, wenn ich ihn nicht die ganze Zeit belästigt hätte, wäre die Betrügerbande gar nicht erst aufgeflogen. Am wertvollsten war mein Hinweis bezüglich des richtigen Namens unseres Herrn Reiseleiter.“

„Wie hieß der noch gleich?“

„Milan Strebovic."

Agnes nickte wissend, dann schenkte sie sich einen weiteren großzügigen Schuss Sherry in ihre Tasse.

„Also, was hat der Hauptkommissar noch gesagt?"

„Nun, der Strebovic ist der Kopf einer international agierenden Betrügerbande. Er ist außerdem verantwortlich für den bedeutendsten Juwelenraub der jüngeren Geschichte."

„Nein!" Agnes hielt sich das Stofftaschentuch vor den Mund.

„Oh doch, meine Liebe. Es hat sich herausgestellt, dass der Ring, nach dessen Vorbild die Rial Laf-Ringe gestaltet wurden, aus einem großen Museum geklaut wurde. Er stammt aus irgendeinem Königshaus."

„Wahnsinn!" Ein leichter Schluckauf kündigte sich an.

„Eure Ringe, die ihr erstanden habt, sind aber natürlich Fälschungen", fuhr Lotte ungerührt fort.

„Was?", schrie Agnes aufgebracht und ließ das Taschentuch fallen. „Aber, aber, der hat doch vor unseren Augen einen Test mit so einem Hightech-Testgerät gemacht!"

Lotte nickte. „Den Ring, den wir da zu sehen bekommen haben, das war auch tatsächlich das Original! Den konnten die Halunken wohl nicht so ohne Weiteres verkaufen. Und der ist circa eine halbe Million Euro wert!"

Agnes wurde blass.

„Eine h-h-halbe …", stotterte sie.

„Ganz recht. Eine halbe Million. Und jetzt halt dich fest!"

Agnes hing an Lottes Lippen.

„Der junge Reiseleiter, der Martinek, hat aus Versehen den echten Ring verkauft! An die Edda Schneider! Und dann hat er ihn sich kurzerhand zurückgeholt!"

„Nein!"

„Doch!"

„Dann hat dieser Nackige Tanga ..."

„Nagi Tanka, Agnes!"

„Ist doch egal! Dann hat dieser Möchtegern-Indianer also die Ringe gar nicht geklaut?"

„Doch, hat er. Nur nicht den ersten Ring. Er hat also die Wahrheit gesagt."

Agnes schüttelte den Kopf.

„Georg Griebelmeier wartet im Übrigen auf seinem Einsiedlerhof auf seinen Prozess. Der Hauptkommissar meinte, bei dem bestünde keine Fluchtgefahr. Er lebt wohl größtenteils ein gesetzeskonformes Leben, nur ab und zu holt er sich was von Leuten, die es sich seiner Meinung nach leisten können."

Agens schnaubte aus. „Dieser moderne Robin-Hood-Verschnitt sollte mir besser nicht unter die Augen kommen!"

„Immerhin hat er mir das Leben gerettet." Lotte schenkte sich ebenfalls nach.

„Was ist denn eigentlich mit unserem Gigolo passiert?", fragte Agnes plötzlich.

„Du meinst Roger Fantieu? Der Gruber sagte, dass er eine ellenlange Akte wegen Heiratsschwindel habe. So wie es aussieht, wandert er dafür jetzt in den Knast."

„Nein!"

„Doch!"

„Wenn ich an das Gesicht von der Rammelsbacherin denke, als wir am ersten Abend in ihr Zimmer gestürmt sind!", prustete Agnes los.

„Das war ganz schön peinlich", meinte Lotte, aber musste dabei ebenfalls lachen. „Ich hatte tatsächlich geglaubt, er sei der Dieb!"

Die beiden Damen widmeten sich eine kurze Zeit lang schweigend ihrem Tee mit Schuss.

„Weißt du, was schade ist?", durchbrach Agnes schließlich die Stille.

Lotte blickte ihre Freundin fragend an.

„Na, dass du recht hattest! Von wegen Hauptgewinn!" Agnes grinste schief.

„Ach, weißt du, mir wäre es auch lieber gewesen, wenn ich nicht recht gehabt hätte. Aber jetzt bin ich einfach froh, dass den Halunken das Handwerk gelegt wurde. Scheinbar ziehen die schon seit Monaten den Senioren das Geld aus der Tasche mit ihrer Masche. Diese Fahrten dienen wohl vor allem auch der Geldwäsche. Und das ist nur die Spitze des Eisbergs, hat Hauptkommissar Gruber gesagt. Dem Strebovic wird sogar Menschenhandel zur Last gelegt!"

Agnes gab einen erstickten Ton von sich und langte sich an den Hals.

„Unsere Anna hat richtig Glück gehabt. Diese Tour mit den gefälschten Leihbriefen hat er oft abgezogen. Wenn die Frauen keine Familie hatten, um sie aufzufangen, landeten sie in einem seiner Bordelle, um die angeblichen Schulden abzuzahlen."

„Die arme Anna!", entfuhr es Agnes.

„Zum Glück hat sich die Sache geklärt. Die Anna ist schuldenfrei und ihrem Glück mit Beni steht nichts mehr im Weg.“

„Das ist ein Prosit wert!“ Agnes hob ihre Tasse.

Sie nahmen einen tiefen Schluck.

„Ums Geld ist es halt schade“, seufzte Agnes schließlich.

Lotte grinste. Sie stand auf und zog eine Schublade ihrer Küchenzeile auf, der sie zwei Kuverts entnahm. Eines davon reichte sie Agnes. Eine krakelige Handschrift ließ *Agnes Stein* darauf lesen.

Erstaunt nahm Agnes den Umschlag entgegen.

„Für mich?“

„Ja, für dich, meine Liebe.“ Sie wedelte mit dem anderen Umschlag. „Und hier ist noch einer für Luise.“

Lotte verfolgte gespannt, wie Agnes den Umschlag vorsichtig öffnete. Darin befanden sich drei 200-Euro-Scheine.

„Wahnsinn!“, entfuhr es Agnes.

„Die Umschläge hat der Gruber mir gegeben. Er sagt, das deckt deine Ausgaben für den Ring, die Decke, und sogar die Fahrtkosten sind dabei.“

Agens' Augen leuchteten. „Ich dachte, ich sähe das Geld nie wieder.“

„Der Hauptkommissar meinte, wir hätten uns eine Belohnung verdient, und hat uns die Kosten erstattet. Das Geld hat er dem Strebovic wohl persönlich abgeknöpft. Die anderen Reiseteilnehmer werden aber auch nach und nach entschädigt, keine Sorge!“

„Der hat schon was, der Herr Hauptkommissar“, strahlte Agnes.

Lotte nickte. „Vor allem, wenn er ausgeschlafen ist.“

Die beiden Damen kicherten.

Agnes' Wangen hatten eine verräterische Röte angenommen, dennoch schenkte sie sich noch einmal nach. Dann sagte sie: „Aber mich würde es ja schon interessieren, was dieses Überraschungsgeschenk gewesen wäre ..."

„Agnes!", rief Lotte entsetzt. Sie hatte keine Lust, nochmal auf so eine furchtbare Fahrt zu gehen. Hatte ihre Freundin denn nichts aus der Sache gelernt?

Die schien die Gedanken erraten zu haben und winkte lachend ab. „Keine Sorge, meine Liebe. So schnell falle ich auf diese Supersonderangebote nicht mehr rein!"

„Apropos Angebot ... Was ist eigentlich mit deiner Decke? Dieser Hietsensäschn 2000?", fragte Lotte neugierig.

„Ach, hör mir bloß auf mit dem Klump! Den Strom hat es mir rausgehauen, als ich das Ding in die Steckdose gesteckt habe!"

Lotte kicherte.

„Aber meinen Ring muss ich nicht hergeben, oder?" Agnes' Stimme klang fast ängstlich.

„Dir ist schon klar, dass es eine Fälschung ist?"

Jetzt war es an Agnes, zu nicken. „Aber er ist wirklich schön und eine Erinnerung an unser Abenteuer!" Dann lachte sie auf: „Stell dir vor, beinahe wäre unsere Käthe mit einem Halbe-Million-Euro-Ring am Halsband herumgelaufen!"

Lotte musste ebenfalls lachen. Dann wandte sie ihren Blick auf das Körbchen neben der Eckbank, in dem die kleine Bullydame friedlich schnarchte. Zwischen ihren Pfoten hielt sie ein Stofftaschentuch.

„Käthe ist auch ohne Ring ein wahrer Goldschatz!“,
sagte Lotte zärtlich.

Danksagung

Es hat mir große Freude gemacht, die Charaktere aus Ganzenheim wiederauferstehen zu lassen in diesem zweiten Band der *Fräulein Meisner ermittelt*-Reihe. Allen voran natürlich unsere Lotte mit ihrer Bullydame Käthe. Für diejenigen, die es noch nicht wissen: Käthe ist meiner eigenen Bullydame nachempfunden. Wir haben Käthe vor vier Jahren bekommen. Sie war die Kleinste aus dem Wurf und ist auch heute noch kleiner als ihre Artgenossen. Das macht sie durch ein ausgesprochen großes Selbstbewusstsein und ihre überaus liebenswerte Art wieder wett. Ihr linkes Ohr ist, wie das der Hundedame im Buch, abgeknickt, was viele Leute, die ihr begegnen, äußerst entzückend finden. Vom Charakter her ähnelt sie ihrem Buchpendant ebenfalls sehr. Sie ist ein kleiner Sturkopf und hat einen Hang dazu, gewisse Dinge in ihrem Körbchen zu horten. Zum Glück benutzt bei uns keiner Stofftaschentücher!

Die wunderschöne Pfalz, in der der Roman spielt, ist seit mehr als einem Jahrzehnt meine Wahlheimat. Ich möchte dennoch Abbitte leisten, sollte ich bei der Wiedergabe der Dialekt-Wörter Fehler gemacht haben. Ich liebe das Pfälzische, aber als *Zugereiste* wird einem der Dialekt in seinen Feinheiten auf Dauer ein Rätsel bleiben. Ich habe jedoch nach bestem Wissen und Gewissen versucht, die richtigen Begriffe zu finden. Man möge mir Fehler dabei bitte nachsehen.

Dieser Cosy Crime lebt, wie für das Genre üblich, von den kauzigen Charakteren, von denen keiner Ähnlichkeit mit irgendeiner mir bekannten Person hat.

Ich möchte zum Schluss die Gelegenheit nutzen (last but not least, wie man so schön auf Englisch sagt) und einigen Leuten ein herzliches Dankeschön sagen.

Zuallererst möchte ich mich bei meinem Mann Tim bedanken, der mir immer den Rücken freihält, wenn mich wieder mal die Schreibwut packt. Aber auch meinen Kindern Sammy und Josie gebührt Dank, da sie immer Verständnis dafür haben, wenn die Mama eben mal keine Zeit hat.

Ein herzliches Dankeschön geht an meine Zwillingsschwester Ulrike Vögl, die diesen Roman für mich Probe gelesen und mir wertvolle Ratschläge gegeben hat. Ich kann Ihnen, werte Leser, die Werke meiner Schwester, die mit *Nackabatsch mit Todesfolge* und *Mordsplatschari* zwei sehr amüsante Augsburg-Krimis verfasst hat, sehr ans Herz legen.

Biggi Pfannenstiel, du bist die Beste! Nicht nur als Freundin, sondern auch als Probeleserin. Trotz ihrer vielen Arbeit hat auch sie den Rotstift gezückt und mir mit Rat und Tat zur Seite gestanden. Tausend Dank dafür!

Liebe Mona Dertinger, du hast dem Text mit deinem Lektorat den finalen Schliff gegeben und eine großartige Arbeit geleistet! Ich danke dir von ganzem Herzen und hoffe, dass wir bald wieder zusammenarbeiten können! Es hat richtig viel Spaß gemacht!

Weiterhin geht ein großes Dankeschön in das ferne Berlin zu meiner Agentin Anna Mechler von der Literaturagentur Lesen & Hören, die sich so ausgezeichnet um alles kümmert und mir ebenfalls wertvolle Ratschläge zu diesem Roman gegeben hat. Ganz lieben Dank, Anna!

Francesca Hintz vom Stuttgarter Verlag dp DIGITAL PUBLISHERS hat mir das Schreiben dieses Werkes ermöglicht und ist immer für mich da, wenn ich eine Frage habe. Tausend Dank hierfür!

Mein letzter Dank gebührt Ihnen, meinen lieben Leserinnen und Lesern. Ich hoffe, dass ich Ihnen mit diesem Buch ein wenig Freude bereiten konnte. Ich würde mich sehr über Rezensionen freuen und bedanke mich hierfür sehr herzlich im Voraus. Wenn Ihnen dieser Band Spaß gemacht hat und Sie die Charaktere wiedersehen wollen, dann kann ich Ihnen den ersten Band der *Fräulein Meisner ermittelt*-Reihe sehr empfehlen. Er ist unter dem Titel *Tödliche Töne* beim dp Verlag erschienen